誓言无声

钟素艳 主编

北方联合出版传媒（集团）股份有限公司
春风文艺出版社
·沈 阳·

图书在版编目（CIP）数据

誓言无声 / 钟素艳主编 . —沈阳：春风文艺出版社，2022.2（2023.8重印）
ISBN 978-7-5313-6189-3

Ⅰ . ①誓… Ⅱ . ①钟… Ⅲ . ①报告文学—中国—当代 Ⅳ . ①I25

中国版本图书馆CIP数据核字（2022）第025816号

北方联合出版传媒（集团）股份有限公司
春风文艺出版社出版发行
沈阳市和平区十一纬路25号　邮编：110003
永清县晔盛亚胶印有限公司印刷

责任编辑：姚宏越		责任校对：于文慧	
封面设计：郝　强		幅面尺寸：145mm × 210mm	
字　　数：285千字		印　　张：9	
版　　次：2022年2月第1版		印　　次：2023年8月第2次	
书　　号：ISBN 978-7-5313-6189-3			
定　　价：75.00元			

版权专有　侵权必究　举报电话：024-23284391
如有质量问题，请拨打电话：024-23284384

序：风流看今朝

吕阳镜

一

  一个时代有一个时代的文学，一个时代有一个时代的文学表达方式。2021年，中国共产党迎来百年华诞。站在"两个一百年"的历史交会点上，全体中华儿女都忍不住向这个与我们民族息息相关的百年过往频频回眸。这深情的回眸，是找寻初心，记录初心，是新时代开启新征程的情感表达。我理解，《誓言无声》就是辽阳作家对这个伟大时代做出的饱含深情的文学表达。

  新时代的作家当然要呼应党和国家的命运，契合时代的脉搏。《誓言无声》再次告诉我们，人民是时代的创造者，是中国故事的主人公。只不过，这些主人公都有一个共同的名字——中国共产党党员。在《誓言无声》中，这些中国共产党党员还有一个鲜明的地域印记，那就是辽阳。在党的百年华诞到来之际，富于使命感的辽阳作家很自然地将他们敏感的笔触，伸向了工作、生活在辽阳大地上的共产党员中的优秀分子。于是，通过《誓言无声》，我们不无震撼、不无敬仰地看到了这样一组共产党人的感人形象——

  李玉萍，中国共产党最基层的书记，工作扎扎实实、办事风风火火，直到生命最后一刻还把居民搬迁的事放在心头的社区工作者；

王绍永，农民企业家，敢闯敢试敢突破，立志"让前杜村的乡亲过上让城里人羡慕的生活"的社会主义新农村建设带头人；

何经涛，年轻的基层法官，公正执法，不徇私情，身患重病却仍然顽强战斗在工作岗位上的第九届全国"人民最满意的公务员"；

李紫微，特殊教育高级教师，全国优秀教师获得者，辽阳最美青年志愿者，和自己的学生常常抱脖搂腰闹作一团的"85后"；

唐革军，普通退休工人，退休更有新作为，义务服务群众20多年，全国孝亲敬老之星、全国关心下一代工作先进工作者、第一届全国文明家庭获得者；

赵铁英，农民农艺师，全国劳动模范，全国科普兴农带头人，"辽峰葡萄"品牌创立者，辽宁省以农民身份培育葡萄品种的第一人；

叶双民，转业军人、退休干部，全国最美家庭、全国五好家庭获得者，辽宁省最美志愿者，一刻也闲不住的社区"老顽童"；

赵洪露，护理专家，率队逆行出征驰援武汉，创造收治患者零死亡、零复阳，队员零感染纪录的辽阳抗击新冠病毒医疗队队长；

王明辉，庆阳化工高级工程师，克服各种诱惑，33年在军工行业默默打造国之重器，荣获国防科技进步奖特等奖的中国兵器集团科技带头人；

米哲夫，大型国企一线班组的带头人，在单位是担当重任、不可或缺的企业"工匠"，在家里是虔心钻研祖传"根贴画"的第三代非遗传承人。

"数风流人物，还看今朝！"

10个闪光的名字，组成《誓言无声》的主人公。他们平均年龄58岁。只有李玉萍在2017年逝世，其他9位仍然工作、战斗在各自的岗位上。

二

《誓言无声》为我们展示了10位共产党员的形象。这10位共产党员都是我们身边的普通人。他们当中,有的我们已经非常熟悉,有的可能只是略有耳闻,有的可能还相当陌生。但经过10位作家生动的演绎和描述,这些共产党员的感人形象栩栩如生,如在眼前。我想,《誓言无声》之所以能达到这个效果,是因为作家们较好地突出了报告文学真实性、文学性的基本特征。

真实性是报告文学的灵魂。10位作家从市作家协会接受任务后,立即奔赴采访第一线,获取创作素材。他们克服各种困难,积极主动与这些"闲不住"的共产党员联系,因为双方都忙,有时需预约多次才能见一次面。在通信手段现代化的今天,不见面也能采访,但我们的作家还是尽可能地与采访对象见面,以获取第一手的写作素材,获得第一时间的情感体验。因为我们的作家深知,真实往往蕴藏于"第一手"和"第一时间"之中。

文学性是报告文学的鲜明特征。虽说真实性是报告文学的灵魂,但这绝对不是说作者的创造性无从发挥。恰恰相反,文学性只有在报告文学作品中彻底彰显,该作品才会有可读性,才可能是出色的报告文学。报告文学要求时间、地点、人物、事件都必须十分真实,但作者在采访主人公时,往往会忽视或没有弄清事件发生时主人公的思想情感、周边人的情绪表现以及所处的自然和社会环境。这就要求作者在写作时,根据作品主人公的身份特征、性格特点、情节发展、矛盾冲突,凭借自己的生活阅历、知识储备、写作素养等进行强化设计和丰富完善,这样,报告文学的故事才会有跌宕起伏的节奏,主人公的形象才会丰满,作品才能达到可读可感的艺术效果。在这方面,《誓言无声》的作者们做得比较出色。

比如,彭友怀、一鸣的《大地珍珠》写到2011年中国农学会葡萄分会在陕西渭南举办的年会上,与会的赵铁英"笑容一直挂在脸上",可当"辽峰葡萄"最终榜上无名时,"他的心一沉,自信的眼神、喜悦的笑容瞬间凝固了",这段描写分明带着作家的文学想象;郭生良的《苍原逐梦》中,写前来前杜村采风的作家捧着草莓舍不得吃,"仔细端详:鸡心般的外形,通体饱满,布满凸凹不平的种坑,有玉的润滑,有翠的明亮,有多肉的萌。长长的果柄,基部镶嵌着一圈锯齿状的萼片,如同给果实装饰了一道花边",这段状物描写也是想象力丰富;王秀英的《李紫薇的青春年华》中,李紫薇与"一个挺帅气的少年,十三四岁,比紫微高半头"的孩子之间的一段天南地北、不着边际的对话,完全是作者的创造性发挥;富福安的《忠诚》中的《突破·技术成熟的飞跃》中,章节开头的"冬去春来。庆阳化工厂区漫山遍野绿意葱葱、鲜花含苞待放",这段景物描写是常见的文学手段,预示着主人公王明辉率领团队即将实现重大技术突破;赵彦梅的《仰望星空》,写主人公何经涛"小跑着工作",不论一楼、二楼还是三楼的同事喊"何经涛——","只要话音落下,他就会出现在人们的面前",这是明显的夸张描写;王翔的《最前沿》结尾"明媚的阳光洒在上班的路上,又是一个万物更新的季节,又是一个劳碌充实的日子。米哲夫大步流星,走进春天,向着东方",这段文字带着十足的寓意。

以上这些,都是作家们在确保真实性的基础上,用文学的语言、构思、表现手法来向读者报告真实事件,使读者感到身临其境,并受到感动的生动例子。有真实性做基础、有文学性做保障,10位报告文学主人公的形象才会如此丰满多姿,如此感人至深。

三

所有文学作品对人物的成功刻画和塑造,靠的是情节和细节。没有情节,人物只是符号;没有细节,人物只是概念。成功的情节和细节描写,是刻画人物性格、推进故事发展、表现生活环境、深化作品主题的重要因素。而情节安排和细节刻画的成功,靠的是作家对生活、对人物敏锐而深刻的洞察力。比如,孙浩的《誓言无声》,从李玉萍的追悼会入手,通过荟萃湖社区一位普普通通的居民在李玉萍同志的灵前痛哭失声,引出故事情节,展开对李玉萍的生平事迹的娓娓追述,最后又别具匠心地安排了李玉萍丈夫"一组未发出的微信"的情节,使整个故事情节扣人心弦、不忍卒读;李大葆的《大旗迎风》,以20年前后对比的方式开头,通过对"小屋"里的环境、陈设等的细腻、独特的细节描写,使主人公叶双民憨态可掬、厚道热心的好人形象一下子在读者面前站立和丰满起来;刘丹生的《逆行天使》中,主人公赵洪露不仅悉心护理患者,而且还积极促成婆媳关系和解,其中儿媳给婆婆喂饭——"看到曙光了",帮婆婆洗脸——"看到第二道曙光了",扶婆婆走路——"天亮了"的细节描写,让我们看到了白衣天使无惧、无畏中充满人性、温馨的一面,令人动容;菲泓的《唐革军:点亮平凡时光》写唐革军与宋秀兰老人的交往,宋秀兰对唐革军的称呼由"小唐"逐渐变成"女儿",其中有打电话给社区找"女儿",吓得社区工作人员小李一激灵的细节描写,唐革军热心做公益、倾心与群众交朋友的感人形象跃然纸上……这样的例子在本书中比比皆是。它们都源自作家对生活的观察与升华,是对题材的开掘,是对一个被遮蔽的世界的真实的、有温度的展现。它既有利于塑造人物、推进故事,又能深化主题、感动读者。

当然,《誓言无声》中也有一些这样的情节和细节已被作者发现,本应直接展开铺写,乃至从旁发表议论,以丰满人物、深化主题,却被一笔带过,随意简单化了。这不能不说是作家塑造人物的遗憾、读者认识人物的遗憾。

四

尽管《誓言无声》还存在一些不足,我们还是应该感谢我们的作家。是他们通过细腻生动的描述,为我们塑造了这些鲜活的人物形象,为我们展现了这些共产党人不为人知的往事,从而让我们更深地意识到,每一位平凡的中华儿女,都在各自的岗位上默默而坚忍地奋斗着;是他们用作品告诉我们,共产党员只要时刻不忘初心,立足本职把工作做细做精,时刻不忘发挥带头作用,那么,小至一个团队大至一个国家,就没有克服不了的困难;是他们让我们从阅读中体会到,正是有了以这10位共产党人为代表的亿万个普通人的共同努力,我们国家才创造了多姿多彩、气象万千的新生活,中华儿女才看到了民族复兴的光明前景。

"数风流人物,还看今朝!"

我之所以敢于不吝鄙陋写这篇读后感,与其说是我更了解这些作家,了解这部书写作、出版的前前后后,毋宁说是我更想深入地品读10位主人公的故事,用这些共产党人、这些风流人物身上蕴藏的人格力量来激励和鞭策自己。

在写以上这些文字的时候,举国上下正沉浸在庆祝建党百年华诞的喜悦气氛中。古城辽阳的夜晚华灯初上,城乡一派祥和。此时此刻,当然还有许多《誓言无声》中的共产党员一样的优秀人物在默默地工作、奉献、斗争。是呀,这个伟大的时代不会缺少各行各业的精英,但愿这个时代也不缺少发现精英的妙笔和丹心。

2021年7月1日晚定稿

目　录

001	誓言无声 /	孙　浩
035	苍原逐梦 /	郭升良
062	仰望星空 /	赵彦梅
094	李紫微的青春年华 /	王秀英
121	唐革军：点亮平凡时光 /	菲　泓
149	大地珍珠 /	彭友怀　一　鸣
171	大旗迎风 /	李大葆
212	逆行天使 /	刘丹生
228	忠　诚 /	富福安
256	最前沿 /	王　翔
276	后　记	

誓言无声

孙 浩

痛彻心扉的告别

2017年6月15日清晨,坐落在辽阳东南方向的辽阳殡仪馆襄平吊唁大厅,庄严肃穆,哀乐低回。从四面八方赶来吊唁的人们把大厅挤得满满当当,不少人因为进不去大厅,只能在外面排起了长队。

大厅的正中是八个黑底白字:李玉萍同志追悼会。

李玉萍同志的遗体安卧在鲜花丛中,她的身上,覆盖着鲜红的中国共产党党旗。正前方的大屏幕上,正回放着一张张她生前的照片,有她风华正茂时靓丽的倩影,有她身披绶带时挺拔的身姿,有她埋头工作时的沉静面容,有她面对镜头时的亲切笑脸……

李玉萍,辽阳市宏伟区工农街道荟萃湖社区党委书记兼主任。2017年6月13日9时44分因病去世,终年61岁。

突然,一位身着黑色衣服,佩戴白花,年纪在60多岁的妇女从后面挤到了前排,她在李玉萍的遗体前跪下,砰砰砰地连磕了三个响头,然后放声痛哭:"好妹妹呀,你怎么能这么走了呢?你对我,对我们家的恩情,我这辈子永远永远也不能忘啊!好妹妹,你怎么能丢下姐姐就走了呢?"

她的哭声，她的呼喊，伴随着低回的哀乐，在大厅里久久地回荡。目睹着这一切，伫立的人们禁不住热泪长流，有人也失声痛哭起来……

跪地的哭者叫王玉兰，是荟萃湖社区一个普普通通的居民，也是一个在生活中遭遇不幸的女人。2003年，王玉兰的丈夫李本成突发脑干血栓，导致全身瘫痪，本来就惨淡的家境变得更加窘迫，丈夫看病和两个孩子上学的巨大支出，护理丈夫付出的大量精力，压得王玉兰喘不过气来。

这一年的春节，对王玉兰来说，真是难过极了，这就是年关哪。大年三十晚上，听着外面的鞭炮，看着瘫痪在床的丈夫，瞅瞅两个满脸愁容的孩子，王玉兰心如刀绞，哪还有心思过年呢！

突然，她仿佛听见有人敲门，因为外面的鞭炮声很大，听得不是很清，停了半刻，又有敲门声，还隐约听见有人喊王姐的声音。这大年三十晚上，有谁能来呢？一定是敲错门了吧？王玉兰去开门，社区书记李玉萍微笑着出现在她的面前，"王姐，我们来和你家一起过年了。"李玉萍的身后，还跟着两名社区工作人员，她们拿着盆、水果，还有鲜红的对联。

"李书记，你，你……"王玉兰目瞪口呆，说不出话来，眼里顿时流出了泪水。

"王姐，你别哭，我们知道你家生活上遇到了一些困难。有我们社区，有我们党组织，就没有克服不了的困难。快，咱们一块儿包饺子，面和馅我都带来了。"李玉萍笑着说。

躺在床上的李本成看到这一切，一个大男人突然失声痛哭起来。李玉萍赶快走到他的床前，亲切地说："大姐夫，你别哭，大过年的，咱高兴才对，只要你高兴，以后我每年三十晚上都来。"

一听这话，李本成更是泣不成声，从有病以来，他还是第一次这么痛快地哭了一场，因为他看到了希望。

李玉萍和王玉兰在桌前包饺子，两个年轻的工作人员忙着贴对联，打扫卫生。李玉萍对王玉兰说："你擀的皮子不对，太小了，这样馅包不进去。"她手把手地教王玉兰擀皮子。饺子包好了,李玉萍拍打拍打身上的面粉,笑着说:"大姐,大姐夫,我们走了,祝你们一家春节快乐!"

李玉萍走了,从那以后却把一颗爱心留在了王玉兰家。每到三十晚上,她或是来这过年,或是打电话拜年,10多年来,从不忘记。有一年三十晚上,李玉萍没有来,也没有电话,瘫在床上的李本成焦急不安,不时问王玉兰:"几点了?李书记怎么还不来电话,她不打电话,我这年就过不好。"终于在11点钟的时候,电话铃声响了,是李书记打来的拜年电话。王玉兰把电话递给了丈夫,里面传来了李玉萍亲切的声音:"大姐夫,过年好!"一听这亲切熟悉的话语,李本成顿时泪流满面,他过年盼的,就是李玉萍这亲切的声音。这声音,让他对生活充满了希望。他不能忘,自己头发长了,是李玉萍领着志愿者到他家里给他理发,李玉萍还拿着镜子,前后左右照着,问他是否满意。他不能忘,那年农历八月十五,外面下着大雨,李玉萍冒着大雨,给他送来了月饼、水果。他更不能忘,李玉萍帮助他家申请救助资金,千方百计解决生活中的困难,让两个孩子完成了大学学业,其中一个还成了博士……

在李玉萍的遗体前,工农街道党工委书记刘东文早已是泪流满面。她和李玉萍有6年多的工作接触,工作上她是李玉萍的直接领导,生活上李玉萍则是她的大姐。李玉萍的突然离去,让她一时无法接受。这些年李玉萍留给她的记忆真是太多太深了。

要说的、要记的事情真是太多了,刘东文此时却想起了一件小事。一年当中,出现在社区和公众视野中的李玉萍,身上穿的总是那套深蓝色工装,雪白的衬衣领翻在蓝色衣领上面,胸前的装饰品永远是方方正正的个人签名和鲜红的党徽。那年5月,在参加人大代表视察城区建设活动时,李玉萍看到刘东文穿着一件样式新颖的白衬衫,就走过来关切地问:"刘书记,你这件衣服真好看。是从哪儿买的?我也想买一件。以后开会或接待时穿着正合适。"刘东文知道她喜欢白衬衫,就告诉她去哪儿买的,还说你穿上一定比我穿更好看。李玉萍听了,高兴得哈哈大笑,快乐之情溢于言表。这情景如同发生在昨日。

才短短20多天,李玉萍就急匆匆地走了,她喜欢的那件白衬衫是否买了?是否穿上身?遗憾的是,这一切刘东文都无法找到答案。

看着李玉萍的遗容,刘东文不敢相信她们现在已是阴阳两隔。一向凡事有求必应的李玉萍,头一次意外地没有回应大家的不舍,离开了她无限热爱的工作岗位,离开了她时刻牵挂的社区居民,离开了她朝夕相处的同事,离开了她相濡以沫的亲人。

此时的刘东文突然觉得,李玉萍只是因为工作过于劳累,而躺在鲜花之中安静地沉睡,待她醒来时,还会像往常一样,在社区里看见她风风火火的身影,听到她那熟悉而又亲切的爽朗笑声……

哀乐声中,人们缓缓地来到李玉萍同志遗体前三鞠躬,向这位普普通通的社区干部做最后的告别。在500多名告别者中,有各级党政领导,有李玉萍生前同事、家属,而更多的,是那些来自她工作服务过的社区里的居民,上至80多岁的老者、下至10多岁的少年,他们用最简单但又是最崇高的礼仪,向这位平凡而又伟大的女性致以深深的敬意。

为什么中国共产党最基层的一个社区干部,中国共产党最普通的一名党员,会赢得人民群众如此爱戴呢?让我们走进李玉萍充满阳光和爱心的世界……

走进你的世界

李玉萍,1955年8月6日出生于辽宁省大连市金县一个普通的家庭,少年和青年时期,她和同时代的孩子们一样,没读过什么书,经历了一段难忘的动荡岁月。她下过乡,喂过猪,干过所有的农活,也当过大队小学的民办教师,艰苦的生活磨炼了李玉萍的意志,良好的家教让她的内心充满了阳光。

1976年12月,李玉萍从金县调到了辽阳化纤公司纤维一厂,先是从事统计工作,后又改做化验工作。无论在哪个工作岗位,她都勤勤恳恳,任劳任怨,深受领导和同志们的好评。1985年6月1日,她光荣地加入了中国共产党,在党旗下,她庄严宣誓:为共产主义事业奋斗终生。

1999年底,李玉萍经历了人生最重要的一个节点:随着国企改革人员分流,她结束了在化纤一厂23年的工作历程,从企业退养回家。这一年,她仅仅44岁。

44岁就回家了,就没有事情做了,李玉萍的内心充满了痛苦。她对丈夫杨永权说:"老杨,我不能就这么在家待着,我要做事呀!"

憨厚的丈夫劝她说:"退养回家,那是国家大政策,不是你一个人。在家好好休息,管管孩子也是挺好的。"

李玉萍摇着头说:"我不能在家待着,我要做事。"

李玉萍是个急性子的人,干什么都风风火火,说要找工作,就马上开始行动。她听说街道居委会需要一个人,就跑去主动报名。街道领导知道她是从国有企业分流下来的职工,又是共产党员,年龄也合适,就欣然接受了她,从此,她开始了长达18年的街道工作。

一切都需要重新开始。过去在国有企业做统计,做化验,工作都按部就班,轻车熟路。现在,走进了街道居委会,面对婆婆妈妈,是家长里短,是油盐米面,一切都很陌生。李玉萍开始进百家门,认百家人。她见人先笑,主动开口,问长问短,了解情况。她做了一个小本子,记着每家每户的姓名、电话,还画了一个联络图。她的努力工作,很快就赢得了社区居民的好评。

当时的居委会,只有两个人。李玉萍面对的第一个困难,就是改变社区的环境。这是一片老旧小区,居民楼的周边,是一些残留的建筑垃圾。一些勤快的居民把这些垃圾运走,又运来了一些好土,在上面种上了青菜,还有的种上了苞米。地块也被分割成不同的形状,有的还围上了杖子,成了自家的土地,群众对此意见很大。居委会也曾多次劝阻,贴了公告,还拔了一些人种的小葱。但过了不久,菜依然在种,问题没有从根本上得到解决。

问题出现在哪里呢？通过调查和思考，李玉萍得出了结论：不是群众种菜不对，是我们社区没有把这些公用土地用好，如果我们栽上花，种上草，谁还会种小葱和苞米呢？找到了症结，李玉萍马上召开社区党员大会，她深情地说："拔掉种的青菜，损失的是几家人的利益，栽花种草，得到的是整个小区居民的利益。我向大家保证，一定要把咱们小区绿化好，美化好。咱们共产党员，一定要起带头作用。"

一听这话，26栋楼的老党员岳师傅坐不住了，他首先开口："我种的蔬菜，我先拔，我带头。"随后，其他几位党员也纷纷表态。在党员的带头下，社区种的各种蔬菜很快都清理干净了。李玉萍又找来了相关人员进行规划、设计，发动辖区企业进行共建，很快，小区内的环境发生了历史性的变化，花多了，草多了，花开了，草绿了，一片生机盎然。

在社区楼与楼之间，有一块交接处，原是一片近千平方米的柳树林。由于两侧居民楼密集，车辆无法进入，林内堆积了大量生活垃圾、建筑垃圾，排水管也坍塌、堵塞，导致春夏秋三季臭气熏天，周边居民平时都不敢开窗。这片柳树林困扰了社区居民20多年，也成了李玉萍的一块心病。到荟萃湖社区就任以后，她一有机会就向上级争取支持，与有关部门协调沟通，但是由于改造清理涉及部门多，加之街道经费紧张，一直无法妥善解决。直到2013年4月，在李玉萍的不懈努力下，楼院环境改造工程终于正式启动。在施工期间，她每天早上5点就赶到现场，与施工单位进行沟通协调，确保工程进展和质量，她不允许这项民心工程出现半点差错。李玉萍多次在施工现场召开居民议事会，听取社区居民的意见和建议，努力把好事办实，把实事办好。经过两个多月的施工，这里铺设了方砖小路，修砌了花坛，安装了健身器材，李玉萍还给这里起了一个美丽的名字，叫馨月园。原本脏乱差的柳树林，如今变成了群众喜爱的休憩地。儿童在这里玩耍，老人在这里漫步，呈现出一片温馨祥和的景象。

"群众利益无小事。"这是李玉萍的口头禅。她是个细心人,她总是说,社区里的"家长里短"看似小事,却各有各的难处,若是一件小事没有及时处理好,很有可能埋下隐患。每当遇到居民有纠纷,她一定赶到现场"灭火",总有法子让居民静下心来,化解矛盾。2010年4月,由于一户居民在家开熏肉大饼店,造成周边油烟滚滚,垃圾成堆,居民们几次找店主说理都被拒绝,要集体去讨个说法。李玉萍听说后,马上率领社区干部赶到现场。李玉萍先劝大家消消气,并告诉大家,只要是发生在社区里的事,社区都会替大家做主。之后,李玉萍拿着《大气污染防治法》相关规定找到店主,阐明利害关系,要求其进行整改。在她的耐心说服下,店主意识到自己的行为不仅影响了居民生活,也违反了有关规定,立即表示将积极配合,马上整改。没多久,楼顶就安装了一个崭新的排烟筒,解决了污染小区环境的问题。为了能够及时解决发生在居民身边的矛盾纠纷,李玉萍向社区居民公开自己的手机号码和住宅电话,告诉他们不论白天晚上,有困难随时打电话,因此她被居民亲切地誉为"贴心人"。

胸中有团火

一天下午,李玉萍从街道办事处开会回来,在路边的一个垃圾箱旁,看见一名年纪较大的妇女正从垃圾箱里拣出一袋馒头,拿出一个,放在嘴里啃着。李玉萍觉得这个人的身影很熟悉,她快步走过去,一眼就认出是荟萃湖社区巴家山的居民赵大姐。

"赵姐,你干什么?"她大声发问。

赵大姐一抬头,见是社区书记李玉萍:"我……我……我看这馒头还能吃……"

"你怎么能在这里拣吃的呢?快告诉我,家里发生了什么事?"

"我……我……"赵大姐说不出话来,眼泪早已流了出来。

"快说呀,你快说。"李玉萍真的急了。

"我，我丈夫头几天去世了。我……"一听这话，李玉萍上前紧紧抱住了赵大姐："赵姐，我对不住你，我的工作没做好，你家里发生这么大的事，生活遇到了困难，我都不知道，我工作失职呀！"她说着抢过赵大姐手中的那袋馒头，扔到垃圾箱里，又从包里拿出200元钱，塞到赵大姐的手里，深情地说："赵姐，有困难咱不怕，有社区，有党组织，困难是能够战胜的。"

赵大姐拿着那200元钱，已经泣不成声了。她给李玉萍深深地行了一个大礼，急忙离去。

晚上，李玉萍回到了家。丈夫老杨已经把饭菜都做好了，喊她吃饭。李玉萍摇着头，说不想吃。发现她的脸色不好，老杨问她是不是身体不舒服，要不要吃药。李玉萍含着泪水把下午看到赵大姐在垃圾箱里拣馒头吃的事讲了一遍。她深情地说："老杨，我是社区的党委书记，我的居民丈夫去世，生活遇到困难，到垃圾箱里拣馒头吃，你说，我是什么心情？我有责任哪！我工作失职呀！"说到这里，一行泪水已从李玉萍的眼中流出。

这天晚上，她没有吃饭，也没有睡好觉。第二天一上班，她直接来到街道办事处，找到负责办理低保的工作人员，介绍了赵大姐的生活情况，希望尽快办理低保。在李玉萍多次催促下，赵大姐的低保手续很快批下来了，她又赶紧来到赵大姐的家，把这一好消息告诉她。赵大姐拉住李玉萍的手："李书记，你，你就是我的大恩人哪！"

李玉萍见赵大姐身体还好，又到处托人，给她找了一份临时工作，赵大姐的生活走出了困境。

社区居民陈守民多年前不幸失明，他的母亲身体不好，孩子年幼，全家都要靠媳妇的收入支撑，生活陷入困境。得知情况后，李玉萍及时进行走访，鼓励他树立起面对挫折的信心，并帮助他解决房子漏雨、墙壁破损等问题。为帮助陈守民摆脱生活困境，李玉萍先是帮他报名参加了按摩学习班，又鼓励他开一家盲人按摩诊所，还带着他看房子，谈房租，办理手续，购买器械。诊所开业时，李玉萍为他送去了液化气罐等生活必需品，还帮着在居民中做宣传，拉客源，帮助陈守民渡过了最初的创业难关。了解到陈守民的儿子学习吃力，李玉萍当起他的代理家长，每到节假日都带着学习用品、衣物、食品看望孩子。孩子上中专报到前，李玉萍拿出500元钱塞给孩子，叮嘱他有难处就说，"社区的阿姨都是你的家人"。话音未落，孩子就忍不住哭了出来，这一份来自血缘之外的亲情，足以让他用一生去感恩和铭记。陈守民从李玉萍那里感受到了党的温暖，也激起了他对党的向往。他向社区党组织递交了入党申请，说："我从李书记身上感受到了党的温暖，我也要做一名共产党员，也要像李书记那样牢记宗旨，服务他人。"经过严格考核，陈守民于2008年光荣加入了党组织并践行了他的承诺。

李玉萍非常关爱社区的老年人群体，总是尽自己的全力为老人们送去幸福和温暖。社区居民丁敏的公公生前就得到了李玉萍的悉心照顾。从2005年到2011年，丁敏90多岁高龄的公公一直因病卧床不起。在此期间，李玉萍每年都到家里看望慰问，陪老人过节，陪老人聊天，让老人忘却了疾病带来的疼痛和苦闷。老人遇到难题了，李玉萍就主动帮助解决。那年，换二代身份证，老人无法去现场拍照，李玉萍就到派出所帮着协调，带着两位民警来到老人家里上门服务，为老人摆姿势，拍照片。每年老人的生日，李玉萍都按时送去祝福。在老人99岁生日那天，她送去蛋糕，给老人戴寿星帽，一起吹蜡烛，为老人拍摄了一张至今仍摆在电视柜上的全家福。李玉萍对老人的付出是真心实意的，当成自己家中长辈一般去孝敬，去爱戴。每次看到李玉萍来看望自己，丁敏的公公总是高兴得合不拢嘴，也像看待自己闺女一样看待李玉萍。由于老人年事已高，记忆力减退，已经记不起身边的人和事，有时甚至连家人都不认识，可是一看到李玉萍，老人始终都能认得，知道这是对自己好，让自己开心的好"闺女"。

在荟萃湖社区里有一处棚户区，就是巴家山"72户"地区。20世纪70年代建筑工程的职工和家属留下居住，当时共有72户，后来发展到了160户。破旧的房屋一户紧挨着一户，卫生、防火都是问题，一些房屋年久失修也十分危险。但这里住的大都是贫困户，别说修房子的钱，就连冬季取暖都是问题。这里是李玉萍一直牵挂的地方。

2006年冬天，李玉萍帮助这里的贫困家庭争取到了20吨取暖用煤。分发救济煤的那天，天气十分寒冷，李玉萍不顾自己正发着高烧，和社区工作人员一起，带着由16辆毛驴车组成的车队，挨家挨户分发。由于在户外时间过长，李玉萍冻得直打哆嗦，一位老大娘强行把她拉到屋里火炕上取暖休息。那一年冬天，李玉萍挨家挨户地走访调查，与居民一起聊得火热，憧憬着动迁上楼后的美好生活。

在一次社区走访时，李玉萍知道了这样一件事：社区有一位姓陈的居民，家里生活挺困难，有一个孩子在沈阳读大学，近期得了脑膜炎，而且越来越重，没有钱治病。知道这一情况后，李玉萍心急火燎，社区没有经费，她把情况向街道主要领导做了汇报，提出了发动社区居民捐款的想法，得到了领导的支持。于是，李玉萍带着印好的材料，早上和晚上挨家挨户去敲门，讲明情况，希望居民们捐款。李玉萍的真情感动了许多居民，大家纷纷捐款，很快就筹到了一万多元。李玉萍又和社区工作人员一起赶到沈阳，把捐款送到有病学生的手中，感动得这个孩子连声道谢："谢谢，太谢谢了！"由于有了钱，治疗及时，孩子的病很快就好了。

还有一次，李玉萍走访了解民情，听说有一对小两口正闹离婚。她经过了解得知两人感情没有破裂，只是男方不满意女方工作的环境。她主动找到两个人了解情况，语重心长地说："你们彼此感情没有破裂，就为了一些小事离婚不值得，应该互相理解谦让。家里老人通情达理，孩子聪明可爱，多幸福哇，你们有什么理由闹离婚，回去好好想一想。"事隔几日，小两口来到社区，对李玉萍连声道谢。

18年来，李玉萍为社区居民做了多少好事，无人能说得清楚，无人能准确统计上来，她胸中有一团火，为居民的事总在燃烧，她的血总是热的，总是在沸腾之中。

小书记干大事

在中国共产党的组织体系中，社区书记是最基层的书记了。这也像是人体一样，社区是最末端的神经了。然而最末端的神经对一个人来说，无疑也是十分重要的，必不可少的。

李玉萍担任的社区书记，没有行政编制，没有正式工资，她的身份，仍然是国有企业的退休人员，挣的是企业退休养老工资，社区只发少量的生活补贴。可她所做的社区工作，却是我们这个社会生活中必不可少的工作。李玉萍虽然是个小书记，干的却都是大事情。

近些年来，保障就业成了党和政府最重要的工作之一。从党的总书记到地方各级领导，都把就业当成了重中之重。就业是民生之本，没有充分的就业，哪来的小康社会，没有充分的就业，哪来的社会和谐稳定。李玉萍深知这个道理，她多次召开社区干部会议，传达上级有关精神，并挨家挨户进行实地走访，对整个社区待业人员、"4050"人员、有就业意愿的人员做了详细的统计，并登记造册，做到了底数清，心里明。她将这些名单及时上报区劳动就业局。

抓就业，不能等上级安排，社区要主动出击，主动作为，这是李玉萍的原则。她带人主动走访驻区企业，介绍情况，在荟萃湖社区，率先召开了企业招聘洽谈会，共来了十几家企业，社区有就业意愿的人员都来了。在会上，李玉萍深情的发言，充满激情的话语，既感动了企业，又感动了应聘人员。那次招聘会非常成功，共有20多人被安排了就业。

一次，她偶然听说，区内有一个新成立的化工厂需要人员，她就亲自跑到化工厂，找到了负责人，推荐社区年轻人到厂工作。李玉萍对社区待业青年情况了如指掌，多大年龄，学的是什么专业，她都一一道来，这让企业负责人既感到意外，更感到放心。随后，李玉萍又领着这些待业青年来到企业进行面试,这一次,竟然有20余名青年被企业录用,这让李玉萍感到无比快乐。

听说区交通局缺一个厨师,李玉萍如获至宝,马上安排社区工作人员专程把适合的人员送去,交通局的同志很满意,就业的女同志更满意。社区有个叫王义的男同志,要到区移动通讯公司当保安,李玉萍和工作人员一同把他送到了公司,并向负责人介绍王义的情况,为他的人品担保。负责人高兴地说:"有社区党委书记给我们担保,用这样的人我们放心。"像这样的事例,可以说是数不胜数,为了让社区人员充分就业,李玉萍跑断了腿,磨破了嘴。那个时期的李玉萍,已经有了很大的名气,既是人大代表,又是党代会代表,还有各种社会兼职,她亲自出面,亲自说情,还是有一定分量的。在她坚持不懈的努力之下,荟萃湖社区基本做到了全员就业。

教育也是人民关注的热点问题之一。一天下午3点多钟,李玉萍正在社区巡视,社区居民小张领着她上小学二年级的儿子从她身边走过。李玉萍主动打招呼:"小张,这么早就下班啦?"

小张一见是李玉萍,马上停住了脚步,长叹一口气:"下什么班呀,这是请假回来,你说这学校,下午三点钟就放学,我们双职工,老人又不在本地,这孩子怎么办哪?天天这时候请假接孩子,单位领导都不满意我啦!唉,跟你说这些也没有用,你这个社区书记也管不着学校。"小张说完,又长叹了一口气,拉着孩子急匆匆地走了。

小张刚离开,居民王大爷拉着上小学的孙女走了过来。李玉萍知道,王大爷一家生活很困难,是社区的低保户。没等李书记开口,王大爷却先说话了:"李书记呀,我得向你反映个情况,这事放在我肚子里已经有些日子了,这对我来说,也是挺难的,也算是我家的头等大事啦!"

"啥事?您快说。"李玉萍赶紧问。

"你说这小学,下午三点钟就放学,我们老两口是有时间接孙女回来,可是回来干什么呢?我们俩没文化,不能辅导孩子学习。送附近的补习班吧,那是要钱的,我们家是低保户,没有这笔额外的钱哪！可咱们孙女要是回家不学习，那就要落后的，孙女可是咱们老两口唯一的希望啊！李书记，你，你帮我们想想办法吧，这是我现在唯一的请求。"王大爷说到这儿，泪水顺着他那满是皱纹的脸上流了下来。

"大爷，您别哭，别激动，这事，我想办法解决。"李玉萍赶紧回答。

"这事，你是一个社区书记也能解决？"王大爷用不太相信的口气反问。

"能，只要是居民需要的事，我们都应当解决，也能够解决。"李玉萍坚定地回答。

回到社区，李玉萍马上召开会议，研究居民反映的这一问题，但大家的意见很不一致。有的同志说，学校什么时候放学，那是学校的事，我们社区没有权力管。我们可以把这个问题向区教育局反映，尽到我们社区的责任也就够了。李玉萍听了，既点头又摇头，她说："这个问题我们是要向区教育局反映，但在教育部门解决之前，我们也应当有所作为，不能看着居民有困难不管。"

"那怎么解决呢？"一个同志马上问。

"我想……我们能不能在社区办个学习班，把孩子们统一到一起上课。"李玉萍说出了自己的想法。

"上课？老师从哪来呀？学校的老师不准出来，在社会上请老师，那是要花钱的。咱们社区有钱吗？"另一个同志马上开口。

一提钱，大家都不言语了。社区最缺的就是钱，平时一分钱都恨不得掰成两半花。沉默了片刻，李玉萍说："我们是没有钱。可是没有钱不等于就办不成事。就说教师，我们能不能不花钱就请来教师呢？"

"哪有不给钱来上课的人呢？"又有人马上问。

"我想，能不能请来志愿者，比如，大学生……对啦，咱们驻区有大学呀，有大学生人力资源！"李玉萍的这一想法，立即得到了大家的一致赞成。沈阳工业大学辽阳校区就坐落在荟萃湖社区，而社区和大学还是共建单位,平时关系也非常好。看看表,已经是下午4点多钟了,李玉萍带着工作人员刘慧杰急匆匆地赶到了工大团委,说明了来意。年轻的校团委书记说:"李书记,这事真是太好了,既解决了居民的后顾之忧,也为我们大学生提供了社会实践的机会,我们团委全力支持,选派最优秀的大学生去给孩子们上课。"

从学校回来,李玉萍高兴地嘴里哼着小曲,她顾不上吃晚饭,马上安排人员兵分两路,一路人员下通知,告诉居民要办学习班的消息,另几位同志把二楼的图书室清理出来,摆好桌椅,安置好黑板。忙完这些,已经是晚上10点多钟了,李玉萍拖着疲惫的身子回到了家。这年,她已经是近60岁的女人了。

开班的那天下午,李玉萍带领全社区工作人员穿戴整齐,站在社区门口,欢迎孩子们的到来。从那天开始,每个周一到周四下午4点半,社区的孩子们放学就来到社区,一方面温习课内知识,一方面开拓知识视野,社区成了孩子们的第二个家。工大的学生们来辅导课程,既传授了知识,也受到了实践的锻炼,为他们日后走向社会,提供了一次难得的实践机会。

一天晚上,由于孩子们快考试了,授课老师就多讲了一会儿,直到7点多钟才结束。可是这时,外面下起了倾盆大雨,当老师带着孩子们走下楼的时候,李玉萍怀抱着一大堆雨伞等候在门口。她把自家和社区的雨伞都拿来了。她一边给孩子们分发雨伞,一边叮嘱孩子们回家走路要小心。直到把最后一把雨伞分完,她已经被雨水淋透了,一个接一个地打着喷嚏。站在她身边的丈夫老杨心疼地说:"快上车回家吧,回家赶紧吃药。"

李玉萍常说:"社区无小事。"她在自己的工作日记上,工工整整地写下了这样一行字:

> 居民的信任,
> 组织的重托,
> 是我的职责。

脚踏实地为人民办点事情，
是我的心愿。
永远做居民的贴心人，
是我服务的宗旨。

在探索中创新

从居委会到社区，不仅是名称的改变，更是我国社会管理的一次历史性变革。李玉萍是这次变革的目睹者、经历者和探索者。她开始做这项工作的时候，居委会只有两个人，工作任务比较单一，任务量不是太大。而随着经济社会不断发展，社会管理职能不断完善，社区这个新的组织应运而生，并不断赋予她更多的职能。李玉萍所在的荟萃湖社区，是个拥有4170户、1.23万人、1026名党员的大社区。做好这样一个大社区的管理服务工作，绝不是一件容易的事。经过实践，李玉萍发现原有的松散管理模式，已经难以满足居民对社区服务的需求。为了实现管理效能的提升，她在完成每天繁重的工作后，利用晚上时间查阅大量资料，探索将管理创新、社区实际、群众习惯兼顾的办法。经过多次研究、探讨和修改，她带领社区党员干部大胆进行创新，将辖区内开放式的77栋居民楼，科学划分为9个楼院进行分片管理，推行"街道—社区—楼院—楼长"的四级自治管理模式。同时，为了充分发挥党组织和社区党员作用，她在每个楼院设立一个党总支，每栋楼设立一个党支部，在社区实现了有人群的地方就有党组织存在，实实在在为居民开展服务。她心里充满了对社区的热爱，以至于这9个楼院的名字，她都要亲自想，亲自取。梅萃、枫萃、桐萃、柳萃、樱萃、桃萃、榆萃、槐萃、荟萃，这9个楼院就像李玉萍的9个孩子，每一个楼院都是她用智慧、心血和汗水精心培育的，每一个楼院都独具特色，梅萃的美、枫萃的秀、桐萃的雅、柳萃的绿、樱萃的灵……应该说，从楼院的划分到命名，从楼院管理制度的制定到楼院管委会的成立，无不倾注了李玉萍的心血。多年来,她把社区管理得井井有条、人人称道,用实际行动践行了自己对党和人民的承诺。

李玉萍始终牢记党的重托,带领社区干部积极开展面向弱势群体、面对居民群众、面向驻街单位的"三个面向"帮扶活动,把党的工作融入群众,使党的工作有温度、有热度。每年各个节日,都开展对社区贫困居民、困难党员的帮扶慰问活动;每年春秋两季,主动联系企业开展大型招聘会,安排社区人员就业;经常性对社区居民开展应急、救灾、科普、文化等宣传教育活动;组织社区与辽化三小、沈阳工大辽阳校区、辽宁顺兴集团等开展图书交流、扶贫帮困、送岗位等活动。她还召集社区文体爱好者组建"馨悦"女声合唱团、舞蹈团等15支群众性文体队伍,整体提高了社区居民文体生活质量。同时,李玉萍还注重整合社区就业、社保、调解、健康政策咨询等服务资源,完善首问负责、一次性告知、限时办结等制度,依托社区服务大厅为社区居民提供便利快捷的服务,社区管理水平明显提升。她与驻区部队开展"双拥"活动,多次慰问子弟兵,结下了军民鱼水深情。

李玉萍善于传帮带,在社区书记的岗位上培养锻炼了一支素质过硬、服务优良、群众满意的社区干部队伍。她常对社区干部说:"一名党员就应该是一面旗帜,要时刻带领身边的群众自觉参加社区管理。"她率先垂范,打出样子。荟萃湖社区人口上万,李玉萍熟知每户居民的家庭情况,叫得出每位居民的姓名。不是她才智过人,而是她真正把群众放在了心上,也为之付出了足够多的辛苦和努力。在社区工作18年来,数不清有多少个节假日、公休日,她都是在工作中度过的。没有人能统计出来,18个春秋,多少个日夜,她跑了多少路,说了多少话,做了多少事,为群众解决了多少难题。她的辛苦和努力,不仅得到了群众的肯定,也成了支撑社区干部团结奋进的榜样力量。作为社区干部的"家长",李玉萍在带队伍上花了大量心思。在"两学一做"学习教育中,她充分利用上党课的机会,认真准备材料,精心设计内容,让大家每次都有收获,有感悟，有提升。对于刚入职的同志，她给予了更多的关注和指导，帮助他们尽快融入工作，担负起岗位职责。社区干部王建荣刚到社区时，什么都不会，都是李书记一步一步带着她熟悉社区情况，开展工作的。李玉萍还特别注重实践，她以"强素质、树形象"为目标，对社区工作人员提出"走出办公室，下到楼院内"的工作要求，让社区干部在服务群众中实现提升。多年来，她先后培养出社区书记、副书记5人，社区骨干10人，带出大学生村官3人。李玉萍深知基层干部既身负光荣使命，又有着很多不容易，总是尽可能地给予他们关怀和照顾。一天晚上，外面还下着雪，李玉萍在路过社区时发现灯还亮着，知道同志们还在加班，专程回家把冰箱里的饺子热好给大家送过去。

李玉萍抓管理、带队伍的成功经验得到了党组织的认可。2016年初，荟萃湖社区被命名为辽宁省社区干部培训教育基地，李玉萍也被东北大学社区干部管理学院聘为讲师，负责为全省社区书记介绍社区党建工作经验。从2016年6月起，她每隔一周就为学员上一天社区党建经验交流课，先后授课20次，接待学员1000余人。在此期间，她又接待辽阳县、灯塔市、弓长岭区及贵州省安顺市等各地参观学习300多人次。贵州省安顺市参观团对荟萃湖社区评价说："我们参观了那么多的社区，你们荟萃湖社区是我们见过的管理最好的开放式社区，值得我们学习。"此时的李玉萍其实已经是病魔缠身，甚至有时会因为连续讲课而说不出话来。但是，面对党的重托、组织的信任、群众的期待，李玉萍毅然决然地扛起这份使命，扛起这份担当，用生命践行对党和群众的承诺。

在李玉萍的带领下，荟萃湖社区相继获得全国青年文明社区、全国综合减灾示范社区、全国文明交通示范社区、辽宁省创先争优先进基层党组织等各级荣誉130余项。李玉萍本人荣获全国119消防奖先进个人、辽宁省优秀人民调解员、辽宁省妇联系统先进工作者、辽宁十大消防人物、辽阳市优秀共产党员、辽阳市最佳文明市民等各级荣誉40多项。

没有走完的路

　　李玉萍全身心地投入社区的工作，没早没晚，日夜兼程，因长时间过度劳累，她的身体已经吃不消了，开始不断地向她发出"红色预警"。

　　2015年，因视力模糊，在家人和同事的强制要求下，她不得不到沈阳的眼科医院就诊，大家劝她要在医院好好治疗，在家好好休养。她嘴上答应了，可是出院没两天，就又出现在工作岗位上。有一天下午，在给大家安排工作时，她突然头疼迷糊，同事们劝她回家休息，她却安慰大家说没事，休息一会儿就好了。于是，她口服几粒药，休息不到10分钟，又投入了工作。由于过度劳累，早在7年前，李玉萍就患上了慢性肾病，但她长时间向组织和周围人隐瞒病情，坚持边治疗边工作。在医院诊疗室里，她常常是一边接受诊疗一边电话遥控着社区工作。医生又是感动又是担心，劝她要劳逸结合，不能只要工作不要命。几年来，李玉萍每年都需要住一两次院，以调整各项身体指标。她常常是上午在医院检查，下午就返回到工作岗位上，因此，大家看到的总是她风风火火的一面，却很少有人知道她的病情。2016年6月，李玉萍的肾病严重了，一周需要进行两次透析治疗。为了不耽误工作，她都利用周日和半个工作日进行透析，坚持边透析边工作。李玉萍的健康指数每况愈下，她的血压非常高，尽管吃药也很难控制。

　　丈夫老杨关切地对她说："你的身体不行，也已经是60多岁的人了，不能再这样工作啦。跟领导说一下，辞去工作，回家安心养病。"

　　李玉萍思索片刻，摇着头说："今年不行啊，今年的事情太多，党要召开十九大，市里要创建文明城，社区的任务重，我离不开呀。再等等吧，等下一届社区换届，我一定退下来。"

　　看着要强上进的妻子，杨永权一句话也说不出来了。

　　2017年清明节前，李玉萍对丈夫说："过清明节，我想回家看看妈妈,也想给爸爸上上坟。"

杨永权知道妻子因为工作忙,已经很久没回家了,马上开始做准备。清明节那天,杨永权开车拉着李玉萍回到了大连。见到女儿回来了,李玉萍80多岁的老母亲拉着女儿的手,上下仔细打量,关切地说:"女儿,你瘦了,脸色也不好看,是不是病了?"

李玉萍笑着摇摇头:"妈,我没事,我一切都好。"

给父亲上完坟,在家里吃了顿饭,李玉萍就坚持要走,妈妈怎么留也留不住。知道女儿的性格,妈妈也很无奈,她拉着女儿的手说:"你实在要走,我也留不住你。不过我5月份过生日,你们一定要回来。妈都这么大岁数了,也不知道还能过上几个生日。"

面对母亲慈祥恳求的目光,李玉萍想了一下说:"妈,我真的可能回不来,5月份我的工作太多了,我们有一片棚户区要动迁,要做的事情太多了。"

"你就知道工作、工作,那工作啥时候能干完哪!"母亲虽不满意地说着,但还是含着眼泪,目送女儿上了汽车,直到车子消失了,她还站在那里望着……

她不知道,这是和女儿最后的诀别。

李玉萍最大的一块"心病"就是"72户"居民的动迁。这片平房区,住着160多户困难人群。这里冬天没有暖气,夏天房子漏雨,春天屋子四处漏风,没有室内的厕所,出门道路泥泞。由于多方面的复杂原因,这个棚户区一直没有拆迁。作为社区的党委书记,李玉萍每次来到这里,心里都会涌上一股酸楚,她也把工作的重心放在这里,尽最大的可能,帮助这里的弱势群体解决吃、穿、用等一系列生活上的困难。但是,解决这里居民的拆迁上楼,她这个社区书记还是无能为力,尽管多次向各级领导反映,但仍然是石沉大海。她知道,棚户区改造,那是一件大事。

终于,在2017年5月,传来了振奋人心的好消息,"72户"棚户区要动迁了。李玉萍知道消息后,第一时间跑到这里,把这一好消息告诉大家。居民们奔走相告,终于可以住上楼房了,他们的生活终于要改变啦！李玉萍和居民们握手、拥抱，为这一好日子的到来而欢欣鼓舞。她激动得热泪盈眶，比自己住上楼房都要高兴万分。

不久，区政府举办了三天的动迁培训班，李玉萍参加了培训。培训班上，不仅讲动迁的各项方针政策，还请有关专业人员讲动迁面积、资金的各种计算。李玉萍听得仔细，记得认真，她那个很大的黑色笔记本上，光各种面积的计算公式就写了十几页。看她学习这么认真，一位年轻的女同志笑着说："李书记，您都这么大年纪了，还是社区的党政一把手，这具体的业务工作，让年轻人去办吧。"

李玉萍听后笑着说："动迁这么大的事，马虎不得，算多了，政府吃亏，算少了，居民吃亏。只能算得准准的，谁也不吃亏。我这个社区书记，不能当甩手掌柜的，只有自己弄懂了，明白了，才能做好工作呀！"一席话，说得那位女同志连连点头，表示赞同。

5月22日，是李玉萍的最后一个工作日。早晨6点钟，她和丈夫老杨一起给自家楼前种的花浇了水。8点钟，作为司机的老杨送李玉萍到辽阳市人大常委会参加一个会议。

按照计划，下午李玉萍要和社区工作人员一起到"72户"地区送动迁告知书。但从下午开始，天就一直下雨，一会儿大，一会儿小，就是不停。李玉萍在办公室里焦急地等着，居民们只有收到了盖有公章的动迁告知书，动迁工作才能算是正式开始。这一刻，让他们等待太久太久了。

雨一直在下，直到下班，动迁告知书也没有送出。李玉萍对两名工作人员说："咱们不等了，建荣、春玲你们赶快回家吧，别忘了，明天早点来。"

雨还在下，仿佛是苍天有泪，要送她的优秀女儿最后一程。5点多钟，李玉萍拖着疲惫的身体回到了家。丈夫老杨正在做晚饭，她对丈夫说："我要看一下电脑，准备明天的发言稿。"

老杨说："你别累着，我做的饭菜很快就好。"

没过几分钟，李玉萍踉踉跄跄从房间里走出来，她用手扶着墙，嘴里含糊不清地说着："我，我嗓子难、难受、疼……"

老杨一见，赶快冲过去，扶住了即将倒下的妻子，将她紧紧地抱在怀中。他大声呼叫着："玉萍，玉萍，你醒醒，你怎么了？快醒醒啊！"

李玉萍没有言语，她已经失去了意识。

120急救车火速赶来了，将李玉萍送到了附近的辽化总医院。经医生检查，确诊为突发性脑溢血，马上转院到辽阳市急救中心。经市急救中心专家紧急会诊，认为病情危急，应立即转送沈阳军区总医院。

救护车拉着昏迷不醒的李玉萍，在高速公路上疾驰……

一组没有发出的微信

沈阳军区总医院的重症监护室门前，李玉萍的女儿失声痛哭，泪如泉涌。"妈妈，妈妈，你醒醒啊，我来看你了，你醒醒啊！"

透过不大的玻璃窗，女儿看到亲爱的妈妈躺在那里，那头飘逸的长发不见了，变成了光头，上面绑着纱布，她戴着呼吸面罩，脸色苍白，双眼紧闭，身上插满了管子。

"妈妈，我的好妈妈，你醒醒啊，女儿不怪你，女儿理解你呀！"尽管女儿不停地呼唤，李玉萍还是没有任何反应，母女俩仿佛已经隔着了一个世界。

女儿大学毕业，在省城工作，后来结婚，2010年外孙女出生，全家人都无比喜悦。女儿对李玉萍说："妈，我有了孩子，生活上有些困难，你就辞去社区工作，来帮我带孩子吧。"

李玉萍一听，马上摇头："不行啊，社区的工作我放不开呀！"

女儿一听不高兴了："是你女儿和你外孙女重要，还是你那个社区工作重要？"

"当然是社区工作重要了。"李玉萍不假思索地马上回答。

一听这话，女儿哭了，自己的同学、同事有了孩子，妈妈们都来帮着给带，有的在省城，有的在北京、上海，还有的在海外，父母们跋山涉水，远渡重洋，帮助儿女们解决困难，难道自己的母亲就不是母亲吗？自己就不是她亲生的吗？女儿越想越伤心，越想越难过，忍不住失声痛哭起来。那个时候，女儿还不能理解，为什么社区工作对妈妈来说，像命根子一样重要。直到后来，女儿看到社区居民那么拥护她，爱戴她，妈妈在社区这个平凡的工作岗位上做出了很大的贡献，她才深深地理解了妈妈，妈妈的心胸比天地宽广，妈妈的心中不止装着女儿和外孙女，还装着社区一万多群众，装着一个宽广无比的世界……

站在重症监护室的门前，丈夫杨永权默默无语两眼泪。从相知到相爱，从结婚到生女，他们在一起度过了几十年，他太了解自己的妻子了，他也从内心崇拜自己的妻子。杨永权退休前也是企业的中层干部，退休后就全力协助李玉萍的工作。家里的所有家务，都由老杨一人承担，除此之外，他还是李玉萍的专职司机，每天开车接送她上下班，风雨无阻。他还是社区的志愿者，社区办公室水龙头坏了，李玉萍一个电话，老杨就亲自来修。社区要采购办公用品，老杨就开车前行。社区节假日有值班，为了让年轻人多休息，李玉萍就让丈夫老杨来值班。社区有什么困难，有什么问题，李玉萍一张口就是："老杨，你把这个事给办了。"老杨马上答应，立即就办。李玉萍把社区当成了家，也把丈夫老杨当成了社区"编外"干部，这是一对名副其实的模范夫妻。

杨永权没有像女儿那样大声地痛哭呼唤，他知道，呼唤是没有用的。他祈祷妻子能快点醒来，他希望能和妻子共同度过今后美好的日子。他用平时和妻子联系的最好方式——微信，给昏迷中的李玉萍发去了一条又一条微信，期望她醒来时能够看到。

这些微信，如今都完整地保留了下来。

5月26日17：09：16

5月22日17点30分，你生病了，失去了意识。经紧急救治，在沈阳军区总医院进行了手术。

5月26日17：12：03
手术很成功，现在是危险期，你有钢铁般的意志，你能安全度过这段时间。

5月26日17：22：18
现在是术后的第三天，72小时。今天下午3点30分，医生介绍了病情，有点发烧，颅压略高点，血压在用药的情况下，正常，肌酐800多，明天透析（住院时1000多，透后降到500多）。

5月26日17：30：31
今天在显示器上看到你，像孩子似的躺在床上无忧地动着左腿。享福极了，好好休息一下，走好后半生！

5月26日17：32：39
头水肿期大约到13天。

5月27日15：55：25
今天5月27日，你透析，体温37度5，低烧。早9点30分开始透析直到现在16点，还在进行中。上午体温有一点高，其他没大变化。

5月27日23：18：23
5月27日透析8个半小时，到晚上6点20才结束。

5月28日12：32：52
快到端午节了，28日，你还在病痛中，希望节日里你心情能好一些，祝节日快乐！

大连李奕和大姐夫看你来了,并带来了鲜桃,希望你好运,病去掉。

5月29日16:34:57
今天是5月29日,你又透析。血钾高一些,颅压正常,左手不能主动握,但握住不放手,右侧也有一些反应,其他正常,看来见好。

5月30日19:12:27
今天是5月30日,端午节。你状态不错。看到你躺在病床上,我心不知是多酸楚,希望你坚持住,我们好一同谈家常,吃粽子!要好起来呀!

5月31日16:53:28
今天,5月31日。呼叫你的名字,你有了反应,眼睛睁开了,血糖低一些,补了葡萄糖。今天没透析,肌酐800多,估计明天应透析。

5月31日17:02:03
医生为了看得更清楚,用手机拍了头部的特写,你眼睛睁得挺大,看着,仿佛是在问,这世界怎么了,我刚才是睡着了吧,我醒了。

6月1日19:02:45
今天是6月1日,你的情况不太好,钾高,钠低。身体很弱,贫血,今天又透析了。早上肌酐900多,吴医生讲了病情的严重性,今晚又进行腰椎穿刺引流术,能较好地排除毒素,这样要挂一个引流袋,希望这个对你有好处,在危重中走出来。玉萍,加油!

6月1日 22：56：14

6月1日晚9点40分，你做CT，我们见到你，你认清家人，看着我，和女儿点头，眼角湿润，嘴边发出微弱不清的沙哑声，和我们说着什么。

6月2日 16：53：50

今天是6月2日，你有点低烧，钾还有点高，钠还低一些。血糖5.5还可以。意识不是十分清醒，但昨晚看你还是不错的，其他没什么大变化。应该说你见好。明天还要透析。希望看到你恢复，早日回到正常生活中来！

6月3日 16：03：43

今天，6月3日，你上午体温38度多，发烧状态，下午正常了，你钠低，已给补了，你贫血，下午补造血因子。补了白蛋白。血糖5.5，腰椎管拔了，其他还可以，希望你好起来！

6月4日 17：29：31

今天，6月4日。你四肢出现了浮肿。血色素太低，又补血，钠已补合格，营养太缺乏，状态不如前两天，呼叫能睁开眼看，意识不如前两天。体内水多，通过今天的透析，不知能否将身体的状态调好一些，现在已累及心脏，病情加重了。玉萍，一定要挺住！

6月5日 18：43：28

今天，6月5日。你的状态比昨天强。你几天低烧，37度5，还是有炎症。你贫血，蛋白低，消耗大，吸收少，都是肾病造成的。意识不太清，能睁眼睛，补充增加营养，还不敢一直补。由于凝血不好，胳膊出现紫红印。你躺在那我们不能见到你本人，想必你渴望见到家人，加油！早日出重症监护室，我们等你！

6月6日 16：05：43
今天，6月6日，阴天，小雨。你的状态不错，叫名你知道，胳膊、腿能动。输血了，意识属朦胧状态。其他指标没说，总之你状态好，说明各项都有好转，玉萍，这就是进步，还要更大的进步哇！

6月7日 21：45：01
今天，6月7日。今天透析了，血色素低，白细胞高，还是有炎症。连续输血，但化验抽血也给贫血带来了严重影响。怀疑是肠道出血，经化验便后，排除了。其他没太大变化。

6月8日 15：51：55
今天，6月8日。你发烧了，38度2，又闹腹泻，已采取措施。你严重贫血，连续3天输血。今天又打了一支人造白蛋白。意识还是叫名字知道。透析后，人的状态还是不错。希望你巩固！

6月9日 18：09：31
今天，6月9日。你又透析了，又输血和红细胞，今天你体温正常，血压正常。意识如前，据医生说意识挺活跃，人的状态不错，希望，再接再厉，加油！

6月10日 18：49：03
今天，6月10日。你血压、体温正常，贫血，大夫要请血液科来会诊，想解决贫血的难题，希望专家能提出更好的方案，其他的指标没什么变化，头部的治疗向好的方向发展，总之人的状态还行。加油！

6月11日17：00：27
今天，6月11日。你透析了，血压和体温正常，手动在显示器看得很清，意识仍是朦胧。今天吴东洋医生说，你头部恢复得不错，看样子见好了。

6月12日23：14：19
今天，6月12日。你头部恢复得越来越好，但医生说肠道通过化验便，有潜血，接下来需要用止血药，大约3天，看能否止住潜血。其他方面，血压、体温正常。今天在显示器上见到你头上的纱布撤掉了，你手还在动，状态还不错。祝你早日康复！

6月13日10：17：06
今天，6月13日，9点44分，你永远地睡着了。安息，我亲爱的老伴。

李玉萍的生命，永远地定格在这一时刻。
杨永权写的这些充满深情的微信，李玉萍再也没有能够接收。
为了表达对妻子的深切怀念，杨永权拿起笔，满怀深情地写了一首长诗《李玉萍之歌》。

朋友
你可到过美丽的荟萃湖社区
你可见过荟萃湖社区书记
如果还不曾相识

那就跟我一起认识她吧
李玉萍——平凡而普通的名字

每天
当太阳从东方升起
朝霞铺满大地
迎着太阳
披着霞光
在通往荟萃湖社区上班的路上
她款款走来
飘逸的长发
海蓝的大衣
手提粉色女士皮包
一副完美的职业女性形象

展开你的民情日记
首页郑重写下了责任和担当
你说，居民的信任，组织的重托，是"我的责任"
你说，脚踏实地为居民办点事情，是"我的心愿"
你说，永远做居民的贴心人，是"我服务的宗旨"
字里行间
留下了你对居民的绵绵爱意
九个楼院
一万人口
在你心里，如数家珍
特殊家庭，你更是牢记在心
张家、李家，还有王家
家家都有你的牵挂
你说他们的困难，就是你的困难

不解决居民提出的问题
你是吃不好,睡不香
你日夜操劳
承受太大的压力
为了荟萃湖这面旗帜
你时时忘了自己
是因为他们懂你
你自豪是社区里有了这群知己
只要一声令下
荟萃湖的活动就会风生水起
你追求完美,顾全大局
你就像演奏家
在荟萃湖社区奏出了悠扬的居民和谐曲
为了工作,你就像一个陀螺
只要有任务,就永无停息
而有一天,你终于累了,需要休息
那天苍天有泪
细雨无声
荟萃湖社区花坛中的串红
那天开得格外艳丽
满园的红花在向你致意
而你却悄无声息

风住了,雨停了
太阳又从东方升起
霞光照样铺满大地
荟萃湖社区党委,今天再相聚
今天的活动,应该有你
是的,你不该缺席

很想，再听一听
你对社区工作的理解和分析
很想再看到你，站在舞台前
招呼大家，打着拍子
唱出荟萃湖社区的高昂士气
把满满的正能量
体现得尽致淋漓
但这些都成了美好的回忆

今天我给你写了一首赞美的诗
表达对你无限的怀念和敬意
这是丈夫对妻子、对战友最好的怀念！

打开尘封已久的日记

这是20多本大小不一、颜色不一、薄厚不一的笔记本，这是李玉萍生前写下的工作日记。打开这些尘封已久的本子，里面记载的都是社区的工作，大到会议精神，小到购买物品清单，林林总总，都是些芝麻小事。这些"微不足道"的小事，让我们看到了一个风风火火、扎实肯干的李玉萍正大步走来……

2007年12月28日例会
传达暴风雪紧急通知
12月26日—1月3日，辽宁有暴风雪，时间长，街道要发动群众，体恤群众，通知要及时，让群众知情，储备日常用品。
以雪为令，落实到位，进家进户，责任到人。
口号：迎接暴风雪，战胜暴风雪。
不要延期扫雪，做好个人防护。

党员要带头。

2008年3月6日例会
春季卫生绿化。
楼前楼后绿化。
不让种菜，要种花。
98号楼前要铺砖。
95号楼居民反映丢自行车。
社区停车是个问题。
164栋楼下水道有问题，臭。
170栋楼三角地带垃圾成堆。
119栋楼邮局旁边水泥方砖全坏了。

2008年5月6日

通 知

应广大居民要求，荟萃湖社区党委，社区红十字会，从即日起，接受援灾捐款，并于15日上午9：30在社区院内举办"迎奥运，援灾区，献爱心"主题捐款活动，希望居民踊跃参与。

荟萃湖社区党委

2009年11月11日下午社区例会
1. 安置"4050"人员就业7人
2. 发用工信息272人，招聘会两次
3. 介绍工作138人
4. 办优惠证17人
5. 创业带头人19人
6. 退管认证3500人
7. 办理丧葬费，急之所急

在办

1. 申请低保8户
2. 办理优待证369人，老年证299人
3. 高龄补贴80岁48人，90岁11人，95岁以上5人，99岁丁敏
4. 24户低保完成换证，今年低保标准240～288

残疾人有证70人，肢36，视6，听6，智12，精10

康复70人

智残培训三次，计算机、美甲、工艺品制作

申请一台轮椅

双拥工作为现役军人家属、子女建立了档案

为7名伤残军人发放服务卡，理发，裁衣服

2014年3月20日

1. 绿化后期工作跟上，居民期待值高，投入要到位
2. 公益性岗位缺人
3. 社区没有门牌号
4. 城镇居民养老保险仍有点少，55元，每月往卡打钱不及时
5. 公证处
6. 人民调解3个，法律援助5个
7. 省、市属买断人员（退休）独生子女费也没给，区里给了
8. 长期不交党费，名挂在，户在人不在
9. 订阅党刊146本，老年人多
10. 党员活动经费应按社区党员人数发放
11. 荟萃湖社区地面、诗墙位置地面断裂严重
12. 监控录像应多设，尤其生活区主要路段

2017年5月16日
1. 今日下午小×请假，身体不好
2. 下午两点召开楼长大会，传达创城的会议精神以及《创建全国文明城市专项行动整治任务责任分工》

以上这些，只是在李玉萍20多本工作日记中随意摘录的几条。因为内容太多，不能一一呈现。一滴水可以反射出太阳的光辉。这些工作日记，是李玉萍为党的事业日夜操劳、鞠躬尽瘁、死而后已的真实写照。

尾 声

2017年10月，中共辽宁省委追授李玉萍同志"辽宁省优秀共产党员"称号，并做出开展向李玉萍同志学习活动的决定。决定指出：李玉萍同志是全省共产党员的楷模，是优秀基层干部的代表。18年来，她在社区党委书记的岗位上，始终牢记党的重托，把"不辜负组织信任，不辜负居民期望"作为人生目标，以坚定的理想信念凝聚感召党员群众，把社区居民紧紧团结在党组织周围，听党话、跟党走。她扎根城市基层，立足岗位奉献，为社区居民办实事做好事解难事，及时把党和政府的温暖送到居民的心坎上，模范履行基层党组织带头人职责，在平凡的岗位上做出了不平凡的业绩。她坚持以党建工作引领社会基层治理创新，推行"街道—社区—楼院—楼长"管理模式，把党支部建在楼院、党小组建在网格。带领党员群众改善社区环境，协调解决私搭乱建、垃圾堆放等问题，使社区成为花园式开放社区。她敢于担当、勇于创新，不断健全完善社区协商议事机制，积极开展社区民主自治，形成了"社区党组织领导、社区居委会主办、居民广泛参与"的民主协商治理机制，把问题解决在基层，把矛盾化解在萌芽状态，消减负能量，弘扬正能量。

她严格要求自己，舍小家顾大家，从没有利用手中的权力为家人和亲属办过一件私事。她的先进事迹和崇高精神，生动诠释了当代共产党人的先进性和纯洁性，为广大党员干部树立了一面光辉的旗帜。

是的，李玉萍就是一个普普通通的社区书记，她的一生，没有做出什么轰轰烈烈、惊天动地的伟业。她所做的那些工作，都是平平凡凡、与人民群众紧密相连的一桩桩一件件小事。她的一生，是平凡的一生。

张思德同志也是我们队伍中的一个普通战士，他也没有做出什么惊天大事，没有牺牲在对敌斗争的战场。而在他的追悼会上，毛泽东同志发表了著名的伟大篇章——《为人民服务》，号召全党向张思德同志学习，并将全心全意为人民服务作为中国共产党的宗旨，作为立党之根、执政之基、精神之魂、力量之源，一直坚持到今天。

雷锋也是一位普普通通的人民解放军战士，没有做过什么惊天动地的伟业，毛泽东同志却向全党和全国人民发出了"向雷锋同志学习"的伟大号召。几十年来，雷锋精神成为我们党不断前行的精神力量。

尽管张思德、雷锋、李玉萍他们所处的时代不同，工作分工不同，但他们的共同之处就是在平凡的工作岗位上全心全意为人民服务。他们的精神世界是一脉相承的。

有人曾发出这样的疑问：一百年来，中国共产党为什么能由小到大，由弱变强？这支队伍为什么越来越雄壮？共和国这座大厦为什么越来越高？万里长城为什么越来越坚固？答案之一就是：我们党有无数像李玉萍这样优秀的战士，在不同的岗位上，默默无闻，努力奋斗，全心全意为人民服务。正是因为有了这些坚固的基石，我们的党才不可战胜，我们的国家才坚不可摧。

李玉萍虽然走了，但她的精神永存。她为之奋斗的伟大事业正蓬蓬勃勃，一路高歌，奋勇向前。

萍水无澜，胸中却波涛汹涌，

誓言无声，战士却壮志豪情！

苍原逐梦

郭升良

2021年7月1日,北京天安门广场红旗招展,礼炮轰鸣……中国共产党百年庆典盛况空前。

广场上,一位69岁的老人,胸前佩戴着金灿灿、沉甸甸的七一勋章,昂着头,端坐在观礼方阵中,望着迎面走来的三军仪仗队,激动的泪水再也压不住,猛地濡湿了眼眶。

老人名叫王绍永,7个多月前,还担任着辽宁省辽阳县刘二堡镇前杜村的党委书记。他用20多年的坚持,20多年的开拓,20多年的奉献,带领村民在东北的黑土地上,始终不渝地追逐着农业产业化的梦,农村工业化的梦,乡村城镇化的梦,乡村振兴的梦……

前杜村的大农业之路

前杜村是辽河平原上一个偏僻的小乡村。顺治八年,前杜村的先人闯关东落脚在运浪河畔的南大洋,搭起窝棚,开荒垦种。却因地势低洼,十年九涝,导致村民衣不蔽体,食不果腹。

东北解放,前杜村的贫苦人第一次成了土地的主人。1958年上级批准前杜与后杜肃离,单独建立前杜村生产合作社。独立后却因连年内涝,庄稼歉收,集体经济一贫如洗。茅草房,泥打墙,篱笆院，土井水……贫寒人家，家徒四壁，几无隔夜之粮。

20世纪70年代，兴前杜村大搞农田水利建设，可坑洼不平的"诳媳妇地"（地头庄稼长得绿油油，地中间却因内涝绝收）亩产仍然只有30多斤，吃粮靠返销，花钱靠货款。村干部外出开会，村里小伙相亲，一件好衣服，一双好鞋，要互相串换着穿。

"街里的蛤蟆撒泡尿，你们杜家洼都涨水！"谁家的姑娘跟前杜的小伙相看对象，就会有人打破了楔："要是咱家的姑娘，说啥也不嫁那穷地方！"面对冷嘲热讽，前杜人抬不起头，出门在外，不敢说是前杜的。不到1000口人的村，没攒下金银，却攒下70多个光棍汉。人们看不到希望，溜房根，窜房檐，唉声叹气。"骡马高吊车晒轴，老头叹气小伙愁，一天喝不上三碗粥，黄花大闺女往出流……"

1978年党的十一届三中全会如同一声春雷，震醒了前杜人。王绍永和前杜村的村民义务出工，用双手刨挖苇根，在野鸡乱飞、野兔乱窜的南大洋上，造出了400亩水田。

当祖祖辈辈吃粗粮的村民捧起晶莹的大米激动得热泪盈眶时，王绍永深刻地领悟到：我们什么都缺，但就不缺力气；我们什么都怕，但就不怕吃苦。只有干，苦干加实干，才能改变前杜家的命运。

在接下来的几年里，他们变水害为水利，背靠鞍钢二发电，大搞旱改水作业，将全村4000多亩土地，改造成抗旱、耐涝、高产、稳产的水田，第一次实现了温饱，第一次向国家足额上交了公粮。

80年代初，庭院经济悄然兴起。大棚芹菜、西红柿在鞍山市场卖出了好价钱，而王绍永就是种植户中的佼佼者。过有色彩有滋味的生活，如同一股气，膨胀着前杜人的胆魄。1984年，借着农村信用社的贷款，王绍永第一个把大棚扣进了大田。前杜村的大棚西红柿，产量大，果实硬，色泽鲜艳，销路很好。提起往事，前杜人至今仍然津津乐道，这是足以令他们一生引以为豪的经历。在哈尔滨道外蔬菜批发市场，甭管从哪儿拉来的西红柿，只要前杜的西红柿不开包，价格就定不下来，不等到前杜的西红柿卖完，别人的就没法卖。

2006年，前杜村的工业已办得红红火火，可带给前杜村第一桶金的设施农业却没落了。老支书王绍普把王绍永邀到大棚区，看着东倒西歪的大棚，齐腰深的野草，王绍永的心里仿佛有一根锥子，扎得他不敢相信自己的眼睛，不敢用力呼吸。他对老书记说："我们是靠大棚起家的，大棚不能废了。相对瞬息万变的工业，农业风险小，有优势，还得坚持搞起来！"

"可进你的工厂，一个妇女一个月都是3000多，种大窖子辛苦一年不过万元，谁不会算这笔账？"老书记无奈地回答。

"可不是所有人都适合当工人啊！大棚到啥时都不能扔！"

二人的对话打住了。王绍永似乎在做着一个决定，又像是自言自语。

时间过得真快，转眼到了2007年冬天，王绍永到丹东出差，回来的路上在通气堡服务区打尖，他无意间发现，路边的地摊上，一位大嫂在卖又红又大的草莓。好奇心叫住了他的脚步。他想，寒冬腊月，辽宁哪来的草莓，莫非是从南方倒卖过来的？可他上前一问才知道，草莓是当地产的；再一问价格，好家伙，20元一斤。这哪里是草莓？这是金疙瘩呀！他像挖到了矿，立刻打消了回家的念头，蹲守在旁边，跟大嫂套近乎，一直等到大嫂把草莓卖完。

他主动提出送大嫂回家。和这家人唠了半天嗑，男主人才答应带他进大棚。看到满垄满棚的花果，他心里甭提多敞亮了。交谈中了解到，草莓一年可采三茬果，一个一亩半地的棚，可产草莓一万多斤，平均批发价格在5元左右。他心想，这么高的产量，这么高的价格，如果全村都种上草莓可有账算了。他暗暗下了种草莓的决心。为了验证自己的设想，他强压着兴奋的心跳，驱车连夜返回了丹东，因为他打听到，辽宁草莓研究所不在沈阳。100多公里，对年轻人也许还不算什么，可对一个年近60岁的人来说，却是严重耗费体力的苦差事。尽管很累，可当他得到草莓研究所的专家肯定的答复，种植草莓的最北纬度在辽阳，辽阳完全可以种出优质草莓时，他的心跳得像热恋中的小伙子。他心花怒放，马不停蹄地驾车返程。他要把这一喜讯告诉父老乡亲!时至今日谈及往事,他依然难抑当初的那份兴奋与激动。

前杜村有四个村民小组,王绍永觉得自己是三组人,又有威信,首先在三组推开草莓种植应该没问题。可乡亲们的反应出乎意料,并未出现他想象中的欢天喜地,而是异乎寻常的沉默。他耐下性子跟大家讲,可讲得脑袋缺氧,大家的脑袋仍晃得像拨浪鼓。

夜深人静,他心里憋闷,睡不着觉,他反反复复问自己:自己张罗扣新式大棚,种高效草莓,不是要逞什么能,不是为了个人发财,不是要拉谁跳火坑,可一颗好心怎么就成了驴肝肺呢?难道是自己错了吗?

王绍永心里郁闷,却没有灰心。他又把工作重点转移到蔬菜种植基础相对更好些的四组。四组的人精明,知道他在三组工作开展得不顺利,因此话说得也直。把大家的意见归纳成一句话就是想干,怕赔;想干,没钱。

他是真心实意想带全村种草莓,共同致富。哪怕大家都不干,他也打算自己先干起来。即使赔,也先赔自己。见有人心思活泛了,那还犹豫什么?他粗粗算了一下:建一个新式大棚大致需要4万多元,村民自己拿2万元,他个人无利息借给村民1万元,再帮着村民从银行贷1万元,就差不多了。

有过农村工作经历的人都知道,在1983年国家实行分产联包责任制以来,一家一户的生产经营模式已经根深蒂固,农民想种什么,什么时候种,都由农民自己说了算,靠行政命令搞产业化,鲜有成功的范例,失败的却比比皆是。因此,在当时条件下,搞农业产业化,简直是逆历史潮流。

为了推进项目建设,政府部门成立了专门机构,选调精兵强将,由四大班子成员带队,施行日督日报制度加以推进。即使这样,一些征地拆迁项目,或半途夭折,或功亏一篑。

商讨调整村民土地的时候,不少人劝他,征地这盆浑水不要蹚,谁蹚谁受伤!可他偏不信邪,带领村班子刮起了"整地旋风"。

为了尽可能地争取村民的支持，他开了党员大会，开村民代表会并吸纳村中的能人参加。为了减少阻力，他把会开到组里，把工作做到"钉子户"的炕头上，动用一切可动用的关系，攻城拔寨。可干部们的腿跑细了，嘴皮子磨薄了，剩下的4户村民，还是头不点，嘴不哈，漫天要价。谁都清楚，这几户的地夹在中间，一户不同意就要影响全局。他当即调整方案：置换地块。如果不同意置换，可用水田换旱田并适当给予价格补差。办法挺灵，当天就签下3户。当听说剩下的最后一户是自己的本家时，他当即火了，要班子成员放出口风："过去，我没少帮他家。今天，事情轮到我求他，他却这个态度。今后他家的事，我不管，你们也都不要管。"

这位本家深感愧疚，再也坐不住了，主动找到他，说土地转让后没事做，心里不落底，想到他的厂里当工人。他答应了。这个本家诚恳地向村干部认了错，道了歉。

土地调整完成了，村干部们皆大欢喜。

夏天的烈日，曝晒着裸露的田野，蒸腾着灼人的暑气。推土机吼叫着推平田野上的土冈和水沟。王绍永办钢厂前当过生产队长，他从工人手里要过钢锹，第一个跳到田里干了起来。原以为这些报了名，答应扣草莓大棚的村民会跟上来，可是，他挥汗如雨干了半天，却没一个人上前。他恼了，直起腰板，拄着锹，冲着站在田头看他表演的村民发泄着满腔怒火。

"我鼓动你们扣大棚是为了谁？为我自己呀？想挣钱，怕担风险，又怕出汗，天下有掉馅饼的好事吗？"

这是他第一次像泼妇一样骂街。他的一位"发小"看不过去，跳过路边沟，跑过来，对他说："绍永，你也50多岁的人了，整天就知道干！干！干！大家不像你家底厚，不怕赔。草莓十几元一斤，要是卖不出去，都你一个人吃呀！"

朋友的话虽不中听，却道出了大家心里盘算着的小九九。他发热的脑袋开始清醒，接过朋友的话头，向大家承诺："如果草莓卖不出去，我都吃！"

前杜实业集团总部。王绍永把一张张图纸铺在办公桌上,手操算盘一遍遍复核着一组一组的数据,当推上最后一个算珠,他紧绷的面容终于松弛下来,略一沉吟,提笔一挥批准了厂部工程师设计的大棚施工方案。钢材进地,工人熟练地操作着无齿锯。被无齿锯切割的钢筋,就像年夜里孩子们手上的一支摇花。工期决定了成败。如果不能在霜降前把草莓秧栽进暖棚,那就意味着今冬只能种小菜了。每天处理完厂务,他就"长"在工地上,虽面带微笑,却心急如焚。当40栋大棚披上棉被,绍永的心才稍稍舒坦了些。

冬天里的草莓大棚,花白叶绿,满垄满棚,就像3月的江南,春意盎然。派出的技术员真不赖,不仅取回了真经,还把挂果期比丹东提前了20多天。看着金色的蜜蜂在大棚里飞舞,他终于开心地笑了,笑得相当灿烂,衬着他黝黑的脸膛,就像一朵纯洁无瑕的草莓花。他把厂销售科的精兵强将召集起来开诸葛亮会。他让大家把销钢材的人脉动员起来,找门路,销草莓。他告诉这些精英,现在草莓销售公司就算正式成立了,只能前进,不能后退。如果找不到销路,草莓卖不出去,就是填阳沟也不能停止收购。他只拜托大家把草莓倒得远点,别让村里人知道。

元旦那天,他的办公桌上堆了一盆一盆的草莓,这是乡亲送来请他尝鲜的。他看了看,吩咐工作人员,留下两盆,剩下的分送给村里的老人。

春节刚过,二茬草莓没卖完,有村民已经算好了账,一个大棚净赚4万元。村民扣大棚草莓的热情瞬间被调动起来,纷纷前来报名,这本是他的初心,如今却让他踌躇起来。因为在村民算丰收账的同时,他也算了笔亏损账:当初一栋大棚成本预算4万元,实际成本是6万元。一栋大棚净亏2万元,40栋大棚,共计亏损80万元。加上配套的路、水、电,总计100多万元。照老办法扣下去,显然不符合市场规律。

他心事重重。因为大棚建得越多,他赔得就越多。他可以不赚钱,但不能让草莓这项富民产业成为以工补农的无底洞。他改弦更张,组建了钢骨架温室课题组。从3月到4月,他亲自带着几位工程师到瓦房店得利市乡大樱桃种植基地和熊岳镇辽宁省农业科学院树型果菜种植基地等处考察,查阅资料并结合各地棚骨的优缺点,自主设计棚骨。

生产生活实践给了他们启发:椭圆形管较圆形管有更大的承压性。循着这一思路,课题组开始了管壁厚度与预应力的研究。在公司院落的一角,叉车马达轰鸣,叉起沙袋高高举起,然后轻轻放在拱形的钢骨架上。很稳定!接着又是一袋。每一次放下沙袋,人们的心就好像被一把提起……这样反复多次的试验,最终得出了最佳的技术参数。别小看了这个参数,它决定着一根管的管壁厚度,决定着一栋大棚用多少吨钢,决定着一栋大棚的造价,直接关系农民的投入,关系温室大棚的推广与应用,关系他的以农补农工程。

他研制的大棚,既要考虑防风防雪,又要自动除雪;既要最大限度地减少农民的劳动强度,又要最大限度地增加室内劳动的机械化程度与作业舒适度;同时,既要延长使用寿命,让大棚温室保值增值,又要满足农民个性化的生产需要。经过反复论证,钢骨架采用热浸锌工艺,大棚使用寿命设计25年。首款产品设计棚骨高3.18米,宽8米,坡度75度,之后推出冷棚和10米跨暖棚,特种棚跨度可专门定制。大棚主体结构用榫卯连接,可移动可拆卸。这项技改,领先日本的同类产品,属国内首创。大棚建设摒弃了夯基式砖混结构,改为草砖墙体,既保暖透气,又降低成本,缩短建设周期。

为了顺利申请到专利,尽快进入农机补贴目录,他找到了沈阳农业大学。双方谈判异乎寻常顺利。沈农教授问他有什么条件。他回答,我的能力有限,不可能让这么好的产品,在最短的时间内推广出去,造福于全中国的农民兄弟,因此,我决定只保留生产权,专利无偿转让给沈农。沈农教授深深为绍永的情怀所打动,以最快的速度,在最短的时间内完成了专利注册。沈农Ⅲ型由此诞生。

时间转眼到了2008年春,昔日的南大洋上,王绍永投资1500万元兴建了一条集冷弯、压型、酸洗、镀锌、高频、焊接为一体的棚骨生产线。产品受到广大农民兄弟的欢迎，又恰逢全国各地大上扶贫开发项目，可移动大棚在被纳入辽宁省农机补贴目录后，又顺理成章写进了国家农机补贴目录，每个百米大棚可获得补贴2万多元。产品不仅迅速畅销东北，而且远销北京、天津、山东，最远的卖到甘肃和新疆，达成了他帮助全国农民兄弟脱贫致富的初衷。

在乡亲们眼里，饱满多汁的草莓，就是一枚鲜艳的党徽，就是王书记跳动着的火热的心。

钢铁是这样炼成的

新中国成立初期，前杜村的铁匠炉开张了，每天叮叮当当的敲击声是一首乡村最流行的打击乐。铁匠炉只打些农具和生活用具，迸射出的火星却播撒下工业的种子。

1992年，在"村村冒烟"政策的驱动下，担任村联办会计的王绍永心活了。他撺掇村书记王绍普到轧制地条钢的兴隆台去考察。踅摸了一家钢厂，门口撞见个管事的，又是点头又是作揖地向人家说明了来意。管事的也算客气，上下打量着他们并不光鲜的衣着，轻蔑地回了句："前杜的呀！你们干不了，回去该干啥干啥吧！"兜头盖脸一盆冷水，非但没有浇灭王绍永心头的烈火，反而激起了他的斗志。他心里窝着一口气。他不信兴隆台的农民能轧钢，前杜人就只能撸锄杠。

这是个永远值得铭记的日子。1992年11月3日，没有鼓乐，没有鞭炮，没有什么仪式，几经筹划的钢厂破土奠基。王绍永清楚，这创业是前所未有的。如果成功了，将结束祖祖辈辈面朝黄土背朝天、泥窝窝里讨生活的历史，掀开前杜村崭新的一页。如果败了，就是倾家荡产，就是靠种地几辈子也还不清的巨额债务。那就应了好朋友的话："上至九十九，下至刚会走，都拉饥荒！"他拼命地挖着土，可耳畔时时回荡着到兴隆台考察得来的那句话："前杜的呀！

你们干不了，回去该干啥干啥吧！"他知道，为建厂，前杜人使出了吃奶的劲儿——盖新房的砖瓦木料，娶媳妇的积蓄，变卖肥猪的收入，从鸡屁股里抠出的油盐酱醋钱……期望有多高，压力就有多大！王绍永暗下决心——拼了！

钢厂成立，王绍永担任厂长，李宝纯任副厂长，王世太负责对外经营，李成安为会计，招聘二十几名乡亲作为工人。厂房很简陋，四周水泥柱子，上面石棉瓦，只遮雨不挡风。两趟简易房，用于办公。企业虽说是村办，但由于债台高垒，村里拿不出一分钱投资。危难时刻，首山信用社的十万元贷款让他们凑够了第一笔资金。请能人、进设备、购原材料、找销售渠道……几个人起早贪黑、摸爬滚打，忙得焦头烂额。大家不分厂、家，条件只有一个：只要厂里需要，只要家里有，就毫不犹豫地拿来。给女儿的嫁妆，给儿媳妇的聘礼，要盖新房的砖瓦木料和钢筋……一个字，"捐"！

第二年春节过后，前杜轧钢厂点火投产。轧钢车间里一台二手的250轧机欢快地轰鸣着，每天三到四吨的产量。尽管隔三岔五出点毛病，但仍顽强地进行着规模扩张。1995年下半年，上了半吨中频炉，成立了铸钢车间。1996年引进260轧机，实行双机生产。建厂之初的两趟简易房改建成两层简易楼，工人也增加到80多人，只是账面上没有多少资本积累。查找原因，前杜村的这群闯将认为是缺少人才，是技术不过硬。他们本身都是土生土长的庄稼人，对钢铁冶炼是门外汉。一路摸索，边干边学，从经营管理到组织生产，千方百计选贤任能，可请来的"能人"也多是"一瓶不满半瓶摇"，没有掌握生产技术的"大拿"。

经人介绍，王绍永结识了鞍钢半连轧厂领导，靠诚意和决心赢得了对方的信任。1997年，前杜轧钢厂更名为鞍钢半连轧辽鞍轧钢厂，鞍钢半连轧厂派来专家和技术人员进驻钢厂，培训工人技术，指导生产工艺。1+1>2，专家和技术，让这个村办小厂脱胎换骨。机器故障少了，生产事故少了，工人的生产技术提高了，生产产量提高了近一倍，质量也得到了保证。这是一个历史转折点，永远铭记在钢厂发展的历史上。

改革开放的大潮在中华大地上激荡。1998年国家要求村办企业转制。前杜村恰好处于被巨额债务压得喘不过气的节骨眼上，趴在账上的外债有147万元，加上利息共200多万。村委会召开村民代表大会，经过讨论决定，钢厂由村办转为民营，谁干都可以，但必须带上村里的欠款。当时，村里其他几家钢厂已经在激烈的市场竞争中被淘汰，鞍钢半连轧辽鞍轧钢厂虽略有起色，但也不甚乐观。想接手的人有几个，但都不想背上村里的债务。沉默中，王绍永站了出来，他坚定地说："我干，债我背，利息我还，另外每年给村里20万元。我真要干赔了，就是卖厂子和自家房子，也决不让村民背这笔债。"

此番铿锵话语说出，得到了村民一致赞同和支持。6年来的实践，王绍永积累了丰富的经营管理经验，他认定国家建设需要钢铁，轧钢厂的生产经营一定会出现转机。

靠着当初那股敢闯、敢干、不服输的劲头。经过3年的苦心经营，他不但还清了村里的债务，兑现了每年给村里20万元的诺言，而且带领企业走上了规范化管理的轨道。2003年他淘汰原有铸钢设备，新上了5吨中频炉，安置就业200多人，其中工程技术人员占到十分之一。原来那个厂地狭小、设备简陋、传统生产、管理滞后的村办企业由丑小鸭变成了白天鹅。2003年5月，鞍钢半连轧辽鞍轧钢厂正式更名为辽阳市轧钢厂。朋友们说他爱折腾，他承认，但他不是瞎折腾，折腾背后是一个优秀企业家的眼光与实力。2006年他淘汰5吨中频炉建成20吨中频炉，到2010年再次淘汰20吨位中频炉换成40吨中频炉，一直到2015年，响应国家号召，淘汰落后产能，40吨中频炉拆除，他一直在折腾，而且乐此不疲。因为在别人看不到的前方，他发现了巨大的商机；在别人纠缠既得利益的时候，他跳出当下拥抱充满希望与挑战的未来。

"质量是企业的生命，信誉是企业的财富，客户是企业的朋友，效益是企业的动力"。按说随着一个个规范化管理目标变成他案头财务报表上的数字,他应该知足,自己也过了知天命的年龄,可他偏要挑战人生的上限。2004年他引进了当时属于先进设备的横列式半连轧轧机,其中420轧机、510轧机各开一条生产线;2011年建成棒材生产线。2012年他毅然决然淘汰当时别人还在用的为他带来滚滚财源的半连轧,建设哈尔滨工业大学专门为他量身定制的国内首条高速线材生产线。

冬天是钢铁业的淡季,他却做出一个惊人的决定:"试车!"副总们有顾虑,好心好意劝他:"现在搞试验不合适,如果等到明年进入销售旺季前,轧出的产品哪怕是残次品也能卖掉,可现在只能回炉重铸。这要损失多少钱哪?"他镇定自若,语气斩钉截铁:"我决心已下,就这么定了!豁出去2000万元,不够我再追加!"

他是那么富有前瞻性,又是那么富有魄力。敏锐的行业与市场嗅觉,主动求变,让他总能占领国家政策的制高点,先于他人领先一步,在别人忙着顺应国家钢铁政策,焦头烂额进行升级改造的时候,他的生产线已源源不断地创造着财富。这也许就是自命不凡的土财主和优秀企业家的区别吧。

成功了!年产钢材30万吨。站在栈桥上,副总、厂长、工程师和部长们簇拥着他,生产线上通红的钢筋箭一样从盘口削面般淌出来,均匀地躺在晾床上,逐渐变成被叫作钢蓝的可爱的灰色,最后流进端口,被一台价值百万元的德国进口设备打成标准的钢包,吊在旋转晾架上退去灼人的温度。

壮观的机器化大生产场景令人兴奋,他却平静如水。他是一个异常冷静的人。钢铁生产离不开电,可钢铁冶金大县最缺的偏偏就是电。未雨绸缪,早在2005年,他就自建了一座装机容量5.15万千伏安的变电所。"钢筋混凝土用热轧带肋钢筋"得到了国家颁发的《全国工业产品生产许可证》,在产品销售的主要市场大连、沈阳、广州、天津、上海等地建委及技术质量监督部门进行备案。2012年3月与省内外一些科研院所建立联系和沟通渠道,成立了辽阳市东华钢铁新技术研发中心。高大的门楼上赫然悬挂着辽宁省重合同守信用单位、辽宁省知名企业、辽宁省重点保护扶持企业的标牌。

为了落实中央以工补农政策，2004年9月他成立了辽宁前杜经贸有限公司，2007年2月成立了辽宁前杜农业发展有限公司，2009年8月成立了辽阳亚新农业设施加工有限公司，这些子公司的成立不仅拓展了企业的业务范围，也为他探索"前企共建"提供着支撑。

王绍永在南方建了销售部，钢材通过海运销往长三角和珠三角。2007年美国爆发次贷危机，一个客户订购了1000吨钢材，付了50万订金，因为市场萧条而毁约。面对需求紧缩的市场，他也只得把钢材折价销售。可他并没有把50万订金收入囊中了事，而是按订购价格发了50万元的钢材给那位客户。这件事让那位客户非常感动，也如同一颗石子投进了水缸，在客户中引起巨大的反响。他的诚信精神深深打动了每一个人，尤其是在听说王绍永搞村企共建，向社会献爱心的事情以后，在他身边自发地形成了一个强大的销售团队，每逢在市场价量齐跌的危难关口，这些人总是挺身而出，甚至越是在钢材滞销的时候，越会有素昧平生的客户找上门来。他们的想法出奇地一致：就是不赚钱，也要把王绍永的钢材卖出去，因为他办企业不完全是为自己。大家虽然不能像他那样，但通过他向社会献点爱心还是能够做到的。

助人也是助己。人格魅力也是生产力。懂得了这个道理，事业想不成功都难。2012年初，历经10年磨砺，辽阳市轧钢厂成为辽阳民营钢铁的标志企业。5月，正式组建辽宁前杜实业发展集团有限公司。王绍永出任董事长，儿子王洪刚任总经理。集团公司进行深度整合与融合并大刀阔斧着手改革，效仿"鞍钢宪法"，建立健全各项规章制度。

2016年企业集团100万吨铸造项目上马，集团公司也由单纯的钢铁冶炼演变为集进出口贸易、高新技术研发、设施农业及设施农业装备制造、经贸、物流为一体的综合性集团企业，实现了从大到强的飞跃。2019年企业实现税收接近2个亿，妥妥的一部印钞机。可在国家产业政策面前，尽管他万般纠结，万般不舍，但还是决定在2021年3月5日关停日入300万的高炉，让出产能，转而支持辽阳联合钢铁公司。

造一个人间桃源

"富了我一个不算成功，全村人都富了那才算！"

王绍永是这么说的，也是这么干的。他是一个敢想敢干的闯将，也是充满大爱情怀的理想主义者。在辽河平原肥沃的黑土地上，似乎永远有他的诗和远方。

2003年前杜村被评为县级文明村。村干部挂牌时，正巧被路过的王绍永碰上。他跳下车，上下打量，怎么看怎么别扭。低矮破败的老村部和"文明村"的牌子形成了强烈的反差，如同无声的嘲讽。他上前对村干部们讲："既然是文明村，就得有点文明村的样子。你们选地方，我出钱，咱们盖一栋村办公楼。"

入冬前，村办公楼如期投入使用。在隆重的办公楼落成庆典上，他郑重承诺给乡亲们造一个和城里一样漂亮的休闲健身广场。广场占地1万平方米，粹取中西造园艺术，紧跟现代科技步伐，大胆使用新材料、新工艺。广场南缘绿水扬波，岸上巴洛克风格的石廊与仿照北京颐和园长廊建造的画廊，通过一座拱桥相连。拱桥内是一座水池，为中央音乐喷泉提供水源。水池西侧是植物花卉园，东侧是一片香花槐林，100多米长的文化墙就藏在槐林深处。广场中央是一座20多米高的飞蝶高杆灯，光源覆盖半径达30多米。广场西侧是一条石砌明渠，树荫倒垂，绿水潺潺，菱红荷香。树下是一块草坪，一座木结构叠檐翘角的傣式凉亭点缀其间，充满民族风情。音乐喷泉北边，是一条安装着20多部健身与游乐器械的健身甬道，这也是广场南北分界线。广场北部铺着花岗岩大理石，东边是一片塑胶灯光球场，西边是一片水泥灯光球场。北缘，由300个石球充当界桩，巧妙地将广场、村部、文化宫分开，两行石球中间是车道。一排锃亮的镀锌旗杆上，鲜艳的旗帜在蓝天白云下迎风飘扬。有人偷偷为王绍永算了一笔账，不算其他开支，单照明电费，王绍永每年就要支出20多万元。

这样的广场别说在普通乡村，就是一般的城镇也是凤毛麟角。"我当初就有搞乡村休闲游的想法，让城里人看看农村的发展变化。"今天的王绍永如是说。

以此为起点，他一发而不可收。在短短几年时间里，他建起1000平方米的农民文化宫，1000平方米的幼教中心，200米长的中式仿古长廊与欧罗巴石廊，堆福寿山，挖幸福湖，修音乐喷泉，置百鸟园、花果山，起建仿古牌楼，维修村部、学校，硬化村庄道路，建草莓采摘园，安装路灯、广场灯600余盏……前杜村摇身一变，变成了一座亭阁掩映，水榭歌台错落，中国风浓郁的园林小镇。

可在广场竣工后，村民却不好意思出来玩。有些心里刺痒的，穿着脏兮兮皱巴巴的劳作服，远远聚在广场边看女子健身舞队排练。为了吸引村民到广场健身，王绍永派人购进大批袋装牛奶，每天在广场免费发放。两个月后，工作人员向他请示：现在牛奶每天已经发出300袋了，还要不要再发？他喜形于色，毫不掩饰自己内心的喜悦，回道："不要停，老人和孩子补补钙有好处！"

晚上有空，他常带上二三十号村民到辽铁俱乐部看二人转，村民只知他大方，好乐和，不在乎往大家身上花钱，并不知道他在把大家往文化这条道上引。在民乐队、秧歌队、舞龙队、健身舞队纷纷搭起框架以后，他拨款购买乐器、服装、道具、器械，出资聘请市县群众艺术馆的老师到村里指导，每年拿出100多万元，在元宵节、中秋节举办前杜农民文化节，周边各市县的民间艺术团体踊跃报名前来助兴，最多时，一次来了125个，盛况空前。舞台上传统高跷、秧歌、二人转，现代歌舞、曲艺，节目形式多样、精彩纷呈，不仅为万千游客所喜爱，而且走上省市和中央电视台。前杜村民自编自导自演的节目《格格吉祥》，以宫廷手绢舞为蓝本，委婉细腻、高贵优雅，在首届中国·抚顺前台村满族秧歌邀请赛中获最具特色奖。

"我要让前杜的乡亲过上让城里人羡慕的生活!"这是王绍永的愿望,也是他庄严的承诺。他的想法一直都很前瞻,也很高调。不仅让中央主流媒体采访团的成员不相信,也让习惯了岁月青黄的父老乡亲没底。而他就是要用行动把人们心里的问号拉成惊叹号。

2006年闹元宵文艺焰火晚会开幕式上,他当众宣布要在前杜村建楼房。为了转思想,换观念,他出资10余万元组织党员干部、村民代表包搭两架客机到江苏华西、蒋项村学习。他曾自豪地向人夸耀:"我要带着前杜村坐着飞机撵华西,把前杜村建成北方水乡第一村!"

为了让8栋6万平方米新村住宅楼早日破土动工,为了让村民从老屋搬上新楼,他每天上午处理厂务,下午准时到村里现场办公,遇到什么问题就研究什么问题,什么问题棘手就解决什么问题。

虽然他出台的政策很优惠,可村民仍顾虑重重,主要是怕企业黄了咋办,王绍永不管了咋办,房子漏了旧了以后咋办。

王绍永当机立断送出了一个大礼包:"三免二赠一补",即上楼的村民10年内免交水费、物业费、取暖费,顶层赠阁楼,底层赠车库,补贴生活燃气费。这块蛋糕相当具有诱惑力,260多套房子被选兑一空。

2007年的春节,是村民上楼过的第一个年,他带头,组织企业集团的5家企业出资集体为村民办年货。前杜家的女人们蜂拥进美容院、大剧院……刮起追梦的旋风。她们太幸福了,过年不用花兜里一分钱,吃的,喝的,用的,差不多就齐啦!幸福就要大声说出来!逢人问起,她们总是不无自豪、不无骄傲地对人家说:"我们是前杜的!"

没过两年,他又有了新想法,他要在前杜村盖高楼,11层,24层,36层……

想上楼的村民看着拔地而起的大楼顾虑重重。工作队向他汇报,村民担心电梯坏了,担心着火……他想了想,又送出一个红包:愿意上楼的,孩子从幼儿园到大学的学费村里管,70岁以上的老人每月享受800到1200元的养老保险。哪里是村里管，其实就是他自掏腰包。为了前杜村的城市化，他搭了上千万元。

山区移民户刘邦成从甜水乡搬到前杜村就同从穷地搬进了福窝，提及村书记王绍永对他的关爱，没等开口，眼圈就红了："2007年正月初十，我从甜水乡青石村大山沟里搬到前杜村，刚来时自来就穷，又是外来户，户虽然落了，但心不落底。可来到前杜村之后，王书记对我们一点不偏心眼，处处关心照顾，安排我到辽阳市轧钢厂上班。由于家底太枯，我一直在租房子。2012年，村里盖楼，即便让我享受村民每平方米1200元的待遇，我也上不起楼。王书记最了解我的情况，跟我说，邦成，你把心放肚里，在我们前杜村没有贫困户，没有坐地户和外来户之说，只要是前杜村村民，没钱也上楼。在王书记的特殊照顾下，2012年底，我搬进了前杜新村，住上新楼。对王书记的大恩大德，我真是感恩不尽。"

王绍永深知精神变物质，物质变精神的道理。塑造最美的人，是前杜村各项工作的出发点、落脚点，也是归宿。大到星级联合体评选，小到一幅宣传画，都贯穿着他的治村施政理念。

在2010年辽宁省新农村建设"十大功勋人物"颁奖典礼上，他手捧奖杯，激情满怀："我将抓住改革开放和社会主义新农村建设这一契机，带领乡亲们奋斗5年，让我的家乡人人住高楼，家家有汽车，让我的家乡更富裕、更美好……

弹指一挥间，如今11年过去，他不仅实现了当初的承诺，而且在肥沃的黑土地上建起了一个美丽富裕的桃花源。

让每个人都幸福

1992年王绍永挑头创办前杜村轧钢厂的时候，也有村民创办起自己的钢厂，可因为他的钢厂是集体的，乡亲们有了富余钱都愿意放到厂里吃利息。1998年村办钢厂转制给个人经营后，他最担心的就是出现挤兑风潮，因为他一方面要给村里20万元，一方面要组织扩大生产，流动资金非常紧张。可是，时间一天天过去，厂区里却异乎寻常平静，没有一个人在这当口来要钱！他深深被村班子和乡亲们的信任所打动，在主动提出每年向村里捐助20万用于发展公益事业后，进一步与老伴商量："我从小爹死得早，妈眼睛不好，没少得叔伯婶子帮衬。我想给村里70岁以上的老人每月发60元，让他们每个月都能吃上肉。"

尽管家里困难，可通情达理的老伴支持了他。2004年后，每月又涨到80元。这笔钱即使在亚洲金融危机和美国次贷危机爆发期间，企业资金回笼困难的情况下，也从未曾间断与耽搁。老人们记得他的好并力所能及地维护着他的厂子。

一年夏天，天刚刚放亮，村民老马就扭着一个青年到厂里见绍永。这个青年与老马和绍永都沾亲，是厂里的工人。老马板着脸，带着愠怒。年轻人耷拉着头，吓得不敢吱声。

原来，老马天未亮就到厂子后面的稻田地看水，突然，从墙里扔出几块铁，扑通，扑通，掉进稻田里。老马闻声沿着田埂跑过去，正撞见一条黑影从墙里跳出来。老马举起锹要打。年轻人赶紧求饶。

"叔，是我，二嘎！"

"你怎么能干这事？"

"不是手里没零花钱了吗？"

"赶紧提上这些东西和我见绍永去。"

"别介呀！咱们沾亲带故的，放我走不行吗？"

"不行！"

"干啥不行？又没拿你家的！狗拿耗子——"

"你说谁狗拿耗子？要不看沾亲带故，我一锹拍你在这儿！如果都像你这样，把厂子偷黄了，将来我老了，你给我发钱哪?！"

听了事情经过，王绍永让财务拿5000元奖励老马，老马却说什么也不要。那个年代还不富裕，显然不是每个孩子月月都能给父母60块钱，就是这点心意，让乡亲们感恩戴德。他们自发行动起来，不计报酬，默默地干起了厂保卫科的活儿。乡亲们这份爱厂如家的感情让他非常感动。王绍永萌生了一个想法，就是在有生之年，要让前杜家的每一个人都幸福。

王绍永资助过苏蓓、李彤等100多名大学生，他资助的第一名大学生翟庆丰，后来做了他厂里的法律顾问。

翟庆丰是唐马寨镇刘坨村人。1995年辽阳地区发大水，翟家颗粒无收。庆丰在这一年考上了高中，偏巧又赶上哥哥、姐姐结婚，家里实在再拿不出一分钱。学费是从姨家借的，生活费却没有着落。硬着头皮，庆丰只能逐村挨户求帮筹集生活费，推车走到前杜钢厂门前已是筋疲力尽，可见厂子不大，几间活动房，一趟简易车间，也没抱太大希望。他硬着头皮敲开了办公室的门，没想到，自此竟与这个厂结下了不解之缘。

庆丰没想到，王绍永能亲自见他。也许是少年苦难的经历，让王绍永对翟庆丰的境况深表同情。他对庆丰说："如果你说的这些都是真的，我供你上学！开学前，你开个证明来吧。"简单的一席话，让庆丰看到了希望。临走，王绍永拿出10块钱塞在庆丰的手里。

在他的资助下，翟庆丰完成了高中3年、大学4年的学业。每次庆丰来厂里，王绍永再忙也要亲自接见他，嘘寒问暖，不但关心学校的学习、生活，而且询问他家里的状况，就像乡间来往密切的亲戚。临走递上二三百元生活费，"好好学习，踏实工作，回报父母。不要有什么压力……"虽然过去了20年，但庆丰始终记得这些关键词。大学毕业以后，庆丰主动来厂里工作，长期担任厂里的法律顾问。

2006年似乎是一个很特别的年份。在前杜村快速发展的同时，刘二堡镇团委设立了"寒窗工程"，王绍永是积极的支持者与参与者。后来老镇长调到县委统战部工作，把"寒窗工程"也带到了县里，更名为"百企助百学"。从始至终，他都是最可依赖的拥趸。别的企业，一般只认捐一个人，3000元，王绍永却是三五个，一两万元。个别企业对资助外乡镇贫困学子上大学有抵触情绪，他知道后，就把这部分资金全部承担下来。他常对负责此项工作的干部讲，拿钱，他愿意，但千万别宣传。可媒体人的职业敏感让他避之不及。记者的采访确实在一定程度上分散了他的精力。他恳求，还是把时间留给我抓抓生产吧，多挣几个钱，也好支持公益事业。他说到哪儿，办到哪。本厂职工子女上大学他管，全村学生的学费他包，而且是从幼儿园开始。

在出资修缮了村小学之后，有村民向他反映村里的孩子赶不上城里的孩子，学校连台电脑都没有。他信心满满地说，只要城里学校有的，我们就有！他从校长嘴里得知学校最大的班有28人时，他先是为学校装配了30台微机的多媒体网络教室、60平方米的舞蹈室，接着为学校添置了投影仪器和电视、电话、卫星教学等设备，还为小学的老师每月补贴500元的岗位津贴、150元的交通补助，让前杜小学的教师成为教师群体中令人羡慕的存在。

每年过重阳节，不管工作多忙，要接待哪位重要人物，他都必须参加。他把村里常年足不出户的老人接上车，在村里兜风，让老人们感受前杜村在自己这辈人手上的变化。他把老人们聚在一起，观看村文艺队演出，发放节日纪念品，和老人们共进午宴。宴会上他向每一桌敬酒，与老人们碰杯，动情地跟他们说："叔伯、婶子、大娘，你们是看着我长大的，我向你们保证，今天我说的不是假话，都是真心话。现在每月的生活补贴能不能保证吃上肉？如果还有别的困难就去找我！"几个大娘落泪了，觉得自己的亲生儿子也没像绍永这么体贴。席间，78岁的翟大爷站起来举杯走向他："绍永，这杯酒大叔敬你。咱庄户人生儿育女为的是养老。如果早知道能遇上你这样的厂长，我连儿子都不要啦！"老人的一席话，听得在场的工作人员满眼泪花。

他对老人如此，对职工也是如此。平时听说谁家困难，他都要派工会的同志帮助解决；听说职工盖新房，有困难的就送上一万元。厂里有名老职工叫李凤民，从厂里回家几年后，突然得了喉癌，由于家里不宽裕，很快花光了积蓄。在万般无奈之下，想到了老厂长王绍永。老伴骑车从10多公里外的大张郎村找到厂里，被工会主席领到王绍永的办公室。她清楚，厂长是老伴最后的一丝希望。王绍永听了李凤民的病情，当即拿出两万元给李凤民治病。老太太接钱在手，热泪盈眶，双膝一软，跪下就磕头。他赶忙伸双手把她搀起来，对身边的人讲："只要在我们厂里工作过的职工，不管现在干什么，在哪儿，只要对厂子有过贡献，有了困难我们都要管！"

村治安巡防员张西渊，70多岁，是一名老党员。20世纪60年代，因家乡修水库，从山东省莱西县移民落户到前杜村，从村干部岗位退下来后，曾在绍永的厂里跑过两年供销。他眼中的王绍永是一个实实在在的大好人，大善人。

"我从山东到辽宁，王绍永是个很少见的一个人，胸怀宽广，特别关心人。谁有困难，都愿意慷慨解囊。前些年，村里只要有困难户盖房，王绍永不是送钱，就是送钢筋，他是真心想让咱前杜的老百姓变富哇！

"村里有个困难户叫柯国宝，爱人患精神病，与儿子靠种地为生，住着50多平方米的3间土坯草房，眼瞅着要倒。儿子到了当娶之年，却说不上媳妇。王绍永听说后，号召全厂职工募捐，厂子兜底，为柯国宝筹集了6万元建房款。盖房子，柯家缺人手，他又带着职工帮老柯挖地基。在王绍永的帮助下，柯国宝盖了新房，儿子娶了媳妇，现在孙子都满地跑了。

"2005年国家取消农业税，2006年免除小学生杂费，2007年取消农民义务工。在王绍永的帮助下，我们前杜村早在1998年就免除了农民的'三提五统'、小学生的学杂费、村民的自来水费和垃圾清运费……"

张西渊扳着指头讲述王绍永日常生活中的点点滴滴，眼睛里毫不掩饰地流露出对王绍永的喜爱与佩服。

爱因斯坦曾经说过："一个人对社会的价值，首先取决于他的感情、思想和行动对增进人类利益有多大作用。"

在刘二堡镇七一表彰大会上，王绍永做了典型发言，他说："作为企业家，创造财富只是成功的一半，而承担起财富二次分配或者三次分配的责任，带领乡亲们共同致富，才是完整的成功！"

因为爱春满人间

"能为他人与社会做出奉献，就是一种快乐！"这是王绍永的口头禅。

前杜村出名以后，许多人慕名而来，有的谈合作，有的求赞助，有的专程来采访。首山镇某社区想成立秧歌队来前杜参加农民文化节，他出手就是两万。2004年刘二堡镇老干办没有活动场所找他赞助，他张嘴就给了10万元。刘二堡卫生院改造，他主动捐出100万元。镇政府修缮，派出所购置警车，毗邻村建村部，村民出意外……凡是挨得着、沾得上边的，他都帮。只有那些想让他上封面，给他出专版的记者吃了闭门羹，因为他拒绝有偿新闻，也不乐意宣传自己。

2008年5月12日四川汶川发生地震。收看电视新闻的王绍永坐不住了，连夜召开公司干部大会。他引用顾炎武的名言"国家兴亡匹夫有责"，喊出"一方有难，八方支援"。他要求厂长们把会议精神逐个车间、逐个班组落实下去，就是两个字"捐款"。在全县都在观望的时候，他领导的辽阳市轧钢厂先向红十字协会送去了30万元的捐款。后来县里组织规模以上企业赈灾大会，他也没有甘居人后。

从2010年开始，王绍永每年拿出10万元捐赠县慈善总会，用于社会福利事业。2012年辽阳县东部山区遭受百年不遇的特大洪水，他第一时间把电话打给了刘二堡镇党委书记。他是刘二堡总商会的会长，商会的骨干也都前脚跟着后脚聚集到他的办公室里商量怎么办。

细雨霏霏，如烟似雾。吃过午饭，他和商会的同志，带着一辆辆遮盖着苫布，满载着米面油、方便面、面包、饼干、帐篷的卡车，与铲车、钩机等工程车辆，在镇政府楼前的大马路上摆成了一字长蛇阵。他们出手了。因为是自己家里的事，所以，这次救灾不仅物资和车辆要去，人也要跟着，只有到现场查看，才知道灾区最需要什么。

通往灾区的道路尽管实行了交通管制，但仍然拥堵，车速很慢。越往灾区深入，场面越是触目惊心。山坡上林木过水的痕迹清晰可辨，电线杆东倒西歪，有的倒伏在河道里。泥石流造成的滑坡与墙倒屋塌随处可见。许多路段被冲毁了，整块路面不可思议地被洪水冲到了半山腰上。如果不是带着工程车辆，救灾车队根本寸步难行。绍永深深为灾情所震撼，帮助灾区人民重建家园的决心也越加坚定。

大灾过后，县里召开了企业与受灾村重建的对接动员大会。他代表企业做了大会发言。绍永援建的是受灾最重的甜水满族乡庙沟村、河沿村。在与两个受援村的班子讨论后，他对建设项目拍了板，派出两个得力干将担任现场指挥和协调员。重建工程项目，是被当作献给灾区人民的礼物规划设计的，他亲自参与、亲自把关：河沿村修村部、清河道、建文化广场，预计80万元；庙沟村建村部、清河道、改造自来水、修复水毁道路，大约100万元。

他和村干部几次到河沿村和庙沟村，两个受援村的班子也来前杜村走亲戚。为帮助灾区人民恢复生产，快速脱贫致富，辽阳亚新农业设备加工有限公司生产的大棚也有了用武之地。河沿村得到的捐助最多，共计300余万元。

打造草莓旅游小镇

北温带适宜的气候，有机质丰富的黑土地，孕育出色泽鲜艳的"水果皇后"草莓。前杜村万亩草莓集中连片，成为辽阳市农业产业示范带的龙头。借助地处沈阳经济区的区位优势，前杜村的采摘园星罗棋布，吸引沈阳、鞍山、辽阳的游客纷纷前来采摘。

2015年在王绍永的努力下,前杜村成功申办全国第11届草莓节,借此良机与草莓专家合作,在采摘园内试种了香野、红颜、京桃香、章姬、白雪公主等13个品种并大获成功,在2016年3月的草莓节上一举囊括了12项大奖。北京市农林科学院张运涛教授在中央七套《每日农经》节目上说:"前杜草莓是中国草莓界的一匹黑马!"

2018年仲秋。王绍永邀刘二堡镇党政班子到村里视察年初开展的美丽乡村环境整治项目。前杜村基础本来就好,这次对村里广场西侧的水塘进行了改造升级,增建了电光、音乐喷泉、水榭歌台和观光栈道,湖边一块巨石上,题刻着"幸福湖"三个大字。湖边的假山前搭建起玻璃幕墙,外挂流泉飞瀑,取名福寿山。休闲广场周围的灯饰也进行了统一布设,用灯光渲染出迷离梦幻的意境。

这些年,前杜村上了多少项目,没人数得清,可王绍永从来没有像今天这么高调,还敲锣打鼓,四门贴告示,唯恐天下不知。许多人心里犯嘀咕,不知他今天唱的是哪出?纷纷打电话问村主任福纯。

原来是前几天,王绍永在村班子会上提出发展乡村休闲游,重点打造"三小时夜生活圈",由于思路太超前,大家心里没底。综合这些年的实践,证明他的做法都是对的,才勉强通过了他的提议,但是大家都觉得不太靠谱,思想上还没有实现完全统一,大家都持观望的态度。

问福纯大家怀疑的理由是什么?福纯说,前杜村没名山大川,虽不是穷乡僻壤,可也没什么特别之处,谁上这儿来?虽然钱不用村集体出,绍永书记个人投资,可钱不是大风刮来的,大家也担心他有个闪失,折了名声。

镇党政班子赶到前杜村时,正是落日熔金的时候。王绍永并没有坐在办公楼里。从楼上望下去,见他在景区里风风火火地忙碌着,虽然已是66岁的老人,浑身上下却洋溢着年轻人的蓬勃朝气。

暮云合璧。广场上的灯亮了,福寿山上的灯亮了,幸福湖上的灯光音乐喷泉打起来,如同听到了号令,廊桥上、吊桥上、彩虹桥上、水榭歌台上的灯也次第亮起来……福寿山上的飞瀑流泉在变幻的灯光中美轮美奂!

大家从楼上下来,陪王绍永穿过湖东广场西端的小吃街,商户们热情地与他打招呼。他笑吟吟地频频颔首示意,嘴上也没闲着,叮嘱大家严把食品质量关,搞好对外服务……他信步走上水上舞台,叫音响师换上《爱拼才会赢》,手拿麦克纵情高歌。这是旅游公司为他量身定制的节目,他开嗓等于为前杜夜生活开锣。

浙江省特色小镇建设的经验进一步启发了王绍永:一个依托本地资源优势,建设草莓旅游小镇,打造中国美丽乡村最佳旅游目的地的宏伟构想在他的脑子里日渐成熟。

说干就干。村办公楼在机器的轰鸣声中轰然倒塌,一座中国古典风格的草莓客厅拔地而起。可他还是嫌老学校易地搬迁项目跑得太慢。有人劝他,可以不必管小学了,小学合并早已经是大势所趋。试看整个南片,也只有前杜村还保留着小学。你投那么多资金,只为几十个孩子,性价比太低。可他说,建草莓小镇,没有学校,怎么会吸引人进来?

比城里更现代的新学校落成了,在开学典礼上孩子们编演了快板歌颂他、感谢他。舞台下面,他腼腆得像个孩子,很难和那个威风八面的统帅形象叠合在一起。他虽不是教育家,却践行着大教育家陶行知的人生理想:"捧着一颗心来,不带半棵草去。"他说,他就是一个农民。如果不搞企业,一年辛辛苦苦打拼下来,至多能挣5万块钱。国家政策好,让他有了钱,就是让他为社会多做些事……

在老学校腾出的空间里,张家大院、李家大院、翟家大院、生产大队、一队、二队、青年点、甲壳虫房、茅草房农家院……这些特色民宿相继落地。

2020年隆冬,寒风凛冽,雪花飞舞。辽宁省散文学会的作家到前杜村采风。他破例全程导游,驱车载作家朋友到草莓种植基地。车停在采摘园的停车场上。大家穿过客厅步行到采摘区,掀开一栋温室大棚的棉门帘,嗬!好一派绿意葱茏的春光!

一垄一垄整齐的草莓花繁叶茂，层层叠叠的绿叶下面，缀满了密密麻麻、大大小小的果实，没熟的像翡翠，要熟的像羊脂玉，熟了的像鸡血石、红玛瑙。金色的蜜蜂在花蕊间跳着快乐的圆舞。成片的草莓秧仿佛铺在地上的绿绒壁毯，与室外漫天卷地的风雪形成了强烈的对比。

大棚里的女主人热情好客，摘了红彤彤的草莓请大家品尝。这些作家舍不得吃，把一枚枚香喷喷的草莓捧着掌上仔细端详：

鸡心般的外形，通体饱满，布满凸凹不平的种坑，有玉的润滑，有翠的明亮，有多肉的萌。长长的果柄，基部镶嵌着一圈锯齿状的萼片，如同给果实装饰了一道花边。

作家们爱不释手，可又禁不住草莓香甜气味的诱惑。轻轻咬上一小口，粉红色的果汁立刻包裹了舌尖、牙齿和双唇。再看被咬下尖顶的草莓，红色细腻的果肉中间，有一个白色的小洞，就像一朵美丽的玫瑰花。

王绍永看着满棚长势喜人的草莓，目光里流露出难以抑制的骄傲与自豪。他对作家们说："在我们的带动下，周边村的乡亲也都种上了草莓，走上了富裕路。现在以前杜为中心，我们的草莓种植面积超过一万亩。前杜村全国草莓节的成功举办，更是让辽阳草莓驰名海内外……"

女主人拉着他去看地里引种的新品种。无拘无束的作家们开始边采摘边拍照。从草莓采摘园出来，作家们又随他到草莓小镇里转悠。村口，以前那座雄伟壮丽的仿古牌楼被他赋予了新的内涵。牌楼下，街两旁的现代建筑，已改建成翘角飞檐的仿古建筑群。他介绍说，这处景点将来就叫"刘二堡古镇"，为刘二堡提提气，传传名。

小街尽头是草莓主题广场，老远就见一颗二层楼高的草莓雕塑，红艳艳的，像一座开满山丹丹花的小山。广场西部是福寿山幸福湖景区。中式仿古牌门，古香古色，雉蝶凸凹的短墙，傍路依水伸延。园内湖光潋滟，垂柳拂堤。假山隧道，高山飞瀑，七曲廊桥,跨水凉亭,铁索吊桥,相映成趣。加上旁边的热带植物园和观鱼池,生意盎然,风光如画……

逡巡一遭,北京故宫门前的金水桥,虎丘下的剑池,颐和园里的长廊,古罗马的石廊……都被浓缩在这里,在微雪轻晖下,更加迷人可爱。虽然没有排云殿,却不乏水榭歌台。而且,在福寿山的下面竟然筑了隧洞。车与人都可自由通行。最绝妙的创意是,洞即是中国神话传说与中国先圣博物馆,不仅有浮雕、彩绘,而且有文字说明。洞里安装了激光灯,变换打出绚丽多彩的花卉图案,也可以打翩翩飞舞的彩蝶。整个洞就是一盏大花灯。晴好的夜晚,慕名而来的游人络绎不绝,流连忘返。福寿山上不只一处洞穴,而是洞的叠合体,冰鲜草莓冷链和五百罗汉洞都在山上。山上的观景台非常宽敞,驻足其上,举目四望,整个草莓小镇铺天盖地,不能尽望。

山下有猴园和百鸟园。百鸟园的好处是笼子的西北开了角门,门里有无障碍观光区,可以观鸟、拍鸟、喂鸟、戏鸟。观其亮丽的羽毛,听其婉转的歌喉。人与鸟,人与自然,浑然一体。百鸟园在一片高大的钻天杨树林里,中间辟成了"桃花岛"。紧挨着百鸟园的福寿山下建有观光电梯,可以直达空中"玻璃栈道"和"空中花园"。走过令人心惊肉跳的玻璃栈道,是"空中溜索站",索道架在幸福湖上面。乘溜索飞降,既可与蓝天白云为伴,也可饱览田园风物,山色湖光自然也映入眼底。"空中花园"连接"丛林穿越",从地面往上看,人就像一只大鸟在树冠里飞腾,既惊险又刺激。我跟在绍永身后,听他如数家珍向我们介绍他一手策划的杰作。

"夜星空"是王绍永投资2000多万元精心打造的极品景点。那是个人造溶洞。码头上的工作人员,穿戴儒冠、皂靴、百花袍,仿佛穿越到了几百年前的宋金时期。

登船落座,王绍永坐在船尾当解说。游船轻巧地穿行在"桃花浮岛"间,荡开如烟似霞的树树桃花。进入洞内,洞口的帏幔自动开启,让人联想到水上大舞台的幕布。溶洞长980米,被分割成若干单元,运用声光电和3D技术,营造出"湿地风光""海洋世界""山林猛兽"和"风雷雨雪"等自然奇观。船行洞中，游人恍然如梦，在如梦如幻中领略溶洞灯光的美轮美奂与奥妙神奇。

小西湖景区尚在建设，作家们拒绝了他登岸改乘电瓶车的好意，乘舟原路返回。因为意犹未尽，又乘兴游览了儿童乐园、古辽城赛车场和草莓客厅。小憩时，转了转美食街，不禁唾津潜溢了。绍永见天时不早，取消了到文化宫看宣传片的行程，直接把大家引到幸福湖北岸的餐宿区，选了最大的蒙古包餐厅。其实，作家们对青年点、生产队、甲壳虫房和汽车旅馆更感兴趣，却因不知道里面能否就餐没好意思向主人提出来。

王绍永还有一个大胆的设想，就是钢铁公司退出产能后，高炉、转炉一个也不扒，而且要增建科技馆，再造一个工业观光园，让游客亲身体验钢铁是怎样炼成的。

局内人都记得，2008年辽宁省新农村建设功勋人物颁奖大会上组委会给王绍永的颁奖词："少了他，就没有前杜村由穷变富的蜕变，少了他，乡亲们的人均收入就不会过万……"

可局外人未必知道，现在的前杜村已经是全国绿色小康村、全国敬老先进村、全国文化先进村、全国群众健身运动先进村、全国基层党建先进村、全国精神文明创建先进村、全国一村一品专业村、全国十大美丽乡村，2018年在海南博鳌美丽乡村峰会上，前杜村又被授予美丽乡村优秀组织单位和全国百佳乡村旅游目的地。

王绍永说："我是个农民，我的梦想就是改变家乡的面貌：人人住高楼，家家有汽车！"

也许世界上任何一个70岁的人跟人讲上面那番话，作家们都会怀疑，但因为面前坐着的是王绍永，他们选择相信。相信前杜村是个有故事有梦想的地方，相信这个有着"黑土上的追梦人"称号的时代楷模，一定能够用智慧和汗水造出一个人间天堂！

仰望星空

赵彦梅

"世界上有两样东西深深地震撼我们的心灵:一是我们头顶上璀璨的星空;一是我们内心里崇高的道德准则。"

康德的话告诉我们:在浩瀚无垠的宇宙面前,我们人类是渺小的,但我们并不能因为渺小就自卑自弃,而应该时时遵从内心的道德准则,树立崇高的人生理想,并为之奋斗。

序 言

2019年6月25日,第九届全国"人民满意的公务员"和"人民满意的公务员集体"表彰大会在京举行。当选第九届全国"人民满意的公务员"的何经涛是辽宁省法院系统、辽阳市公务员系统唯一获得全国"人民满意的公务员"称号的同志,得到中共中央总书记、国家主席、中央军委主席习近平,国务院总理李克强的亲切接见。

何经涛——法官?他到底是怎样的一个人?这个名字的后面到底有怎样的故事?我对他充满了好奇,开始上网搜寻何经涛的资料。

何经涛:男,汉族,辽宁省辽阳人,1973年9月出生,大学文化,1991年12月参加工作,1995年5月参加法院工作,2004年7月加入中国共产党，历任文圣区人民法院书记员、助审员、审判员、副庭长、庭长，现任辽宁省辽阳市文圣区人民法院审判管理办公室主任、诉讼服务中心负责人。

"苔花如米小，也学牡丹开。"大千世界，芸芸众生，有些人哪怕只是一株小草，也注定要把自己活成不平凡。何经涛就是这样的一个人，作为一个普通的基层一线法官，他把自己活成了一个奇迹，一个传奇。

我的目光长久地停留在网上的一张彩色照片上。

在获奖者的合照中，右起第二个是何经涛。他穿着藏蓝色的法官制服，白衬衫，扎着红色领带，胸前挂着金灿灿的奖牌，戴着大红花，平头，神情执着、坚毅、镇定。

看着他，我的心被微微触动，迫切希望早一点见到这个我心目中思量、追慕的"英雄"。

见证他的工作

辽阳市文圣区人民法院在河东新城衍水大街38号西南方150多米处，崭新的大楼矗立在蓝天白云之下，悬挂在大楼上面庄严神圣的国徽显得格外耀眼。

2021年4月12日上午9点，我按照事先的约定来到何经涛所在单位。

"何主任，我已经到了法院的楼下。"

"你来一楼大厅，我马上去接你。"

我推开大楼的正门，正看见大厅左侧赭红色的大门开启，一个中年男子大步流星地向我走来。他中等身材，平头，脸色有些暗沉，藏蓝色法官制服干净、利落，制服的左边衣领上别着精致的法徽，白衬衫，服帖的红色领带结打得端端正正，整个人清清爽爽，有职业法官的干练和英气。

我们的目光两两相接，彼此确认，然后友好地问好，握手，简短地自我介绍。他的语调平静,态度平和,声气低、稳、缓慢,饱含的真诚有三月桃花、四月杏风的暖意。

"你跟我去大厅吧,我有事情还没有处理完。"

我跟在他的身后,穿过那扇赭红色的木门,来到一楼诉讼服务中心的大厅。

"何主任——"

"何主任——"

很多人同时喊着他的名字,他们奔向他,把他团团包围起来。他用目光扒开一条缝隙,寻找到我,略微抱歉地向我微笑一下,示意我坐在一个圆形玻璃几案旁边的竹椅上。

他伸手接过一个老人的诉状,一边认真地看着,一边说:"这……还有这……这些地方都得改,因为前后起诉的人不一致……您再看看,如果这样……哎呀,您怎么还哭了,老人家,来来来,您坐下来说,您这么大年纪了……"

老人和何经涛同时坐下来,就坐在我的对面。我目不转睛地看着他,试图捕捉他所有的工作细节,以此感受、判断他的心理及工作状态。此时,何经涛全身心地投入工作,似乎把我忘得一干二净。

"看,您要不信我就回家找一个人给您念一遍吧,您是以原告的身份来起诉,现在原告变成别人了……实在不行,下次您把U盘带来,我帮您改……您要坚持不修改,您的案子连立案的程序都进不去……您别激动,怎么又哭了?您别为难,其实就是像讲故事一样,您把这件事情的来龙去脉说清楚,就是您为什么告他们,因为什么事情他们侵犯您的权力,所以您起诉他们……"

这位老人的年龄至少在75岁以上,高个,脊背微驼,脸色黧黑苍老,手指骨节粗壮僵硬,挂在身上的藏蓝色旧中山装显得肥肥大大,头上戴着的蓝色帽子款式陈旧。

我说:"你家里没有别人吗?哪怕有一个念高中的学生也行。"

老人急得又哭了,说:"家里就我和老伴两个人,我们都是农民,都没有念过什么书,最大的文化就是能歪歪扭扭地写出自己的名字，我们能懂什么！"

"大叔，这样行不，如果您实在不懂，下回您把U盘拿来，微信也行，我帮您改，这回听懂没有？"

老人忽地一下站起来，跺着脚，提高了分贝说："我哪里来的U盘！我连手机都没有，还有什么微信？我一个老百姓——"

他把"老百姓"三个字拖得又长又响，也许他知道眼前这个何经涛法官就是为老百姓主持公平正义的，所以他才有底气。

何经涛停了一下，看了我一眼，转而对老人说："大叔，如果您不信我，也要相信这位作家，如果连作家都不信，那么您找一位律师，让律师帮您看看，行吗？"

"我哪有那么多钱，我这个诉状还是花了500元钱请律师代写的，500元呢！"

原来这位老人的诉状前后申诉得不一致，在行文中很多地方逻辑不通，自相矛盾。何经涛虽然细致地告诉他怎么改，可是老人因为没有文化，再加上年龄大，生活与现实社会网络生活严重脱节，所以何经涛的话，他根本听不明白。

何经涛从制服兜里拿出一个U盘，递给老人说："找一个明白人，亲戚也行，按照我给您画的地方改，把两个被告的名字都加在这里，对，就是这个位置……还有这个地方……如果还改不明白，就给我打电话。"他拿着水性笔，一边对老人说，一边在诉状的页边上写上自己的手机号码。

有了何经涛的手机号码和他的允诺，老人心里有底了，他流下了浑浊滚烫的泪水说："何法官，你太有耐心了，虽然我还是不太明白，但是我一定按照你说的做，谢谢你！"说完，他满怀信心地走出了诉讼大厅。

"你天天这样吗？"我问，"你辅导诉状的样子让我想到你是一个老师在耐心地辅导一个学生写作文，而且这个学生仅有小学一年级的水平。"

他看了我一眼，笑了笑，又情不自禁地摇了摇头，像是对我的回答，又像是给自己刚才的工作做了一个无奈的解释。

"你每天的工作都这样吗？

"是，这是我工作的重要内容之一。"

"每天这个服务大厅大约能接待多少人呢？"我趁着别人还没有说话的时候见缝插针地提问。

"我们诉讼服务中心每天要接待100人次左右，一年至少要接待两万人次。我们诉讼服务大厅是法院的一个窗口单位，也是每一个案件开始的源头，这不仅关系到法院的形象，也关系到案件的审判质量以及群众的诉讼感受，任何时候我们法官都不能松懈。"

他在回答我问题的时候，目光已经落在了下一个人递过来的诉状上。

"你那个车是这样的，你得拿出你买车时候的收据，证明车的主人是你本人，然后才能研究赔偿的问题……就是这个地方，你得写清楚。"

他又对一个当事人说："你母亲90多岁了，那就不用她自己来法院了，我派人去她家里立案。"

来起诉的当事人有打土地官司的，有打财产继承官司的，有离婚财产分割的，有追要欠款的，有开发商起诉业主不交物业费的，有业主起诉开发商不按时交房或者房屋质量不达标的，有车辆停放时被砸索要赔偿的……所有的诉状，何经涛不仅一一查看，而且火眼金睛一般，一下子就能看到诉状的症结，给当事人指出存在和需要解决的问题，并尽量言简意赅地提出修改意见，同时嘱告当事人需要准备哪些证件打官司。他对业务十分谙熟，给出的意见恰切、精准，当事人都心悦诚服。

这个大厅是一个现代化的办公场所，窗明几净，宽敞明亮，大厅的北墙上有几个醒目的红色大字——诉讼服务中心，穿着法院工作制服的几个年轻人正在台前认真地工作着。大厅里采用新式的办公手段和办公方式，比如当事人可以通过自主查询机查找案件进展情况，搜索各种诉讼文书样式以及进行档案查询，比如用机器查询诉讼费。

何经涛是这个诉讼服务中心的负责人，当事人见到何经涛，似乎就看到了自己的希望，所以他们盼他、找他，急着得到他的帮助。他有的时候坐下来看材料，有的时候站着给别人解释各种疑问，回答他们的咨询，有的时候接打工作电话，没有片刻安闲。

时间分分秒秒地过去，人们来来去去，只有何经涛始终没有离开那个诉讼服务中心的办事大厅。这期间，他没有喝水，没有去厕所。快到中午的时候，来办事的人逐渐减少，11点26分，最后一个来大厅办事的人离开，何经涛也停止工作。他再次推开诉讼服务中心那扇赭红色的大木门，有些疲惫地离开诉讼服务大厅，回到他的办公室。

他的办公室在诉讼服务中心大厅的东面，与大厅只隔着一个赭红的门扇，面积不大，因为是一楼，所以阳光并不充足。靠窗的办公桌上放着层叠的档案材料，门的旁边有一张简单的单人床，床上面摆满了各种书籍和办公资料。

他走到办公桌前，来不及坐下，就仰头喝下一口矿泉水，然后把什么东西放在桌面上。我随着他手的动作看下去，看到办公桌上的一板药，上面整齐排列着一个一个的小坑坑，每一个小坑坑边缘的锡纸都已经被拆毁，破损的边缘像银色蝴蝶一样张着翅膀。

"这板药已经吃完了？"我看着他，敏感地问。

"是。"他说，然后走到西面贴着墙壁立着的一个橱柜边，轻轻地拉开一个大抽屉，随手拿出一盒药，打开，拿出两片，放到嘴里，喝一口矿泉水，把药送下去。

我看到抽屉里满满的都是药，满满的。这时，我意识到——我面前的这个中年男子已经不再是在那个门扇里兢兢业业、耐心周到地辅导诉前诉讼的法官，而是一个尿毒症患者，12年前，他移植了一颗别人的肾脏，此时此刻，他的身体正在进行强烈的排斥反应。

工作，吃药。在近3个小时的时间里，这是我看到的他的全部。我想，他真是个具有玻璃一样脆弱的身体和钢铁一般毅力的人哪！

我不知道他是通过怎样的意志才把这两个互相矛盾的、不协调的"东西"顽强地统一到他的生命里的，他使我觉得他是一个神奇的人，神奇到不可思议，神奇到让人敬服和流泪。

活的"法律知识大全"

1995年，辽阳市文圣区人民法院面向全社会招录书记员。22岁的何经涛在1000多名报考选手中脱颖而出，成为辽阳市文圣区人民法院民事审判庭的一名书记员。

刚到法院工作的何经涛为了尽快提升自己的业务素质，业余时间，他便一头扎在图书馆里学习，凡是对工作有益的书籍，他都读，有时候一时消化不了，他就记下来，反复钻研。因为他是图书馆的常客，所以图书馆的工作人员对他都非常熟悉，戏称他是图书馆的"义务管理员"。多年来，何经涛一直坚持自费订阅10多种杂志，还写了上百万字的读书心得，同时剪辑收藏案例，从报刊上剪下来的典型案例就装订了10多本。从2004年开始，何经涛还成了义务法制宣讲员，先后到学校、社区、企业、机关进行法律宣讲60余次。有时，同事遇到棘手的案子，都第一时间找他请教。一些"法院新兵"因为案子送达不出去，不能及时判案结案，心急如焚，何经涛就热情地帮助他们找原因，想方设法把案子送达当事人。

牛顿说，"我之所以看得远，是因为我站在了巨人的肩膀上。"为了尽快胜任书记员工作，何经涛不仅发奋钻研书本知识，还注重实践经验的积累。他经常虚心向同行学习，遇到问题及时请教老同志，借鉴他们的先进工作经验，提升自己的工作能力和水平。

有一次，法院审理一个离婚案子，审判员李伟欣发现他的笔录记录得又快又好，就好奇地问他："小何，你的笔录怎么记录得这么快、这么好？"

何经涛说："李姐，我去档案室查找相同案由的卷宗，发现你当年做书记员时候的庭审记录特别清晰、完整，我就仔细研习，认真揣摩，领会要义，从而受到了启发，知道了在庭审的时候应该记录什么，规避什么，因为借鉴了你的笔录经验，我才有了思路和方法，向高手学习，真是事半功倍呀，我得谢谢姐姐。"

"书山有路勤为径，学海无涯苦作舟。"在求学问道上，只有像百川赴海一样百折不回，才能日益精进。何经涛不怕累，能吃苦，天长日久、持之以恒地充实知识，增长才干。更难能可贵的是，在学习的过程中，他不盲目，凡事擅长找思路，找方法，肯实践，工作起来才有条不紊，触类旁通。"知人者智，自知者明"，积极钻研，善于学习，取长补短，这也许是何经涛有别于其他人的地方，也是他成就自己的一个"捷径"。

在担任民事审判庭审判员的时候，何经涛受理了一起股票纠纷案件。原告是在沈阳开户的一名股民，他的股票在异地被盗卖，资金在辽阳某证券公司被提走。当时辽阳涉及股票纠纷的案件很少，缺少司法实践，案子一时难以处理。何经涛认真分析案情，多方查找案例，最后在资料册里查询到上海审理的一个同类股票案件。上海法院的审判经验打开了何经涛的思路，他借鉴上海法院的审判经验，结合本案的具体情况，最后做出判决，使原告获得了10万元人民币的补偿。此案开辽阳市证券纠纷司法实践的先河。

何经涛还审理过一个房产继承的案件：一名妇女将一处住房卖给了一个男人，不久这个男人病故了。在房产继承的问题上，死者的子女和他的后老伴产生了纠纷，官司打到法院。庭审的时候，卖房者声称，死者后老伴那个房屋买卖的合同是假的，合同上的手印不是她的。这样指纹认定成了办案的关键。何经涛让两个人当场按下指纹。可是指纹进行认定时，卖房者的手印较轻，难以认定。于是何经涛与同事一起去弓长岭安平次村，找到卖房者，请他出具全部指纹。可是卖房者以死者后老伴找人威胁自己为理由，百般不肯。过了几天，何经涛打听到卖房者在市里办事，就再次找到她，耐心劝说，终于使卖房者自愿提供了指纹。最后，通过认定，房屋买卖合同确实是伪造的。抓住指纹的关键，慧眼识真伪，让何经涛成为有名的识别伪造合同的能手。

鲁迅说："我哪里是什么天才，我是把别人喝咖啡的时间，都用在工作上了。"勤奋好学，孜孜以求，这是何经涛在工作上得心应手的重要法宝。

他爱学习的品质一方面来自工作的需要，另一方面来自他父亲的熏陶。他的父亲曾经是庆阳化工厂职工大学的校长，很爱读书，藏书四壁，家学深厚。

小时候的何经涛经常从父亲高大的书架中选择书看，尤其爱看包拯。在他幼小的心里，包拯是中国古代社会的良知，代表着惩恶扬善、除暴安良的天理。后来，当他长大一点的时候，开始喜欢英国文学作品里的神探——福尔摩斯。福尔摩斯精通侦探业务所需要的多种专长，包括化学、心理学、解剖学、哲学等。他那入微的观察、精密的逻辑推理、高超的破案技巧总是让何经涛拍案叫绝。于是在何经涛心里，一个伸张正义、主持公道的法官梦就潜滋暗长起来。

何经涛每一次和别人说到他的法官梦的时候，总是眼目低垂，显出回味悠长的样子，似乎童年往事轻轻地走到自己面前，他在细细地玩味、咀嚼，在心里与从前的自己欣喜又默契地相逢。

然而，梦终归是梦，非常感性，并不清晰明朗。在高中毕业选择职业的时候，何经涛对自己的生涯还不会进行理性地规划，所以阴差阳错，他成了庆化公司的一名工人。

成为工人的何经涛越来越清晰地认识到他所向往和热爱的工作是做一名法官，他真切地感受到他心里的法官梦从来都没有熄灭过。

为了圆法官梦，何经涛一边倒班，一边自学法律。1990年，他参加了自学考试，1993年，他考取了法律专业的大专文凭。1995年，到法院工作以后，他又继续到吉林大学法律系深造，取得了本科文凭。

兜兜转转，梦想终于照进现实，何经涛深刻地意识到：知识改变了自己的命运，使他成为一名梦寐以求的法官，这让他格外珍惜这个职业。

时代在不停地向前发展,各种新问题也层出不穷,即使法理不变,法条也是随着时代的发展而不停地变化更新的。虽然何经涛通过不停地深造和学习,专业知识既系统,又精深,但是在千变万化的时代背景下,他知道如果不善于学习,就不能更好地开展当下的工作,所以他还是不停地向同行学习,向书本学习,向律师学习。有时候律师们的观点和他们分析案情的切入点都给他很大的启发,让他受益匪浅。

何经涛善于钻研,学什么像什么,不单单学习法律方面的知识,文学、哲学、自然科学、历史、医学等他都广泛涉猎。

那个时候,法院志同道合的一群年轻人成立了一个文学沙龙。在沙龙里,大家经常一起讨论文学作品。何经涛办了一个借书证,他把书借来读,大家也把他借来的《十月》《收获》等新出版的杂志以及国内外一些名著传阅着看,传阅完以后,在限定的时间内,他再把书送回去。每次在探讨、交流读书心得的时候,何经涛都会有独到的体会,他的认知和见解总是超过别人。开卷有益,这在何经涛以后的成长中得到很有力的验证。

"博观而约取,厚积而薄发。"这是苏轼在《稼说送张琥》中的话,他告诉我们读书要简约审慎地取用,广泛地阅览,扼要地选取。何经涛成长之快、进入角色之迅速、审判案子之准确、对世事感悟之深刻,是和他勤奋广博地学习、审慎地约取分不开的。所以,他精深的专业知识和广博的学识让他在工作上得心应手的同时,也赢得了领导和同事们的认可,同事们都说何经涛是活的"法律知识大全"。

尿毒症晚期

何经涛在文圣区人民法院是有名的拼命三郎,他工作起来从来不讲条件,不计代价。他给人的印象是:腿特别勤快。

2018年以前,文圣区人民法院办公楼还在辽阳市白塔区永寿胡同8号，辽阳麻纺厂、水泥制品厂等都在文圣办事处辖区之内，辖区的案件都归文圣区法院一个合议庭审理。何经涛当时负责审判员李伟欣和另一名审判员的工作。因为他腿太勤快了，工作中，他不仅负责李伟欣的审判团队，而且别的团队有疑难问题的时候，也都愿意找他帮忙。

"小何，你帮我送一个传票吧。"

"好的。"

"小何，帮我跑个腿吧。"

"好的。"

何经涛就是这样，麻利、爽快，随叫随到，从来都不推辞。

20世纪90年代，几乎每个家庭都没有电话，人们也没有手机，没有小轿车。然而他克服重重困难，即使是8小时以外的工作，也欣然接受，乐此不疲。

何经涛送达一些法律文书时，因为通信条件限制，他与当事人不能约定送达的具体时间和地点，所以他必须早早起来，骑着自行车，趁着当事人上班前把文书送达到当事人手里，然后再骑着自行车上班；下班以后，他也经常蹲在当事人的家门口，等当事人下班。有时候，因为当事人并不知道他在等，下班后悠闲地去逛菜市场，逛商店，或者去幼儿园接孩子，或者去串亲访友……何经涛就是一根筋，他一定要见到当事人，亲手把文书送到当事人手里，哪怕是一个小时、两个小时、三个小时他也在所不惜。有时候他连饭都顾不上吃，不完成任务，绝不"善罢甘休"。夏天太热，晚上楼道里有蚊虫叮咬，他不在乎；冬天太冷，他就把衣领竖起来，搓着手，在楼道里等。风霜雨雪、披星戴月是何经涛工作的常态。

在单位，大家眼中的何经涛在走廊里是小跑着工作的。

一楼喊："何经涛——"

二楼喊："何经涛——"

三楼喊："何经涛——"

喊的时候，人们也不知道何经涛在什么地方，可是只要话音落下，他就会出现在人们的面前。这种速度让同事们都感到不可思议——难道何经涛的脚上安装了风火轮吗？怎么比机器人还快！简直就是飞毛腿！

这样一个年轻人，会有谁不喜欢他呢？他把最平凡的工作做到了让领导放心、让同事和当事人都满意的程度。所有的人都对他刮目相看，都说，将来这个小伙子肯定有出息。

也有人问他："何经涛，你腿真勤快，工作起来就像飞毛腿，无论你在什么地方，只要喊你一声，你就会应声出现，难道你有诀窍吗？"

何经涛的嘴角总是挂着浅浅的笑，说："谈不上，我年轻，有力气，腿儿自然就快。"他的语调一如既往地缓慢而平静，似乎发生在他身上的所有过往都是云淡风轻，没有什么值得特别说明的。

自1995年以来，何经涛一直站在审判工作第一线，在平凡的岗位上做出了不平凡的成绩。2007年，他被评为辽宁省法院系统"十大杰出调解能手"；2008年，他被授予全国法院系统"十大杰出法官"称号，荣立个人二等功。这些成绩生动诠释了何经涛"公正、廉洁、为民"的核心司法价值观。

何经涛实在是太优秀了，个人素质好，专业知识扎实，工作能力强，工作态度积极，工作成绩突出，团结同事，乐于助人，急人之难，解人之忧。他从书记员做起，一路提拔：由书记员到助理审判员，2002年任审判员；2007年，他升任文圣区人民法院民一庭副庭长。就这样，他踏踏实实、一步一个脚印地向前走着，一切都按部就班、顺理成章地向前发展，事业上大有"长风破浪会有时，直挂云帆济沧海"的宏伟气象。几乎每一个人都认为摆在何经涛面前的是锦绣灿烂的前程，阳光会时时眷顾、照耀着他的人生之路。

在灾难来临之前，几乎所有人都认为幸福离自己很近，灾难离自己很远。谁不期望"岁月静好，现世安稳"？然而，"天有不测风云，人有旦夕祸福"。何经涛万万没有想到自己这么硬邦邦的一个小伙子居然会和尿毒症终生交缠，相互厮守，永远不能剥离。

2008年11月17日早晨，在上班路上，何经涛突然感到一种难以忍受的胸闷和恶心。他本能地感觉不好，想去医院，然而单位有要紧的案件还没有处理完，他是离不开的。他的眉头紧紧地打着结，左手捂着胸口，右手扶着自行车的车把，咬着牙，还是径直上班去了。在工作的时候，同事发现了他的异常，强行给他请了假，用自行车驮着他去医院检查身体。检查完以后，他又跟着同事回到单位继续工作。

按照惯例，文圣区法院民事审判部类每周要例行召开一次案件调度会，讨论疑难案情。何经涛是处理"疑难杂症"的高手，自然是与会者中的主要角色。

2008年，李伟欣已经升任为辽阳市文圣区人民法院副院长，分管民事审判工作。何经涛是辽阳市文圣区人民法院民一庭副庭长。一天下午，李伟欣带领大家正在激烈讨论一起案件的时候，何经涛的手机铃声响了。

他说："李院长，我接一个电话。"说完他就出去了。接完电话，他回来，情绪很低落，向李伟欣耳语说："院长，我有急事，需要出去一下。"然后急匆匆地走了。

在场的人以为他的家里出了不便言说的事情，并没有细想什么，会议照常进行。

原来，何经涛的体检报告单出来了，医生给他打电话，说他的情况不好，务必让他本人马上到医院来一趟。

何经涛从医院回来的时候，会议已经开完。他来到李伟欣的办公室，把体检报告单放在李伟欣的办公桌上，说："院长，我有毛病了，尿毒症晚期。"说完，他的眼泪滴滴答答地落下来。

都说男儿有泪不轻弹，只是未到伤心处。在拿到报告单的那一刻，何经涛的世界天塌地陷，虽然他一直尽力支撑着自己，不让眼泪掉下来，但是此刻，他见到了自己亲人般的李伟欣——她是与自己朝夕相处的领导、同事，也是姐姐，瞬间何经涛的精神哗啦啦地崩溃下来，不能自已。

"天，怎么会这么重。"李伟欣看看体检报告单，看看何经涛，眼泪像断线的珠子一样簌簌地落了下来。

肾是人的生命之源哪！李伟欣不愿相信这个体检结果，内心诅咒这个可恶的病，她"责问"何经涛："你怎么会得这样的病？你怎么不知道好好照顾自己？你这么大的一个人！"

她又哭着，担心地问："你是怎么回到单位的？"

何经涛一边流泪一边说："我是骑自行车回来的。"

李伟欣好后怕，她真不敢想象，在人来车往的马路上，何经涛揣着一份尿毒症晚期的体检报告单，一个人沉默地骑着自行车，行进在回单位的路上，他的心里在想着什么？他的心在承受着什么？

多年以后，已经是辽阳市文圣区人民法院党组书记、常务副院长的李伟欣提及当年何经涛拿着体检报告单无助地出现在她面前的场景，她还是抑制不住地泪如泉涌。她不是演员，她不需要表演，她的泪水来自心灵深处的痛惜。在多年的工作中，她和何经涛是亲密的战友，是志同道合的同事，他们同样优秀，心有灵犀地配合着工作，他们相互鉴定着彼此的成长，结成了情同手足的真挚情谊。一想到何经涛的病，她内心深处怎能不锥心般地疼痛？

太可惜了！被确定为尿毒症晚期的何经涛此时才34岁，参加工作才13年，跟妻子黄铁峰结婚才6年，儿子才2岁。

在体检前的两三个月前，李伟欣与何经涛去北京办一个案子。有一次上楼的时候，李伟欣感觉到何经涛呼哧呼哧地喘，她当时没有多想，打趣他说："小何，你这么年轻，以前你的腿脚那么勤快，楼上楼下跑，一点事没有，今天怎么还喘上了？"

何经涛说："也许是昨天晚上路走多了，可能还没有恢复过来。"

从北京回来以后，何经涛一如既往地勤奋工作，身边的人并没有感觉到他的异样。

真实的情况是：2007年，在法院职工的例行体检中，何经涛肾脏的健康指标就已经出现了问题，医生嘱咐他复检。但是，一方面是因为工作太忙了，他每天起早贪黑，忙得没有双休日、节假日；

另一方面他以为，自己年轻，身体好，扛一扛就会好的，没什么大事。他把体检报告单压在办公室卷柜的最底层，对所有人不言一个"病"字。他和从前一样，在工作上继续做拼命三郎。

可以说，他是累倒在工作岗位上的。

生命猝然亮起红灯，何经涛的人生开始波诡云谲，险象环生。他的亲人、朋友、同事，没有一个不为他扼腕叹息的。

李伟欣在第一时间把何经涛的情况向院党组做了汇报。院领导非常重视，去医院看望他，嘱咐他安心养病，嘱咐他要全力以赴配合医生治疗，嘱咐他要不惜一切代价治好病，嘱咐他千万不要牵念工作。

因为病情严重，何经涛由辽阳市中心医院转入中国医科大学附属第二医院，做动静脉瘘手术，术后他又回到辽阳市中心医院进行透析。

在医院里，何经涛每天打针、吃药、做各种检查。透析的时候，他瞪着无神的大眼睛看着代替自己肾脏工作的机器，看着自己殷红的鲜血在管子里跳跃、流动、循环，他知道自己将借助这个"庞然大物"来把身体里的尿液和毒素排出体外，以此缓解自己的病情。他在心里对这个机器生出了复杂的感情：有时有点厌恶，有时也有点依赖。无论是厌恶，还是依赖，他都知道自己与这个机器"亲密"得浑然一体，没有间隙，不可分割。

他不想认命，但是面对命运的作弄，他却无可奈何。他彻夜失眠、彷徨、无助，甚至绝望。他为自己惋惜，因为毁损，所以他开始质疑这个肉身，怜悯它，也痛恨它。他忧伤极了，感觉自己就要张开翅膀在广阔天空里翱翔的时候，老天咔嚓一声就将翅膀折断，声音响亮、干脆、刺耳，没有丝毫怜惜。人生第一次让他这个七尺男儿肝肠寸断。

"世界以痛吻我，要我报之以歌。"在等待适合肾源的"漫长"时间里，以前读过的书对何经涛再一次发挥了积极的作用。他渐渐地清醒，知道人生不是用来打败的。他又记起了奥斯特洛夫斯基的名言："人的一生可以燃烧，也可以腐朽，我愿意燃烧起来。""是的,我愿意燃烧起来!"他在内心里反复地想,给自己树立信心,告诉自己:"一个人经历什么,就应该享受什么。我的名字就是何经涛,我注定要经历惊涛骇浪,这是命运的赐予,我应该甘之,怡之,害怕、怨怼又有什么用呢?生命诚可贵,毕竟我还活着,比起那些死去的人,至少我的生命还有希望,这已经足够幸运。"

何经涛开始衡量生命的长度和宽度,开始更深层地思考生命的意义,思考"小我"和"大我"之间的关系。他想:"我是一名共产党员,所以我要'做一个高尚的人,一个有道德的人,一个纯粹的人,一个脱离了低级趣味的人,一个有益于人民的人。'"他开始积极面对现实,决心无论如何也要重新站起来,就像海伦·凯勒一样,哪怕生命只有"三天光明",也要做一个对自己、对他人、对社会有意义的人。

"纵使疾风起,人生不言弃。"他在心里反复默念法国诗人瓦雷里的诗句,告诉自己永不言弃。于是他把病房当成了自己的办公室,把病床当成了自己的办公桌。同事去看他,发现他的床头柜上、被子上,除了一些与尿毒症有关的资料以外,全都是各种各样法律书籍。他一边钻研,一边分析案例。

有一天,一起劳动争议案件的当事人张某电话求助病床上的何经涛。何经涛忍着病痛用电话联系双方当事人,晓之以理、动之以情地做他们的工作。当双方当事人得知他是在病床上为他们调解时,深深地被他舍身忘我的工作精神所感动,张某主动撤诉,双方当事人自愿和解。

除此以外,何经涛还在病床上成功调解了多起案件。

有时候,医生看他熬夜工作,担心地对他说:"何经涛,你不要命了?"

他就瞪着大眼睛看着医生,耍赖地说:"没事的,我心里有数,我都久病成医了。"

他的妻子黄铁峰看着丈夫用弱不禁风的身体忙碌工作的样子,对他又是心疼,又是生气。何经涛耐心地对妻子说:"法院的同事们都这么忙，多干点，多学点，有什么不好。"

有时候，黄铁峰态度强硬地让何经涛休息，何经涛低声细语地解释说："群众的事放在那儿，我不处理完，能睡得着觉吗？"

有时，何经涛甚至不顾医生和家人的反对，拖着虚弱的身体跑到单位去工作。

他对自己说："我能帮同事们打打下手也好。"

何经涛的担当和奉献也赢得了当事人的感激和感恩。

有一天，老郎来到何经涛的病床前，鼻涕一把泪一把地说："我跟家人已经商量好了，我要把我的肾移植给你，虽然我的身体残疾了，但我的肾是好的，我要它也没多大用处，你的身体好了，还能为党、为人民多做好事。"何经涛虚弱地躺在病床上，看着老郎，感动得什么话也说不出来，只默默地流泪。

老郎曾经是何经涛办理案件中的一个申请执行人，现在住在辽阳市文圣区滨水花园小区。这是一个回迁小区，楼宇簇新，各种生活设施齐备，环境干净整洁。

1997年5月24日中午12点多，农民工老郎在修路现场巡查的时候，沥青罐突然爆炸，老郎身体43%被沥青烫伤，深二度占23%，深三度20%。2000年，法院判决厂方付给老郎10万元赔偿款。官司是打赢了，但是厂方说一分钱也没有，那可是老郎的救命钱哪。当时老郎已经绝望，心想，谁要能把钱给他执行回来，他就拿出来其中的一部分送给谁。当时何经涛是这起案件的执行法官，老郎把这个想法偷偷地跟他说了，何经涛立刻就急眼了，说："我怎么能要你的救命钱！"

何经涛在执行这个案子的过程中，费了很多周折。他找厂方，反复找，讲理说法，态度非常坚决，不给不行，他一定得不遗余力地想办法，把这笔钱执行给失去劳动能力的老郎。有时候办案，何经涛自己花40多元钱打车来找老郎。老郎要给他拿车费，他还是那句话："我怎么能要你的救命钱！"有时候，赶上中午，老郎就想请他吃点便饭，可是他还是说："老郎大哥，你就别和我客气了，我怎么能让你拿钱请我吃饭,我替你要的可是你的救命钱哪!"

老郎的老伴看着何经涛为他们跑前跑后的,一根烟也不抽,一口水也不喝,感动得不停地掉眼泪,对老郎说:"咱可遇到恩人了,咱永远不能忘了人家呀!"

经过何经涛锲而不舍地和厂方交涉,厂方终于同意把钱分期给老郎,但钱要交到法院。何经涛答应了,就这样,3000、5000、1000、800……每当钱到账户的时候,他就给老郎打电话,让老郎到法院领支票,再陪着他到法院旁边的银行取钱。他还嘱咐老郎说:"你已经失去劳动能力了,这钱是救你命的,你可千万别乱花,要攒起来救急用。"

时间一天一天地过去,整整两年,这笔钱才全部执行到位。

老郎逢人就说:"何法官是我的救命恩人,我一辈子也忘不了他,是他帮我把钱执行回来,我才能买得起这么舒适的楼房啊。"

何经涛在一次演讲报告中说:"我没有想到时隔多年,这个朴实的农村汉子还会记得我。虽然最终老郎没捐成肾,但是他的朴实、善良、温暖,一直让我觉得我的付出非常值得。"

2009年7月,何经涛成功地进行了肾脏移植手术。经过半年的恢复,2010年初,何经涛回到了他心心念念的审判工作岗位。他请求领导马上给他安排工作,他说:"就像我的名字一样,我经历了人生的惊涛骇浪,我要珍惜生命,努力拼搏,实现自身的人生价值。在工作岗位上,我不仅仅是一个父亲、丈夫,更重要的,我是人民的法官。"

何经涛是优秀青年法官的代表,具有超强的业务素质和政治素质,凭着对党的无限忠诚、对人民群众真挚的情感和对司法公正的不懈追求,以自己的实际行动,在平凡的岗位上创造了无愧于党和人民的辉煌业绩。

他任辽阳市文圣区人民法院民事审判庭副庭长期间,主审各类民事案件503件,办理执行案件500余件,参加合议庭及担任审判长办案1156件,调撤率达75%以上,从未发生过错案和上访案件。从2007年底被检查出患有肾功能衰竭征兆,到2008年底被确诊尿毒症晚期的一年中,他以顽强的毅力同病魔做斗争,始终战斗在审判一线,办理民事案件103件,居全院之首,以实际行动赢得了人民的信任和组织的认可。

鉴于何经涛的出色表现,党和人民对何经涛给予了充分的肯定和高度的褒奖。他先后荣获了"辽阳市优秀法官""辽宁省第二届十大杰出法官""辽宁省法院系统十大杰出调解能手""辽宁省优秀共产党员"等称号。辽宁省高级人民法院将何经涛同志作为新时期人民法官的杰出代表,"人民法官为人民"的杰出典范,为何经涛荣记一等功,命名为"单玉石式的好法官",在全省法院系统开展了向何经涛同志学习的活动。

勇挑重担

因工作需要,2011年,组织上安排何经涛到审判监督庭工作。该庭审理案件涉及刑事、民事、行政、赔偿等各类再审案件,案情较为复杂,群众反映强烈,涉及社会和谐稳定。为了尽量适应新的工作岗位,他抓紧时间重温刑事、行政、审判监督方面的知识,主动向领导和同事们请教,很快就掌握了新工作岗位所需要的知识和技能。他在审判监督庭时所办理的各类案件,做到了程序合法、证据充足、事实清楚、适用法律准确、处理得当。在办案过程中,他注重法律效果与社会效果相结合,能调则调,对于实在不能调解的案件,通过他不厌其烦地判后答疑,当事人均能理解法院判决,所办理的案件从来没有出现缠诉现象。

把工作做到极致是何经涛的行事风格,是他的自觉,也是他的习惯,更是他的情不自禁。他的工作扎实,作风硬朗,成绩突出。在全省"两评查"活动期间,何经涛起草制定了《案件质量监督实施办法》《案件质量评查制度》,带领审监庭的同志共评查案件1000余件,实现了案件评查100%,案件归档100%。

2014年,文圣区人民法院成立审判管理办公室。开始大家都认为这个新成立的部门工作不会特别重，工作节奏也不会特别紧张。法院领导经过反复研究，考虑到何经涛的身体状况，想把他从繁重的一线办案工作中撤下来，让他就此休养一下身体，于是决定让他担任审判管理办公室主任。

审判管理办公室，简称审管办，是人民法院的综合审判业务部门，主要承担审判流程管理、司法统计、审判质效评估与审判运行态势分析、案件质量评查、裁判文书上网、审判委员会日常事务、信息化管理等审判管理职责，是审判质效的"导航仪"。这项工作要求在审判管理中，要实现由过去人管人到现在制度管人、科技管人的效果，对审判管理的信息化水平要求很高，对审判管理的科学化、规范化和精细化要求同样很高。

对于何经涛来说，这项工作是一项全新的工作，看似简单，其实是一个很大的挑战。何经涛再一次发挥了善于学习的特长。他开始钻研现代科技信息知识，灵活操作运用电脑、手机等媒介知识，他认真分析、解读各种数据，并在分析研究的基础上做出判断，保证最终发布结果的正确性、合理性、科学性和权威性。

从实际情况看，这个工作并不轻松，这个部门直接关系到法院的审判质效，他的担子并没有减轻。

他每天打开办公室的门，然后马上坐在办公桌前，打开电脑的"双激励"工作平台，对20多项考核指标进行研判，对全院各项指标信息数据进行查看、梳理、分析，并通过单位的审判执行微信群向全院进行通报，提出正确建议。如果是个人亟待解决的问题，他就直接用电话、微信等通知本人：

"××，你的案件结案要超审限了，抓紧审理。"

"××，你的文书上网率低了，赶紧把生效文书上网。"

"××，你的案子如果符合条件，那就赶快调解。"

何经涛每天都穿梭在查审限、报结案、统计报表中，他时刻以最精确的数据统计、最及时的网络管理和系统维护服务人民法院的审判工作全局。他每月以通报模式对案件审判态势进行实时监控、定期分析，并以报告模式让院领导和法官对审判工作的进展情况有全面直观的了解。他通过强化审判运行态势分析，创新和加强审判管理，充分发挥服务、规范、促进、保障职能作用，确保各项审执工作取得新的进展。他对案件质量、归档案宗严格把控，进行全方位质量评查，保证案件和卷宗质量，他每月定期对全院各个法官文书上网情况进行复核，确保文书的有效公开。

在文圣区法院，何经涛就像一个大管家，所有的指标都是他在盯着，他整天都在调度。而且因为是内网，在家里他看不到数据，所以每天8点之前，他肯定到单位，一年365天，没有一天落下。

因为何经涛研判准确、调度合理，责任压实到各部门、到人，辽阳市文圣区法院上上下下凝心聚力，对标"双激励"平台考核标准，补短板、强弱项，不仅提高了服务意识，同时也提高了服务能力和水平，群众的诉讼体验越来越好。2020年，文圣区法院在全省110家基层法院"双激励"质效考核中位列第五，在辽阳市7家基层法院"双激励"质效考评中排名第一。

何经涛干一行，爱一行；爱一行，钻一行；钻一行，就干好一行。他再一次把工作做到了极致，从一个搞审判业务的行家里手，一下子就变成了审判管理的专家。在本行业中，何经涛的专业素质过硬是出了名的，就连辽阳市两级法院的相关人员数据研究不出来的时候，也经常向他请教。

东北地区，冬季经常寒风朔雪，有时最低气温达到零下20多摄氏度，流感是最常见的传染病之一。出院以后的何经涛，免疫力极低，身体虚弱得像秋风中的树叶一样不堪一击。医生嘱咐他要远离人群，尽量在家静养，以免感染疾病。然而，整日忙碌的何经涛，哪里还能顾得上静养，他与各个部门频繁互动，一天到晚和不同的人打交道。为了预防传染，冬天他就戴着大口罩工作。

那个时候，不像现在因为新冠疫情，戴口罩已经是大家的一种自律和共识，是一种普遍现象。那时，全院上下只有他一个人整天戴着大口罩工作，大家都说何经涛是我们法院最美的一道风景线。

不但不能避免接触人群，而且还得接触更多的人群，这是何经涛担任的另一个重要工作所决定的。

人民法院的诉讼服务中心是一个面向所有人开放的办公场所，法院将存档窗口、交退款费用窗口、立案、执行窗口、法律咨询窗口等组合在一起，以方便当事人。诉讼服务中心为诉讼和审判业务服务，包括审查和归档各种案件，在起诉前保全财产，提起诉讼，退还诉讼费用和案件，由当事方收集和转让案件材料以及答复咨询，它是法院向社会树立自己形象的重要窗口，是展示司法为民、公正司法的重要平台。在诉讼服务中心，要努力让人民群众在每一个司法案件中都感到公平正义，要为人民群众提供更加便捷、高效、优质诉讼服务，让人民群众对公平正义有更多的获得感。

2019年，原立案庭庭长因为身体原因辞去了法官和庭长职务，法院工作岗位出现空缺，必须及时弥补。找谁来做这个工作呢？领导犯了难。如果让何经涛兼任，这无疑是又给他压了很重的一个担子，他的身体状况能撑得住吗？他的家人能支持吗？如果让别人担任，领导还不放心。后来领导反复开会研究，决定让何经涛试试。

"何经涛，你的身体能行吗？"领导征求何经涛的意见。

他说："让我试试吧。"

这就是何经涛的境界，一事当前，他总是没有任何怨言。他知道，这个时候，只有单位有困难，领导才会找到他，只要他还能来上班，他就要接下这个工作，为领导分忧解难，替人民伸张正义，展现司法公正，是他作为一名共产党员义不容辞的责任。

领导又找到他的妻子黄铁峰，征求她的意见。

在辽阳市工商银行工作的黄铁峰，是一个又刚强又通情达理的女子。因为何经涛父母去世早，兄弟姊妹又在外地定居，所以在何经涛患尿毒症住院期间里，她一边独自照顾何经涛，一边带着仅有两岁多的儿子；一边忙着工作，一边还得照顾和他们生活在一起的母亲。生活的重担铺天盖地压在这个柔弱年轻的女子身上，但是她从来不叫苦，不叫累，她咬着牙为何经涛撑起一片名为"家"的天地。

她对何经涛的领导说:"只要何经涛自己觉得身体可以,只要他想做这个工作,我就没有意见。"

作为妻子,在共同的患难生活中,因为她太了解何经涛,也太理解何经涛,知道在何经涛的世界里,工作永远是第一的,所以只要是何经涛坚持要做的,她就支持,她知道这就是自己对何经涛最无私的爱和呵护。

从此,何经涛拖着一个病身,身兼两职,把文圣区法院审判的入口工作和出口工作都挑在肩膀上。领导和同事们看着他承担这么多工作,都为他捏了一把汗。

诉讼服务中心在一楼,人民群众来诉讼,都需要在这里接待。何经涛为了方便快捷地工作,主动把自己的办公室从阳光充足的四楼搬到了阴暗遮光的一楼,他就在这个办公室里一直工作到现在。领导考虑到他的身体情况,在他办公室里,为他准备了一张简易的单人床,说实在扛不住的时候,你就歇一会。何经涛急了,说:"我不要,放了床我也没有时间躺着。"时间长了,这张床成了何经涛的办公用具,上面堆满了书籍和其他资料。

"金杯银杯,不如群众的口碑。"为了打造好文圣区法院诉讼服务中心的窗口形象,赢得人民的信赖,何经涛又开始钻研诉讼服务知识,详细解读诉讼质效评估74项指标,明确得分目标,分析未得分原因,对照先进找差距,补短板,量身定做解决问题的方案,多元化解。

谁都知道何经涛是诉讼调解的能手。

有人问何经涛:"何经涛,你每天就是工作工作再工作,你是一个铁人吗?可是铁人是机器,没有面部表情,没有七情六欲,冰冷得没有温度,没有情意,铁人剔除了作为人的情感。"

何经涛就咧开嘴,笑得纯净而憨厚,说:"法官也是人,同样有血有肉,有爱憎,有怜惜,有疼痛。"

人家又说:"你是铁血柔情吗?"

他再笑,眉眼溢出说不出来的欣慰。

何经涛总说:"作为基层法官,我没办过什么大案、要案,我只是在平凡的工作岗位上,处理着一桩桩繁杂的民事纠纷,办理着一件件琐碎的行政、刑事案件,但我深知,我眼前这些琐碎的案件,对每一个当事人而言,都有重要的意义。一起离婚诉讼案,可能关系到一对夫妻接下来的人生走向,可能关系到孩子的未来发展前程;一起交通事故案件,可能牵扯到一个家庭的兴衰;一起商品房买卖合同纠纷案件,可能关系到当事人大半辈子的积蓄;一起劳务合同纠纷案件,可能关系一个农民工的生存……所以婚姻、家庭、血汗钱对他们有多重要,我们就需要对这项工作有多重视。作为法官,我们对当事人不仅仅是动之以法,而且很多时候需要动之以理、动之以情。"

何经涛曾经成功调解了一起老人起诉三个儿女不赡养自己的案子。

这个老人来告自己的两个女儿和一个儿子,说找不到他们,他们从来都不尽赡养的义务。何经涛当时就在想:正常情况下,谁会不养自己的父母呢?这里面一定有故事。他决定不能轻易让他们打这个官司,因为不管谁赢,最后父子、父女都会反目成仇。他经常说:"无论官司是赢了,还是输了,亲情都会没有了。打官司就像得了一场大病,病好了也会有后遗症。"

俗话说:家和万事兴。在中国几千年形成的乡土文化里,有很深的家族意识,讲究血浓于水。相互包容、体谅、信任、理解是家和的前提,也是中国传统家风的优良美德。家庭又是社会的细胞,只有家庭和睦,社会才能安定和谐。

为了调解这起纠纷,何经涛驱车来到属地派出所。他用了一个下午的时间,查找到了老人一个女儿的户籍,他又查到了这个女儿的电话,主动加了她的微信。于是他用了两天的时间摸清了老人的家庭情况。原来这个老人的脾气非常暴躁,经常家暴,所以儿女们谁都不爱搭理他。

老人的大女儿说:"其实他是能找到我们的,就在前一段时间,我的孩子上大学,他还给孩子买了一部手机送来。"

何经涛意识到：这个70多岁的老人只是心怀怨怒，他不是找不到儿女，而是深受中国几千年父权思想的影响，放不下自己做父亲的面子，他不肯示弱，不肯降威屈尊，不会以温和、温暖的方式与儿女沟通，所以想通过法律手段，给孩子们施加压力，让他们回到自己身边，于是他才来法院状告儿女们。

何经涛想，家不是像打擂一样，非得分出胜负成败，家需要理解、爱和包容。虽然从前这个老人犯过不可饶恕的错误，但是现在已经时过境迁，他的良心受到了时间的审判，此时他已经风烛残年，身孤势微，迫切需要家人的陪伴，这也是人之常情。

何经涛分别找到了他的三个儿女，做他们的工作。经过反复劝解，他终于唤醒了老人大女儿的亲情，她最先回到家和老父亲相认。然而，不管何经涛怎么劝说，老人的小女儿就是不肯冰释前嫌。何经涛又反复做工作，讲尊老爱幼，讲孝悌，讲人情法理，嘴皮子都磨破了。功夫不负有心人，小女儿最终也回到了老父亲的身边，后来老人的儿子也回来了。现在老人在三个孩子齐心协力的照顾下，生活得非常美满、幸福。

何经涛还调解了一个案子。

因为征地补偿款分配问题，姐弟7人对簿公堂。姐弟原本感情很好，多年来大家互相帮助。父母生前将房屋过继给兄弟俩，姐姐们也没有表示反对。动迁的时候，兄弟俩得到房屋拆迁补偿，但在分宅基地的时候起了纠纷。姐姐们认为当年的宅基地和院子是按照他们出嫁前户籍中的户内人数分配的，宅基地补偿款理应有她们一份；兄弟俩则认为地随房子走，房子已经更名过户，地钱除哥俩外，谁也分不去。双方几次交涉未果，关系也闹得越来越僵，最终闹到法庭。

何经涛接手了案子以后，仔细查阅了所有案宗，然后找到他们所在的村，详细了解房屋和宅基地的情况，认为姐姐们所说的与实际情况相符。几十年前分宅基地的时候，一家人都捆绑在一起，现在姐姐们虽然已经出嫁，但还是本地的村民，补偿款应该有她们的份额。他觉得这个案子如果处理不好,兄弟姐妹之间的关系就会更加恶化,即使按照法律做出判决,亲情关系也难以修复,所以他决定选择调解的方式了结此案。

确定了方向以后,何经涛找到他们家族的长辈一起调解,一次不行就两次,两次不行就三次、四次。经过多次说理、讲法,最终何经涛打开了他们的心结,兄弟俩拿出补偿款的一部分,分给了姐姐们,兄弟姐妹握手言和。

类似的家庭纠纷,何经涛调解过很多很多。比如夫妻离婚,孩子被判给父亲,但是父亲失踪了,找不到人,这个时候,孩子的母亲怒气冲冲来起诉,说如果找不到孩子的父亲,她也坚决不要这个孩子。为了保护孩子,何经涛就得想尽办法劝说母亲不要遗弃孩子,因为孩子是无辜的。

他说:"虎毒不食子,何况人?哪有母亲不要孩子的,她只是恨这个男人,把气撒在孩子身上,所以我就得耐心地倾听她的诉求,听她讲自己悲愤难忍的故事,故事讲完了,这个母亲的情绪就宣泄出来了,她的心灵有了一个出口,就不再要求不养孩子了。"

何经涛特别尊重当事人,从来不轻视他们,他倾听他们,理解他们,真诚地帮助他们。

俗话说,清官难断家务事,与其他纠纷类型的案子相比,这类案子更耗费心力,尤其对一个时刻都在进行强烈排斥反应的尿毒症患者来说,心力、体力和智力的付出更是难上加难的。有时候,有的当事人无法克制自己的情绪,说话做事既不讲情分,也不讲法理,出言不逊、说脏话等现象也是有的。但是并不能因为难何经涛就不做,他觉得自己是一名法官,法官的担当和使命就是用法、用理、用情去化解矛盾,修复亲情,促进社会和谐稳定。或许不是每个案子他都能调解得顺利,但是每个案子他一定会做到对得起良心,经得住法律的检验。

何经涛经手的案件大多是调解案。有人说他:"何法官,你费那么大劲调解,多累呀!判了不就完事了吗!"可是他这个人就一个想法：判决书虽然能结案，但矛盾不一定化解，法官办案得让人服气，顺气，调解能更好地化解矛盾，解开心结。

也有人说，基层法官办的都是小案子，但是何经涛不这样认为。他觉得人民群众的事情件件都是大案子。在办案过程中，他一直努力地向当事人传递司法温度，让人民群众感受到法律的庄严、神圣和温暖。

在诉讼服务这方面，他真诚待人，对任何人都和颜悦色，对任何人都体贴、周到，他的诉讼辅导细心又细心，耐心又耐心，简直就是不厌其烦。对老弱病残的当事人，他极尽照顾，有不方便来法院诉讼的，他就带领同事登门立案，经常有当事人被感动得热泪盈眶。

是呀，旧事前尘，往事成风，烟消云散，对所有的当事人又何尝不是一种解脱和救赎。有时候诉前调解真能起到春风化雨、拨云见日的作用。最好的宣判应该是重新唤醒亲情、友情和爱情，让当事人双赢，没有输的一方，让他们在司法环节中感到人性的温暖，这才是人间大爱。

身兼两职，工作又多又杂，对于他来说，时间总是不够用，所以无论你什么时候看到何经涛，要么他就是在立案大厅接待当事人，要么他就是在走廊里像小跑似的去工作，要么就是在开会。

同事们看到他在走廊里小跑，就说："何经涛，就你这身体，你怎么还跑哇！"

何经涛来不及说什么，只能笑笑，表示感激。

2019年，"一化两中心"建设时间紧，任务重，专业性强。何经涛服从安排，在担任审判管理办公室主任的同时，兼任诉讼服务中心的负责人，负责立案接待、诉前调解、审理案件、审判统计、完善审判质效考评数据等工作，他不计得失，加班加点，不辞辛苦，埋头苦干、硬干加实干。2020年，何经涛负责的诉讼服务中心被省法院命名为"标志性的诉讼服务中心"，部门被省法院授予集体二等功。这些成绩的取得，都离不开何经涛辛勤的付出和忘我的工作。

到2020年，何经涛已经在法院工作了25年，在25年中，他严格恪守审判工作纪律和法官的职业道德，用实际行动践行了一名员额法官严于律己、清正廉洁的庄严承诺。从参加工作以来，何经涛办理各类案件1516件，参加合议庭及担任审判长办案1748件，调解诉讼率高达75%，化解大量民事纠纷，经他手办理的案件从没有发生过错案和瑕疵案件。在审判管理办公室工作期间，评查各类案件4700余件，实现了案件评查100%，案件归档100%。

也有人不理解何经涛，关心他，问他："何经涛，你的身体都这样了，你干吗还这么不要命地工作呢？"

何经涛笑笑，轻描淡写地说："没事的，我自己的身体我知道，我都久病成医了。"

何经涛真的久病成医了。我们都知道，尿毒症晚期是无法治愈的，即使换了肾脏。为了自我管理，控制自己的病情，他每天除了钻研大量的专业知识以外，还要查阅学习与病情有关的医学知识。

正常情况下，新换的肾脏在使用10年以后就会出现排斥反应。从2008年到现在，何经涛这个换来的肾脏已经用了近13年。在这13年中，他的身体经常出现状况。

如果他的脸色发黄，肤色很暗的时候，就是他身体不舒服了，这个时候他需要马上吃药缓解，否则后果会很严重。他每天早晨起来都称体重，如果体重增加了，尿量少了，他的身体就有问题了。这个时候他需要调整，去医院扎点滴。每年他至少要去医院扎6次点滴来改善内循环。比如，经常有人看到何经涛说："何哥，你胖了。"其实不是何经涛胖了，而是身体里多余的没有代谢出去的水分和毒素在一点点增加，积累多了，看上去就像胖了一样。

何经涛对自己要求特别严格，从来都不占用公家时间做自己的事。他一年至少得去医院扎6次点滴，但他每天准时打卡上班，打卡下班，从来都不迟到、不早退。他总是趁着午休时间去医院打针，为的是不耽误工作。如果实在没时间了，他就把药买回来，让单位曾经学过护士的同事在办公室给他扎。有时候，他正在扎点滴，恰好有人喊他办事，他就拔掉针头，立刻去工作，等工作完成以后，他再回办公室继续扎。刚开始,有同事去找他,推开办公室的门,看到这样的场景,无不惊讶、心疼、落泪。

换肾初期,他的身体状况非常不好,在2011年至2013年那段时间里,他的身体消瘦,体重下降至不到120斤,而且经常便血。工作忙碌起来的时候,他就把身体的事都忘了,偶尔静下来,他就觉得好可怕,如果不是工作,他真的觉得人生都没有意义了。

面对记者,他说:"一路走来,跌跌撞撞,坎坎坷坷……我真的没有那么高大上,我的全部努力,不过完成了普通的生活。"他提到穆旦的诗句,他觉得穆旦的话说到了他的心里。

"乐天知命,故不忧;安土敦乎仁,故能爱。"乐于生命自然的趋势,而无一念之杂,深知命运有定,却不为利害祸福所动心,所以处之坦然。"不怨天,不尤人",这个48岁的中年男子,面对命运的苛责已经波澜不惊,他的心里装着的全是人民的公平正义,唯独没有自己。所以当医生一再嘱咐他要保证充足睡眠、要多休息、不要劳累的时候,他总是说:"如果没有难处,谁喜欢总打官司,也许这个人可能一辈子就打这一次官司,面对当事人一双双期盼的眼睛,与其说我分秒必争,还不如说我停不下来。"这就是何经涛内心的真实表白,也是一名基层法官的操守,更是一名身患重病的共产党员的风骨和精神。

2020年,表彰全国劳动模范和先进工作者大会在北京召开,辽阳市文圣区人民法院审判管理办公室主任、审委会委员何经涛荣获"全国先进工作者"称号,并于11月8日接受了前辽阳市委书记王凤波的亲切会见。

2020年12月24日,何经涛作为全国先进工作者,在人民大会堂受到习近平总书记等国家领导人的亲切接见。当日下午,他受到最高人民法院党组书记、院长周强的亲切慰问,并参加座谈交流。他是2020年辽宁法院系统唯一获此殊荣的法官。

2020年11月25日,何经涛载誉而归,第一时间向区法院党组领导汇报自己参加表彰大会的心得,并表态:"获得全国先进工作者称号,对我是莫大的鼓舞和鞭策。在今后的工作中,我要坚持不忘初心,不辱使命,忠于党,忠于人民,公平对待每一名人民群众,认真倾听他们的诉求,解决他们的问题,尽最大努力化解社会矛盾,努力让人民群众在每一个司法案件中感受到公平正义,为建设法制化营商环境贡献力量……"当即,文圣区人民法院党组对全体干警发出号召:要认真学习贯彻习近平法制思想,深入学习落实习近平总书记在全国劳动模范和先进工作者表彰大会上的重要讲话精神,远学胡国运,近学何经涛,学习他兢兢业业的工作干劲,学习他文明公正执法、不徇私情、无私奉献的忘我工作精神,号召法院全体干警要像何经涛一样为区域经济健康发展及社会稳定和谐做出更多、更大的贡献。

尾　声

我最后一次去法院采访的时候,政治处副主任郑旭笑呵呵地告诉我:"现在何哥在后楼做任前谈话呢。"

"任前谈话? 方便说吗?"我问。

"是我们法院的审判委员会专职委员,上周提的人选,任命以后他就是我们法院副院级领导。法院的审判委员会是专门研究疑难案件的,何哥做审判委员会委员已经有10多年了,在审判委员会委员里,他业务是非常精湛的,这次提拔,他是不二人选。"

说到这里,郑旭停下来,神色有些忧虑:"也不知道是该恭喜他,还是应该——恭喜他。"

她转而十分笃定地说:"还是要恭喜他,怎么说也是好事。"说完,她又停住,显出若有所思的样子。

我知道她固执地把"担心"换成了"恭喜"两个字,在情感上尽力回避何经涛的身体状况。

"应该没事,他不是久病成医了吗。"我嘴上这么说,心里也担心。

"是。记得换完肾脏以后,回来上班的那会儿,因为用药问题,他的身体出现了多种并发症,他是那么可怜。别人都讲究怎么吃才有营养,饮食讲究鱼、肉、蛋、水果、蔬菜的搭配,但是他得控制饮食,减少营养物质的摄入,尤其是蛋白质,这样才能减少肾脏的负担。食堂里的饭菜他几乎都不能吃,连豆制品都不行。食堂师傅说给他单做点汤什么的,他就是不肯。有一段时间,他就自己用一个小电饭锅在办公室里做清水煮白菜。何哥这个人就是这样,对自己要求严格,对大家却特别好。"

"你们都叫他何哥吗?"

"是呀。"我这样一问,她又开心起来,"我们无论年龄大小,都叫他何哥,我们这些年轻人叫,那些老同志也叫,就是因为他对所有人都好。比如,我们单位退休的老同志,一回单位就问:'何哥这两天怎么样了?'有的老同志谁也不找,一来就问:'何哥呢?'人家就找他,其实他也找人家。"

"他找人家做什么?"我问。

"有的退休的老同志自己一个人在辽阳生活,子女有的在国外定居,有的在北京等国内大城市定居,何哥就经常去人家里找人唠嗑,或者约人家去剪头,他哪里是剪头,他的真实目的是想看看人家,看看他们的身体状况怎样,他担心人家的身体,看需要不需要帮助。今天早晨还有一个退休的老同志给我打电话,让我把他的体检单交给何哥,让何哥下班的时候给他捎回去。"

我说:"这不是雷锋吗!"

"是,在办案的过程中,有的当事人特别困难,过年过节的时候,他就拿着钱和物品去看人家。他现在还经常去看那个被烧伤的老郎,两个人处得像亲戚似的。"

她继续说:"你看,何哥可以自己掏钱,去看望有困难的当事人,但是如果有当事人感谢他,给他钱,那可行不通。"

何经涛就是这样,他对谁都好,也能和年轻人打成一片,所以这些年轻人总喜欢围着他"何哥何哥"地转,工作中是,生活中也是。

法院所有刚入职的年轻人都会被分配到何经涛的手下历练一段时间，通过历练，每个人都会从他身上学到很多做人、做事的好品质。

有一个从北京公安大学毕业、长得挺帅气的男孩，叫刘英才，2020年12月14日入职，被分配到审管办工作，给何经涛做法官助理。当时和刘英才同时入职的另一个年轻人也在何经涛负责的诉讼服务中心工作。他们在何经涛的指导和带领下，勤奋工作，善于学习，政治素养、业务能力等方面都提升得非常快，受到领导和同事们的好评。以老带新，发扬传帮带的精神，不停地给文圣区人民法院审判队伍注入新鲜的血液和活力，也是何经涛乐于奉献的一个真实写照。

我和郑旭说话的时候，何经涛回来了。我们看着他微笑，他也看着我们笑，谁都不说话。

"何主任，刚才郑主任把你提专职委员的事情都说了，我们是应该恭喜你呢，还是应该——恭喜你呢？"我忍不住地笑着问他。

他说："谈不上恭喜。"然后继续微笑地看着我们。

我说："以后有什么打算？"

"继续工作。"他很笃定地说。

"你不担心你的身体吗？"

"健康永远是第一位的，但是在身体允许的情况下，工作使人富有意义。如果我总担心身体，那么可能我连活着的勇气都没有了。我的命是组织给我的，是党给我的，我要用我真诚炽热的一颗心加以回报。"

"我们自古以来，就有埋头苦干的人，有拼命硬干的人，有为民请命的人，有舍身求法的人，他们是民族的脊梁。"何经涛就是一个这样埋头苦干、拼命硬干、为民请命、舍身求法的人。作为一名法官，他时时刻刻把党和人民的利益看作高于一切，始终如一地捍卫公平正义，无怨无悔。他坚信：只要有一口气，公平正义就永远不会缺席，永远不会迟到。让人民在每一个案件中都感受到司法温度，是他用生命坚守、捍卫的责任和使命，也是他竭尽全力追求的崇高人生理想。

李紫微的青春年华

王秀英

引 子

"你们知道吗？你身边每1000个人当中，至少有6个人，他们无法沟通、无法表达、无法互动；他们害怕、恐惧人群，害怕与人的身体接触，更怕与别人交谈。每68个新生儿中，就会有1名这样的儿童。也就是说，这个世界上有6700万人，过着我们大多数人都不能理解的人生。这个数字竟然超过艾滋病、癌症、糖尿病这三种世界疾病人数的总和，而且在持续增加中……"这是辽阳市特殊教育学校高级教师、自闭症康复一班班主任李紫微在无数次演讲中的开场白。

李紫微老师在不断地呼吁全社会都来关爱自闭症人群，帮助他们走出困境。李紫微自己已经在关爱自闭症儿童这条道路上沟沟坎坎颠簸了十几年，她把美丽的青春年华全部奉献给了特殊教育事业。

李紫微，85后独生子女，父母的掌上明珠，开朗率真，活泼大方。她说自己少年时，即使有一万个理想，也没想到将来能做个特殊教育者。

李紫微在辽宁省特殊教育师范学校读大学期间，就来到了辽阳市特殊教育学校实习。这名比学生大不了几岁的大学生，以青春的魅力和热情，以爱心和耐心对待学校里的每一个孩子，在她眼里，只要是学校里的学生，她都有责任去关心去爱护去引导教育。孩子们可以在走廊里，在操场上跟她搂脖抱腰，亲如兄弟姐妹。

李紫微在辽阳市特殊教育学校的超凡表现，被校长毛彤看在眼里，她断定李紫微来实习，不是只为了将来就业打基础，而是这丫头骨子里对残障孩子充满了大爱的情怀。这可是特教战线难得的特殊人才，百里挑一甚至是千里挑一的好苗子。

2007年，紫微持着辽宁省特殊教育师范学校那红彤彤的毕业证，怀着一颗纯净之心正式走进了辽阳市特殊教育学校。跨进这座校门，便有了她与众不同的人生起点。

从她近几年获得的20多个获奖证书和荣誉证书中可以看出，她在学术上是怎样的孜孜以求，在岗位上是怎样的兢兢业业，在社会公益事业中是怎样献出大爱的！

2021年3月24日下午，我来到辽阳特殊教育学校采访，校党办主任魏兴华来校门口迎接我进了教学楼，在走廊里，见到了身着一身素色运动装，剪一头短发的李紫微。她笑呵呵地跟我打了招呼后，急匆匆地回她的康复一班了。

望着她娇小如学生的身影，我不禁惊叹，她是怎样陪着这些"星星的孩子""折翼的精灵"走过这十几个与众不同的春秋呢？

毛彤校长首先接受了我的采访，她说："李紫微真是从骨子里和血液里有种对这些特殊孩子的特殊关爱，不仅不嫌弃，而且对孩子们像对自己孩子那样护着，把自己的钱往外撒；她和学生家长处得像兄弟姐妹，的的确确是有着无私奉献的大爱情怀。她专业上的水平在业内也是有口皆碑的，可以和中国医科大学的一些教授级心理学医生相提并论，她在业务上经常和那些省城大医院的教授切磋，共同开展诊疗。我从事特教30来年了，没遇上过像她这样血液里都流淌大爱的女青年。所以，你要写她，真是有写头，她的故事真是几天几夜也说不完。她多次接受官方媒体的采访，获得了很多荣誉，她确实不负这些荣誉……"

做一个麦田里的守望者

> 我没做过什么惊天动地的大事，也不愿说太多冠冕堂皇的漂亮话，只想默默地做一个麦田里的守望者，在寂静孤独中陪这些折翼的精灵走过一条长长的艰辛而曲折的路。
>
> ——李紫微

李紫微走进特殊教育学校，面对这些残障孩子，她这颗柔软的心开始疼痛。

一个残障孩子会影响一个家庭，他们的父母及至爷爷奶奶、姥姥姥爷在精神和心理上，都会因而产生压抑，产生焦虑，长辈们会为孩子的将来担忧。

孩子送到学校来，家长对学校、对老师必定是寄予了莫大的期望，期待着孩子能在老师的教导下快速成长。不指望成龙成凤，起码将来能自食其力。

紫微此时此刻的心愿就是尽力去提升孩子的自理能力和学习能力，减轻家长们的心理重压，解开他们因为不健全的孩子而锁紧的双眉。

理想都是美好的，可现实哪会尽如人意呢！

何为特殊教育？特殊教育就是运用特殊的方法、设备和措施对特殊的对象进行的教育。特殊的孩子们性格各异，家庭背景不同，认知能力、动手能力、约束控制能力是无法与正常孩子相比的。

这些非正常的孩子就像来自外星的精灵，单纯得感知不到人世间的其他事物，只是以自己为中心，想做什么就做什么。很多时候他们是无意识地妄动，不管不顾地活在自己的世界里。

不光是缺憾，不光是不完美那么简单。怎样才能在荒漠里植出一片绿？紫微意识到，单单靠在大学里学到的知识是远远不够的。想教学生一桶水的知识，教师必须拥有一片汪洋。

紫微自学了有关青少年心理咨询等专业知识。假期里，她不去旅游，而是花重金，自费跟国内外专家学习。她对儿童及青少年的心理咨询，尤其对自闭症儿童的生存教育进行了深度思考与探索。"我想让我的学生们享受最先进，最优秀的教育。"这是李紫微写在日记里的一句话。

勤奋学习的紫微，知识储备越来越丰厚。国家二级心理咨询师资格证书、国家级自闭症康复训练师、国家首批同声互译手语翻译。拿到了几个资格证书后，她开始游说各级领导，撰写开办自闭症康复训练班可行性报告。

何为自闭症？笔者上网搜索，百度百科词条分了五种，有真性自闭症、假性自闭症等，因病因不同而有了不同的定义。概括起来，自闭症定义大致是：自闭症是广泛性发育障碍的代表性疾病，具体说是一种弥漫性中枢神经系统发育障碍性疾病，也叫孤独症。儿童是多发群体。病因是遗传因素、感染与免疫因素等。常见的症状就是社会交往障碍，交流障碍，兴趣狭窄等。

自闭症的孩子进了幼儿园，不能参与到小朋友的活动中，不能听从老师的统一指挥，有的患儿旁若无人，只是自己顾自己，机械地玩耍；有的胆小地躲在一边不敢接触他人；有的稍有不顺心，便可能产生暴力倾向，伤及其他小朋友。这样的孩子进了幼儿园一段时间后，被幼儿园送还家中，家长无奈。经济基础好的家庭还能带孩子四处求医，做康复训练；但是，多数家庭无财力、无精力去治疗。如果在特殊教育学校开办自闭症儿童康复训练班，那么，很多因贫困得不到治疗的孩子能够得到康复训练，孩子有了希望，也能缓解孩子家庭的压力。

自闭症儿童的康复问题在紫微心中系上了一个牢牢的结，这种情结时时揪得她的心隐隐作痛。如果成功地开办康复训练班，情结上的这些丝丝扣扣会慢慢松解，这种痛会慢慢减轻。她想象着这些孩子在自己的关爱下，不懈地做康复训练后，将来能在生活上提高自理能力，活得体面一点，有尊严一些，同时也能给家庭和社会减轻一些负担。这一希望的火苗在她心中越燃越烈，开办自闭症康复训练班的决心越来越坚定，提出倡导便更加坚持不懈。终于，在2009年，辽阳市第一个自闭症儿童专业训练康复班在辽阳市特殊教育学校成立，李紫微理所当然地成了这康复一班的班主任。康复班的成立，填补了辽阳市特殊教育有史以来关于自闭症儿童康复教育的空白。

辽阳市特殊教育学校前身是1959年组建的初小一贯制聋哑学校，2005年更名为特殊教育学校，变成了综合类特殊教育学校，开始扩大招生规模。之前残障儿童只有聋、哑，逐渐囊括了各类身心不健全的儿童。从1959年至2009年，整整50年，在历史的长河中是短暂的，可是在特殊教育的发展史上，可说是艰难而漫长的。自闭症康复班的成立，就如一朵激情澎湃的浪花，掀开了既往平静的水面。

学校广泛接收来自各地的自闭症儿童，这一举动，引起了省内其他市县特殊教育系统的关注。紫微决心把这个班带出特色，让孩子们走出这个学校，回归家庭或走向社会能独立生存成了她心中最大的愿望。也让更多的特教人对自闭症孩子抱有信心。

自闭症康复班的成立，萦绕在她心头的丝丝情结算是松开了一小扣，她信心满满地站到了一个科教的新起点。往日里刻苦钻研的知识储备，终于有了用武之地，她要把学到的理论应用到实践中，看看到底能有多大的成效，再来探索完善她的理论。

有了新的工作目标，她的情绪越发高昂，走路快如一阵风，哼着小曲洋溢着青春的气息。

她带给学生的是欢快的笑脸，可是，学生们并非都有回应，多数学生依然各顾个人我行我素。这都在她预料之中，自闭症的孩子就是这样，很多时候都是无意识地或者是下意识地做一些让人预料不到的事情，行为举止不受控制。他们就像来自外星的精灵，让紫微去探索他们的内心世界。

紫微有足够的心理准备和理论支撑去引导这些"星星的孩子"。

她的班级始终保持10名左右学生，她教过的孩子最小的七八岁，出校时有最大的已经17岁了。每天早晨她都早早地站在教室门口等待家长把孩子安全地送来，道一声早安。尔后，像幼儿园的阿姨一样，连亲带哄地把孩子送到座位上。

学生性格各异，行为举止不一。课堂上总是按住葫芦起来瓢，她要不停地说，不停地走动，不停地安抚每一个学生。嗓子冒烟了，来不及喝水。下课了，视线还是时刻不离学生。

当她发现孩子们情绪出现问题了，就试着给他们放音乐，教他们唱歌。尽管她唱得不专业，却能把孩子们的注意力集中起来。孩子们高一声低一声，有哼哼叽叽的，有嗷嗷高叫的，参差不齐。唱跑调了，她还是夸孩子唱得好，只要能跟着她张开嘴唱，把坏情绪冲淡了，这就是成效，她心里就能得到稍许快乐。

班里的孩子学会了许多歌，逐渐地还能跟着音乐的旋律翩翩起舞，教室里总是充满欢声笑语。

紫微启发同学，有什么特长，喜欢做什么，讨厌什么，都告诉老师。她说，她得充分挖掘每一棵秧苗的优势，顺势培养。

孩子们音乐听得不耐烦了，歌儿也懒得唱了，她就领着孩子们绘画。尽管她的画作也不专业，却能引起孩子们的兴趣，调节孩子们的情绪，有的孩子在本子上横七竖八地乱涂，那也是收获。只要孩子们发出了笑声，她就开心。

她又惊喜地发现，班上好几个孩子有画画的天赋。美术课上，她和孩子们一起跟美术老师学画，让孩子和她比着画，看谁画得好看。这样，孩子们就画得更起劲儿了。

有不跟着老师画画的孩子，只想按自己的想法去涂抹，紫微就在孩子画完后，让他说说为什么画成这个样子。她会引导性地问，这棵是小树吗？为什么只有几片叶子？这是花朵吗？为什么这一瓣耷拉下来了呢?

就这样,在她循序渐进的引导和美术老师的专业指导下,孩子们的画画水平有所提高。她班教室的墙面上挂着几幅她和学生的画作,靠走廊的高窗台上摆放几帧装裱入框的作品。这些画作的每一幅、每一笔都是认真的,整幅画面干净工整。

紫微的康复一班,教室里充满了艺术气息。靠走廊那面墙下面,摆放着一排非洲鼓。座位后边格子架上摆放着几盆小绿植、鱼缸,还有书、茶具。这些,都是她启发学生思维的道具。

关于教孩子打非洲鼓的事,是一个偶然发现,激发了李老师要教他们打鼓的热情。一次课堂上,紫微给孩子们放视频时,发现班上一些孩子能静下心看,好像是有那么一点感兴趣,有的孩子跟着视频敲打桌子,还很有节奏感。一开始,她就带着孩子们敲桌子,后来她自己淘到几面腰鼓。孩子们兴趣渐浓,抢着去击打,腰鼓不够使。她决心把孩子敲鼓的才艺再提升一个档次,在学校领导的支持下,给班上每个同学买了一面非洲鼓,训练他们的团队意识,一起表演。现在,李紫微老师说一声打鼓了,孩子们便兴高采烈,手舞足蹈。

李紫微发现体育游戏也是疏导学生不良情结的好办法。课间,她带着孩子们玩起了篮球。从简单的拍球,到运球,最后到投篮,对正常孩子来说是简简单单的游戏,可这些孩子不行。紫微不气馁,有耐心,手把手地教。为了让孩子们锻炼身体的平衡性,她又带着他们玩轮滑。自闭症孩子平衡能力非常差,她就一遍又一遍讲解示范,40分钟活动,她不停地喊着口号,她的腿累酸了,她的嗓子喊哑了,但看到孩子们有点滴的进步,她的这些疲惫立马就被冲淡了。孩子们动起来了,笑起来了,李紫微老师的心就美起来了。

功夫不负有心人,她组建的轮滑队,多次在运动会上表演,也经常被电视及其他传媒邀请表演。2018年,在辽宁省特奥会上,轮滑的孩子们获得了16枚金牌。对的,这16枚金牌就挂在教室那些画作上边的玻璃窗上，亮闪闪的。

教室外走廊那面墙中央挂着5张奖状，下边挂着一排轮滑帽，再下边齐刷刷摆放着学生们的轮滑鞋及辅助用品。

那几张奖状很吸引眼球：学校艺术节上获得的最佳风采奖，运动会上得的团体一等奖，"古城飘书香，阅读在特教"活动中被评上的书香班级，年度优秀班级奖状。最令人瞩目的一张奖状是2016年荣获"辽宁省优秀少先队中队"称号，落款盖有共青团辽宁省委员会、辽宁省教育厅、辽宁省少先队工作委员会三枚大红印章。这几个奖状只是她班近几年获得荣誉的一部分，还有之前的一摞子都收起来了。

紫微给她的班集体取了个大号，叫"曼达星部落"，这个部落有自己的队旗、自己的口号——"来自外星，与众不同"。

这个部落确实与众不同。

走近曼达星部落的小城堡（康复一班教室），你会发现，城堡的里里外外充满了曼妙的艺术气息。从墙面到墙根，几乎没有空置的地方，书法、绘画、奖牌、奖状、花架、书架、茶具、乐器、花草盆植、龟缸鱼缸、体育器具……摆放得错落有致。

走进这里，犹如走进一个无限想象的万花筒式的空间，感觉这里住着一群可以随时起飞的精灵。而李紫微就像一位拥有宽大臂膀的天使，护佑着这些"星星的孩子"，携着他们在浩瀚的宇宙间飞行。

她非常注重教室的墙面设计，根据不同时期，不同孩子加入部落，随时撤换。她微信朋友圈里存有一张手绘彩照《小王子》，那是她2017年亲手绘成，贴在教室后面墙上的。画面上，曼达星部落的小城堡披着彩虹，彩虹与太阳公公之间被五线谱连接，五线谱上跳动着由21个字组成的七彩云——尽管这个世界会有缺憾，但每朵花开，自有她的道理。阳光下，小王子身着玫瑰色的红外套，微微躬身，绅士地面对一朵玫瑰花，那表情是欣赏，还是爱惜，抑或是在对玫瑰袒露心事？给人以无限想象的空间。她是多么希望班上的孩子们能受到这幅画的启发呀!

李紫微自从大学毕业当上了特殊教育学校的老师,心里就想带着这些特殊的孩子去创造一个属于他们自己的奇特世界。她说,特教老师和农民有点像,守着田地,从春忙到秋,可不一定都是丰收的,收获也是受到种子、温度、湿度、土壤、化肥质量等各个方面的影响,不是付出了就有回报。因此,需要找到提高收成的最佳途径,精心观测每粒种子的饱满程度,因地制宜。

"自闭症"这三个字,对于工作之前的紫微来说,只是个专业上的名词,而现在,它在紫微心里不再是冷冰冰的专业词汇,而是一个个鲜活的生命。

因此,风雨兼程十几载,李紫微一边带着自闭症孩子做康复训练,一边总结经验,潜心研究学术。辽阳市特教系统的科研项目几乎都是她拿下的:

2016年辽阳市教师进修学院颁发的"学科德育精品课"一等奖。

2017年辽宁省教师进修学院颁发的"优秀课"三等奖,参加辽宁省教师进修学院"结构化教学交流研讨会";辽宁省教育厅颁发的"优秀少先队中队";辽阳市教育局颁发的"十二五"教育科研一等奖。

2018年教育部办公厅、中国残联办公厅颁发的"特别园丁奖"。

2019年中华人民共和国教育部颁发的"全国优秀教师";辽阳市教师进修学校颁发的"信息化大赛二等奖";辽阳市教师进修学校颁发的"一师一优课,一课一名师"优秀案例。

2020年论文《自闭症儿童康复案例》获国家优秀案例一等奖;辽阳市教师进修学校颁发的"德育优秀案例一等奖"。

她基本上掌握了这块特殊麦田地的基本属性,并对其潜质有了深层次的挖掘。她对这块麦田的守望,是以热情、以乐观、以汗水来持续浇灌的,即使花儿不开,树苗不绿,她也心安了。因为她尽力了,回首过往路,没有碌碌无为,心中没有愧疚,也不会有懊悔。

特别的爱给特别的你

> 我的梦想是带着这些特殊的孩子,去创造一个属于自己的"奇特"世界。在我20岁出头的生命里,做了一件到80岁都会感觉欣慰的事情,那就是从事了特殊教育。
>
> ——李紫微

天天带着这些与众不同的孩子,势必要颇费一番心思。首先要观察每一个孩子的各种反应,充分掌握每一个孩子的喜怒哀乐。孩子的一举手一投足,她得立刻明白他要做什么,及时地个别引导,防止孩子掌握不好尺度而发生危险。

我在学校采访期间,适逢学生下课时,便跟李紫微老师到操场上零距离接触学生,现场是这样子的:几个学生不间断地跑到紫微身边,有搂她肩膀的,有拉她手的,说着没有逻辑的话,说的事情仿佛是从天空横飞而来,完全不在正常意识中。李紫微老师的目光时刻都在跟着孩子们走,嘴在不停地说,像说三句半似的应接着孩子们不断的问话,哄他们去稳当地玩。一会儿叫这个去传球吧,一会儿喊那个别飞跑,慢点。有一个挺帅气的少年,十三四岁,比紫微高半头了,搂了一下李紫微老师的脖子,之后,师生间有了这样的对话(其间还有其他孩子过来插话,在此不表述)——

少年:喜欢李老师。

紫微老师:老师也喜欢你!

少年:阳光暖暖的。

紫微老师:嗯阳光暖暖的,去晒晒太阳吧(紫微拍拍少年的肩)。

少年:李老师暖和暖和有没有骨节?

紫微老师:春天暖和了就有。

少年:美酒虽好不可贪杯。

紫微老师：对的，不能贪杯。

少年：我有个名字叫张××的哥哥，他敢翻我兜儿。

紫微老师：翻人兜儿不礼貌，不能翻别人兜儿。

少年：姚明打篮球，主持人贺红梅，我喜欢，我喜欢李老师。

紫微老师：老师也喜欢你，你快上楼吧，不然你们张老师要着急了。(原来，这名学生不是她班上的)

少年：我不上楼，明天和李老师打篮球。

紫微老师：好，明天老师和你打篮球，你别乱走了，一会儿我送你上楼。这是阿姨。(紫微指指我)

少年：阿姨好！阿姨再见。女生，不能上男厕所……

李紫微带孩子们上楼时，还不时地有孩子往楼下逆行，她牵着这个，拽拽那个，真是眼观六路耳听八方，发现有孩子走错了男女厕所，马上冲进卫生间，嘴里不停地说说说，跟着学生跑来跑去不消停。

刚才那位和我打招呼说阿姨好阿姨再见的少年，相对还是好一点的，还知道老师给介绍了生人问个好。其实呢，多数孩子的目光是散漫的，教他们一些礼貌用语，常常就是耳边风，目光茫然，瞟你一眼转向别处。有刚入学的孩子，心不顺了就摔东西，达不成心意就撒泼打滚，冲撞身边的人，有严重的暴力倾向。紫微老师帮他打开本子低头教他拿笔写字时，他拿铅笔扎老师；有的就地打滚闹腾，紫微去抱他，他就抓搔紫微的手脸……紫微可是没少受伤。自闭症孩子非常抗拒与他人身体接触，所以，带这样的孩子，有时会让你无所适从，只能慢慢地去试探，观察他们的反应，从中找到比较妥帖的处理方法。

紫微老师觉得这样的孩子不会写字，不认识颜色，不会算数学都无关紧要，但是，不能不会爱！

要让孩子们懂得爱，自己就要先赋予他们爱，让他们感知到爱的力量。每天早晨，她都会早早地站在教室门口迎接孩子们，亲切地和他们打招呼，拍拍他们的头，或者抱抱他们。这样，孩子们就能安心些，看见她在，就有了安全感，走进教室，就像走进了家。

很多人认为这些孩子没有情感，紫微不认同。紫微认为他们不是没有情感，只是不懂得如何去表达。要提高孩子们的表达能力，就得先教他们好好说话。为了让学生说好一句话，每天无数遍地重复同样的句子，是常态。

有一年冬天，紫微脚受伤了，领着一个孩子站在操场边上看孩子们打雪仗、摔跤、游戏。她不失时机地反复跟那个孩子说话，以刺激他，开启语言表达能力。"早晨谁送你来的？昨天吃的什么？这个是松树，下雪了，雪花在天空跳舞，你看雪花美不美呀？你看雪花有几个花瓣？现在是冬天，所以穿棉衣穿棉鞋……你看那个小哥哥在跳绳呢。好孩子画报是12月份的，这个是老师，那个是阿姨，小姐姐摔倒了……"

孩子的眼睛一直看着玻璃门，手挥来挥去，似乎根本没在听她说话。紫微就不停地和他讲，不停地纠正他的手上动作。忽然，孩子把头转向了她，很用力地说"喜欢你"。尽管这三个字咬得很不清晰，但这是他第一次有意识地说出来的情感语言。紫微霎时激动起来："你是不是想说喜欢老师?!"孩子再次用力地说"喜欢你"，紫微欢喜地拍拍孩子的脸，"老师也喜欢你，老师爱你。"

这孩子从心底迸发出的"喜欢你"这三个字，如春风吹开春水般在紫微心中荡漾，让她的心境一下子豁然开朗，一切，仿佛都阳光灿烂了！

看着孩子们一天一天的变化，紫微心里得到了些许安慰。教育，不是刻意改变，而是细润的影响，正所谓润物细无声。

不幸的家庭都有各自的差别，紫微班上的孩子，多数家庭经济基础薄弱，时常出现孩子们必要的需求也无法满足的情况。无论哪个孩子家里有了困难，紫微都牵挂于心，想方设法地帮助，袖手旁观的事，她是做不来的。

班里有个叫达达的孩子，生长在父亲施予暴力的家庭，妈妈爸爸离婚了。达达跟着妈妈靠低保生活，达达有精神障碍，情绪不稳定，有安全隐患，身边不能离开人。因此达达妈不能工作，得亲自看守着孩子。没有收入且居无定所，东家借住一天西家蹭睡一宿，最后实在没地方去了，就借住在一家饭店，晚上关门以后，在大厅的桌子上睡觉。

那一阵子，达达上课就犯困，还嚷嚷饿。紫微可怜这母子俩，尤其心疼孩子，不忍心让孩子这样流浪漂泊，于是把这娘俩接到自己的住处，当时紫微住的房子小，只有一个卧室一张床。她却把卧室让给了这娘俩，自己在客厅打地铺。夏天的夜晚，热浪滚滚，室内不通风，她还把唯一的电风扇也给了这娘俩用。紫微上班时，牵着达达来上学，给他买喜欢吃的小肉饼。下班了，从外面买东西带回去给这娘俩吃。

达达妈感激她对紫微说："李老师，我没钱，没办法报答你。但以后班级的任何活动，我肯定都全力支持。"后来，达达妈真成了班里学生家长群的大班长，班级有需要家长配合的活动，紫微便有了好帮手，达达妈每次都非常负责地和家长们沟通。后来达达妈打了一份工，生活有了一点改观。她知道紫微工作不容易，忙得很，做什么好吃的都惦记给紫微送点。

在紫微的精心呵护下，达达的精神状态逐渐稳定，从以前满地打滚，连笔都不会拿的浑小子，变成了能走上台前发言的学生，学会了唱歌、跳舞、轮滑，在学校还能帮助老师做些力所能及的事情，变成了老师的小帮手。达达妈的亲戚朋友看见达达，都惊喜万分，夸达达像变了一个孩子一样。

放假前，达达担心下学期不让来了。一个劲儿地问紫微："我还能来上学吗？"听到紫微说能来上学，达达眼睛一亮，说："老师我爱你，我请你去我家吃咖喱饭。"

达达的改变，再次证明了紫微的论断，他们不是没有感情，只是不懂得如何表达。你给他们释放的机会，找到和他们沟通的方式，他们会呈现出一个与众不同的情感世界。他们的爱，也许不那么波澜壮阔，但是，会很温暖。

学校还有一个农村来的小彦哲，脏得不得了，几个月也不洗一次澡。从他身边路过，都能被熏到。大家都离他远远的。他好像也知道没有人愿意去他跟前，怕被他碰脏被他打伤。

这孩子是自闭症兼智障，妈妈精神有问题，爸爸70多岁，在村里打扫街上卫生，赚点钱维持生活，家里特别贫困，没人管孩子。小彦哲就像野孩子一样生长，特别生猛，在学校混打混闹。学生都怕他，一不小心就被他打伤。

小彦哲不是紫微班上的，却和紫微老师特别好。每天早晨来学校，不去自己班级，先来李紫微的教室躺一会儿。下午放学也得来李老师的教室告个别才能走。犯错误了，谁说他他就打谁，但只要李老师看他一眼，他就马上服软认错。那么，紫微是怎么驯服他的呢？

刚开始，李紫微老师抱别的孩子的时候，这个脏小孩总是特别羡慕地站在跟前，却不敢靠近。后来紫微发现他也渴望有人抱抱他，摸摸他。以后每次看见他，紫微都让他坐在自己跟前，抱抱他，给他提提裤子，拽拽衣服，他就特别高兴。从此，他总愿意往李紫微身边凑，紫微说的话他都愿意听。

那年夏天，小彦哲腰上被村里人用刀刺了个大口子，他家没啥人管他。父母那种状态，根本不懂得怎么去保护孩子，更没有能力带孩子去医院看看。这个苦命的孩子自己用破围巾在腰上乱七八糟地围了一圈。上学来的时候，紫微给他提裤子，发现了伤口，肉都翻出来了。紫微心疼得眼泪差点掉下来，便带他去医院找医生，医生说都长肉了，缝不了啦。紫微怕小彦哲伤口感染得破伤风，就只能自己买药，求懂得医疗知识的学生家长给小彦哲换药、消毒、做医疗处理。连口服用药再外擦换药包扎，整整给治了一个多月。总算没留下什么后遗症，紫微心里才算松了一口气。

后来，紫微又得知彦哲爸爸有轻微脑梗，经常头晕，却因为没钱买药，一直硬挺着。她就用自己的医保卡，给彦哲爸爸买药治疗。起初，小彦哲爸爸不好意思接受，觉得自己与小姑娘非亲非故的，花人家钱吃药，心里不安，于是总是对紫微老师说药还有，别再买了。紫微就劝老人家："您不要有心理负担，我这医保卡上的钱闲着也是闲着，正赶上你这急需嘛。你得把身体搞好了，才能有精力管好儿子，要不然你倒下了，这娘俩可怎么办呢?!"

彦哲爸爸是个老实巴交的农民，不善言谈，见了李紫微就一个劲儿地说："李老师，我干力气活行。你家装修有啥力气活，我给你干。"当然紫微是不会让他大老远来市里给自己家干活的。快放假的时候，老人给紫微买了一袋桃子，一个劲儿地说："李老师你吃，李老师你吃，挺甜。"

一袋桃子，对于小彦哲家来说，算是奢侈的食品了，一年也吃不上几次，老人省下了几天的生活费才能买起一袋桃子。紫微不忍心要，又不能伤了老人的心。她不想让彦哲爸爸有一直亏欠她的心理负担。最后，紫微留了两个，剩下的都偷偷地给孩子装书包里带回家了。老人在村里扫街，逢人就夸："现在学校的老师真好哇，咱儿子遇上心眼好的老师了！"

班上还有一些孩子刚来时不会吃饭，不会上厕所，不会拉衣服拉链，不会打扫卫生，有的教了半年才能完全自理。孩子们经常有来不及去厕所就拉到裤子里的，紫微就得帮他们换洗，先把自己的衣服、鞋子给他们穿。冬天，总有淘气而且掌握不好尺度的孩子跑进水坑里，紫微也把自己的衣服鞋子给他换上。为此她特意买了一个大功率吹风筒，及时给孩子们吹干湿衣服。后来有了经验，她就预备几套衣服和鞋子，给孩子们应急。

班里最小的小不点，一直不敢在蹲便解手，宁可憋得直哭也不去。有时候实在憋不住了，就在教室、操场上随便排泄。紫微真是又气又恨又心疼。每次他拉得到处都是，最后都得紫微收拾。她说，干这些脏活，说实在的，心里也不爽。要想摆脱这种不爽，就得想办法教小不点正常如厕。当她发现小不点又有点反常了，感觉出他是需要去解手了，便带他到厕所。小不点挣扎着想往外跑，紫微就让孩子搂着自己，然后轻轻地拉着他的小手，说别怕，老师拉着你，你没事的，蹲下吧。就这样，紫微帮助孩子完成了人生第一次独自蹲便，还教会了他便后清理个人卫生。

小宇是个小古怪，总爱跑到没人的地方，跟大伙躲猫猫。一个雪天，同学们课间游戏回来，小宇不见了。好几个老师四处寻找，找遍了学校每个角落，不见小宇踪影。校领导也很焦虑，大冷的天，孩子冻坏了怎么得了呢！紫微跑得满身大汗，衬衣湿透了，羽绒服也湿了一大片。终于，紫微在楼梯下边一个小三角地带里，扒开前边的一块板子，把小宇从里边拉了出来。

班上的小竣终于学会拍手鼓掌了。紫微欢喜地摸摸他的头，竖起大拇指："小竣真棒！小竣，你不撒泼打滚时，笑眯眯的样子，多可爱呀。来，大家一起为他鼓掌。"同学们给小竣鼓掌，都学着紫微的话，对小竣说："真棒！"小竣不哭不闹了，高兴了得意了。紫微趁热打铁，教他敲鼓的拍手动作，小竣笑呵呵地接受了。紫微再次带领全班同学给他鼓掌，同学们的情绪也被调动起来了，大家伙兴高采烈地夸小竣："真棒！真棒！真棒……"放学了，小竣一边走一边拉同学的手，主动和同伴拍手击掌。看到这一幕，紫微开心地笑了。

每个同学有点滴的进步，都会让她高兴一阵子。同学们为同伴的进步真诚加油的样子，也让她激动。因为孩子们不再冷冰冰了，目光也不那么茫然，爱，在他们身上逐渐地表达出来了。

班上有名辽阳县山沟里来的孩子刘佳佳，他家住的地儿前后全是荒山。佳佳爸去山东打工，妈妈带17个月大的小妹妹在家留守。妈妈40多岁才生下的这个女孩，落下了眩晕症。佳佳住校，需要自己买床单。紫微看到这样的家境，自己掏钱给佳佳买了床单，也没告诉家长。佳佳妈妈每到晚上非常害怕，一怕自己犯病，二怕受到外侵，希望老师常来，让别人知道家里是有人的，晚上多开几盏灯，制造出人口多的假象。紫微便经常和佳佳妈视频，监控她的身体状况和家里平安与否。在周末或节假日，她会同几个学生家长带孩子们一起去佳佳家，孩子们在院里院外跑来跑去，整个小院欢声笑语，热热闹闹，既解决了佳佳家的冷清孤单及安全问题，也让孩子们感受到了山里的原始气息，孩子们在疯跑中加强了团结。每次大伙一起来佳佳家，学校的同事们都愿意把自家孩子用不完的食品和衣物拿来，让紫微捎去。康复6班班主任李霞就是其中之一，她经常和紫微沟通，相互交换带班心得，掌握彼此班里的动态。李霞自己的孩子小，备用的纸尿裤一时用不完，就让紫微捎给佳佳妹妹用。紫微每次进山，都自己买一大包东西带过去，不让其他家长花钱。佳佳妈感激得不知道咋表达，摇着李老师的手臂说："李老师，你要不嫌弃，我们做一辈子的姐妹才好呢！你比亲姐妹都好哇。"

班上有个自闭症孩子小康宁。他本是不幸中的幸运儿，他有疼爱他的爸妈，有丰衣足食的生活，是家里宠爱的小宝贝。可是，这样的幸福在2016年的一天戛然而止了。

那天，小康宁一直没来上学，李老师给他父母打电话也无人接听。这很反常，小康宁上学五年了，从来不缺席，总是早早到校。紫微预感不好，委托科任老师到班里照顾孩子，自己直接找到小康宁的家。真是晴天霹雳，康宁父母双双不幸横死。紫微赶到殡仪馆，见到那么熟悉的康宁爸妈躺在石板上，血肉模糊、体无完肤……这么血腥恐怖的场面，真的把紫微吓得不轻。

之后好长一段时间，紫微不敢一个人走路回家，不敢睡觉，甚至不敢独处一个房间。她每天晚上坐9点钟的火车回营口爸妈身边，第二天凌晨4点再坐火车回辽阳上班，这样通勤了一段时间，才慢慢调整过来。但是那个血腥的场面始终挥之不去，说不定何时就跳出来，让她害怕，让她难过。

小康宁父母遭遇不幸后，小康宁无家可归。昔日小康宁爸妈的亲朋好友，此时对小康宁都是避之不及，没人接纳他，生怕他成为自己家的累赘。有的直系亲戚还认为这个孩子是"扫把星"，他一出生家里就不消停。小康宁父母的后事也无人料理。情急之中，紫微带着班里其他家长，帮助小康宁处理了他父母的后事。整整5天，紫微和这些家长一起守候在殡仪馆，抱团取暖。其实，在这样的氛围里，她心里一直很难过、很害怕。但她告诉自己，不能退缩，自己是家长们的主心骨。

处理完小康宁父母的后事，接下来，紫微就四处奔走，安顿小康宁以后的生活。此时的小康宁，连吃饭都成了难题，更别提上学了。面对这个自己教了5年的孩子，别人可以不管，自己怎么能放得下呢？

紫微和小康宁的亲属三番五次沟通，甚至请求他们收留这可怜的孩子，亲戚都是拒之不管。万般无奈中，孩子进了福利院。如果孩子就这么在福利院傻待着，不来上学了，之前的康复训练就前功尽弃了。她只能和几位心肠比较热的家长商量，一起照顾小康宁。家长们见李紫微对小康宁这么放不下，看在她的面子上，答应她每天轮流去福利院接送小康宁上下学。学校里，中午时间是家长照顾孩子的，那么，午休时间，只有李紫微自己放弃休息，负责看护小康宁。学习用具、换季衣服，都是大家你一件我一件地争着给小康宁买，包括紫微的同事们，也在从家里往学校拿衣服。

紫微隔三岔五就把小康宁接回自己家，带他玩，给他做好吃的。紫微家里就一张床，为了让孩子睡得舒服，她让孩子睡床，自己睡地板，夜里还要守护他。

小康宁情绪不好，总爱哭，乱发脾气，找爸爸妈妈，说爸爸妈妈能回来。紫微不知道应该如何对孩子解释所发生的不幸，怕回答不好，会伤害孩子，只好"欺骗"他说，爸爸妈妈去北京了，挣钱给他买好吃的了。为了让他相信，紫微经常偷偷地往小康宁书包里放点吃的喝的，买各种小玩具，骗他说是爸爸妈妈给他买的……小康宁的轮滑鞋旧了，他很羡慕别的孩子有新轮滑鞋。紫微就找了好几个体育用品店，挑选一双适合小康宁的轮滑鞋送给他；小康宁过生日了，紫微会给他买大大的蛋糕，带班里其他小朋友一起给他庆生。

紫微说："别的孩子有的，我也一定要让小康宁有，不会让他因为没有了爸妈，就缺少了关爱，我会加倍爱他。"

有一天早晨，小康宁来到学校就大喊大叫，问他怎么了，他也说不明白，只是一直跟紫微说2018年1月20日。紫微问他要干吗，他也表达不清楚。紫微就让他写下来，他在作业本的后面写了：2018年1月20日上外玩，辽化宾馆，去西关买电话，爸爸。

紫微看到这，一下子明白了，眼泪在眼里打转。辽化宾馆，那是他以前的家。"买电话"是想给爸爸打电话，让爸爸带他出去玩。小康宁想家，想爸爸了。也许孩子不懂生死，却知道想爸爸妈妈。

心疼，一想到这孩子没了父母，紫微的心就像被针扎了似的。但是，她仍然要把最明媚的笑脸送给孩子。

紫微和家长们悉心照顾小康宁一年有余，消除了小康宁的亲戚对她的误解。原先小康宁的亲戚以为紫微这样热心地照顾小康宁是图康宁父母的遗产（两间小房），现在看来不是这样的，人家紫微老师只是真正地心疼孩子而已。由此，小康宁的亲戚把孩子从福利院接回了家。康宁的亲戚们对紫微的态度发生了转变，从最初的回避怀疑，不让进家门，到后来的客气感激，经常打电话邀请紫微去家里做客，还见谁跟谁说："李老师是个好人！"紫微也不计较之前他们的不近人情，如今都成了好朋友。

为了让全社会都来关注关爱这些特殊的孩子，为了让这些孩子的家长身心健康，能更好地配合学校培养孩子，李紫微多次联络省城名医名师来学校给老师和家长们义讲义诊，连学校周边的居民也能享受到听讲座和免费诊疗的待遇。她自己也在周末和假日以专家身份到省城盛京医院、辽宁电力儿童心理康复中心等地给患者做心理治疗、给有关人员讲课，很少要报酬。她这样做换来了省城的名医来辽阳义讲义诊，好多有关工作人员及患者家属或监护人都是带着患者慕名而来，社会影响良好。这些活动的开展，触动了许多之前对心理疾病一点也不了解的人，他们开始关注这方面的知识，从而对有心理疾病的人也有了新的认识，予以理解和关爱。

2020年11月，李紫微被共青团辽阳市委员会聘请为"青年讲师团"讲师，课余时间，经常被各机关院校请去讲课，在助残活动中无形中树起了一面旗帜,引领社会各界关心关爱自闭症患者和残障儿童。

李紫微把她的爱无私地奉献给了这群自闭症患儿,她的这颗爱心如金子一样在这块特殊的土壤里闪闪发光。辽阳市教育局在李紫微所在学校校长的推荐下,发现了这样的人才,视才如宝,这么难得的好青年,荣誉、奖励那是必须的:

2015年辽阳市教育局颁发的"优秀班主任"。

2016年共青团辽阳市委员会颁发的"辽阳最美青年志愿者";辽阳市教育局颁发的"先进班集体";辽阳市教育局颁发的"教育系统师德标兵"。

2017年辽阳市教科文卫工会颁发的"师德医德先进个人"。

2018年教育部办公厅、中国残联办公厅颁发的"特教园丁奖";中共辽宁省委宣传部颁发的"辽宁好人·身边好人";共青团辽宁省委员会颁发的"新时代向上向善·辽宁好青年";辽阳市精神文明建设指导委员会颁发的"辽阳好人标兵"。

她多次被学校、妇联、残联、共青团等组织请去演讲。在演讲中她常说,干特殊教育这一行,靠的是爱心、耐心加恒心。有了爱心才有种子;有了耐心,种子才会发芽;有了恒心,才能开出七彩的花朵。

初心永驻　荣辱不惊

> 知所弃者有所得。选择了特教职业,就注定选择了寂寞,选择了奉献,选择了艰难。我已经起步,就不畏路程遥远,前行复前行,一路高歌。
>
> ——李紫微

李紫微一天见到的特殊孩子可能要比常人一辈子见到的都多,还要和这些孩子的家长打交道,几乎没有闲空想别的。那些功名利禄，在她眼里都是过眼烟云；那些挑剔、误解到了她这里，就如一股一股的浊流汇入了大海。

她在读书时，无数次想象自己站在讲台上，提一个问题，下边有几十双明眸热烈地盯着她，几十只小手举得高高的，争先恐后地要发言的美好画面；想象着和孩子们一起欢快地做游戏、唱歌跳舞的快乐场景。现实呢，却截然相反。

每当夜深人静，白天上演的一幕一幕，在脑子里回放。尤其某些有文化的家长，反倒不配合她的教育方式，这让她颇为费解。这类家长对孩子真是捧在手心怕烫了，含在嘴里怕化了，见了老师就叨咕咱家的孩子不能这样，不能那样……他们还虚荣地否认自己的孩子有问题，不能正视现实，说咱家孩子就是性格和别的孩子不大一样，没有别的毛病，你们老师应该怎样怎样。他们总是想让自己的孩子得到比其他孩子高一等的特殊待遇。

而李紫微老师的教育理念是：生命都是平等的，在这个特殊的群体中，更不能让任何一个孩子纯净的心灵中滋生出优越感。放手让孩子自己去慢慢适应，孩子跌倒了，你可以扶他起来，鼓励他重新再来。虽然不去强行教他们这样那样，那也绝不能娇惯他、纵容他逃避现实。

可是有的家长不理解，就要质疑、反问，或者到校领导那告状。

紫微班上学生最多时达到16个孩子，有的家长却要求老师主动汇报每天喝几遍水，几点喝的，中午吃几个菜，吃什么，吃得不好就要领出去吃。如果老师来不及汇报，这样的家长就怨声不迭，愤愤地指责老师态度不好，也不管学校这边正是上课时间，就迫不及待地打电话指责埋怨发牢骚。孩子手撞破皮了，胳膊撞疼了，腿上跌青一块，非洲鼓的带子勒脖子了，家长就会气势汹汹地来找老师质问……

住宿的孩子更让人操心，老师时刻不能离开他们，还得给家长拍视频，看着孩子们吃饭。视频给家长看了，有的家长就说老师忽略他家的孩子，拍视频没把他家孩子放前边，给的镜头少；吃午饭时排队也在后边，吃得少了，唱歌跳舞也不是先唱……各种说辞，家长对孩子过度焦虑，时常谴责老师。

等孩子们吃完了，饭菜都凉了，因此，老师们的胃都不太好。

学生之间时常发生一些肢体刮碰或小摩擦，家长就会误会教师，各种小误会，都需要老师耐心地劝解开导，化解矛盾。特教老师，不仅要看护学生，还要与家长及时沟通，交换意见，交流思想。

更有甚者，某些家长竟然能炮制出让人啼笑皆非的说辞，是我们常人想象不到的。譬如，有的孩子到了青春期，大脑没有控制能力，不知道自己身体的私密处不能暴露在大庭广众之下，会无意识地随时随地脱衣服脱裤子；有的在教室里把大便拉到裤子里，不舒服了，就伸手去掏，弄得衣服、课桌、墙上到处都是，紫微能不及时地帮他擦洗吗？而有的家长却因此指责她要流氓。

这样的责难、羞辱，真是太伤人了。简直不可理喻，让人啼笑皆非。如果心理素质差，真的会崩溃。

紫微不委屈吗？这样日复一日尽心尽力，每天要无数次重复同样的话，口干舌燥；楼上楼下跑，时刻把孩子们的身影聚集在自己的视线范围内，一天下来都要超过两万步以上。下了班，有时连吃饭的精神头都没有，朋友们都说紫微你变得沉默了，其实她是没有精力和朋友聊天了。她时常忘记向父母报平安，都是父母先把电话打过来。累成这样了，还要遭到冷遇、刁难、污辱，何苦呢？

紫微也时常有孤独感，也曾一度心灰意冷。可是，当孩子们走向她时，她的心便立刻会热起来，把笑脸送给孩子们。

她说，看着孩子们一天一天的变化，能陪他们一起成长，生命里就算失去了别的东西，又能怎么样呢？不是每个人都有机会，能在自己和孩子们最美好的时光中一起长大。

她不是没有机会离开这里。她被多个医院、学校聘请为客座专家。某医院在前几年就开出27万年薪请她挂牌心理咨询专诊，上海某机构开出40万年薪聘请她过去，都被她婉言谢绝了。很多人嘲笑她，说她脑子有病，一年几十万收入的大城市不去，在这小地方受苦受累，每月挣不到一巴掌的钱。每次听到这些，她都只是笑笑，很少解释。

实质上，紫微不离开学校，主要还是牵挂这些贫困家庭出身的特殊孩子。如果自己去了私立单位，私立单位收费特别高，很多孩子会因为经济原因失去治疗的机会。如果这些得不到医治、得不到拯救的孩子将来不能自由地活着，没有坚定的生活信念，没有平安感、不会爱、没有尊严地苟活于世，将是自己一生的痛。与其让之后的大半生在愧疚懊悔中度过，不如干脆断了离开他们的念头。

多么难得的悲悯苍生、大爱情怀！

紫微感叹：和这些孩子一起成长，和钱财没什么关系，和高尚不高尚也没什么关系。其实，就是为了一点简单透明的快乐。

这么多年和孩子们一起成长，紫微已经深深爱上了她的工作和她的学校。辽阳市特殊教育学校是她成长的摇篮，毛校长于她而言，有着母亲一样的情感。在她工作中因超前领先被同事误解讥讽，在与拎不清的家长讲不清道理时，她也曾找毛校长发牢骚。毛彤校长苦口婆心地开导她，可谓用心良苦。她终于从沟沟坎坎的实际工作中明白了厚德载物，方为人师的深刻含义。在困惑中，组织上引领她逐步做到了有容有量有气度，真正体味到了所谓的有容乃大。

她说："学校培养了我，给了我这么多的荣誉。这些荣誉不是我一个人的，是学校大环境好，同事们大多数都和我一样地付出，我只是学校50多名老师的一个缩影。误解我的同事和家长也逐渐能理解我的苦心，现在几乎都能团结协作了。再说，我是从特教岗位上入党的，从入党的那天起，心里就打定了为党的特殊教育贡献青春的主意。特教，是我作为一名共产党员，在党组织中的职业身份，是我坚定党的信仰，为实现党的远大目标，这个宏伟的征程中的载体。我的专业在这里能得到充分发挥，只有坚守在这里，才不愧对党组织。我不能因为自己的私利，辜负了组织的信任。"

紫微的话很朴实，却句句在行在理。她真是个对党组织充满敬爱、无比忠诚的好青年，懂得感恩的好姑娘。她的事迹，就像是一面镜子照在每个人的面前。

毛校长感慨地说："紫微比别人付出多，承受的委屈也多。个别家长对她误解，真的给她的心灵造成了极大的伤害。作为校长，我很心疼她。她有想不开的时候，到我这里发泄一通，我劝劝，开导开导，她就破涕而笑了。再委屈，她也没耽误过工作，也没有朝孩子们发泄不良情绪。能忍的她忍了，不能忍、不应该她忍的，她也忍了。她作为一名青年党员，总是自觉学习、自觉工作、自觉关心关注国家大事。她虽然没有多少豪言壮语，但是她不仅自觉，还非常自律，时刻注重维护党组织和学校声誉，在同志中不利于团结的话不说，不利于团结的事不干。她的身上真的是满满的正能量，无形中影响着身边的人。所以我们学校要树她这个典型，把她热爱特殊教育的精神传播给同行，让她的事迹感染大家。因为她的付出，我们组织上的推荐，她得了好多荣誉，她也不负这些荣誉。她到过辽阳一中、十四中、三中、小屯、首山、团市委讲演，她张口就能讲出好多感人的故事，因为每天都有新故事在她和学生中发生。通过她的事迹的传播，我们特殊教育这块也进一步得到了社会的承认。原先特殊教育不太被人注意，我们从事这项教育的教师也不像其他正规学校教师那样在社会上那么光鲜。通过她的讲演，人们对特殊教育有了重新的认识，我们学校的老师们对自己也有了新的社会定位，也有了价值感，增强了工作热情。她真是影响带动了一批人哪！这丫头有时候在我面前还像孩子一样单纯执着，那个率真劲儿，真是别人身上没有的。现在，同事们对她也理解了，家长们也逐渐消除了误解。大家见贤思齐，都努力向她看齐。今年我们层层推荐，推选她参评第25届中国青年五四奖章和辽宁省学雷锋活动先进个人，还有辽阳市优秀共产党员。之前她曾获得了好多荣誉，这丫头自己也记不清了，她就一门心思带学生，根本不在意名利。仅从2015年开始，学校给她记载的就有20多个。"

我从荣誉清单中又捕捉到了以下这几个耀眼的光环：

2020年辽宁省"学雷锋活动先进个人"。
2019年中华人民共和国教育部颁发的"全国优秀教师"。
2019年共青团辽宁省委员会颁发的"辽宁青年五四奖章"。
2018年教育部办公厅、中国残联办公厅颁发的"特教园丁奖"。
2018年共青团辽宁省委员会颁发的"新时代向上向善·辽宁好青年"。
2017年中共辽阳市委宣传部颁发的"辽阳市十大杰出青年"。
2017年共青团辽阳市委员会颁发的"辽阳青年五四奖章"。
2016年共青团辽阳市委员会颁发的"辽阳最美青年志愿者"。
2016年辽阳市教育局颁发的"教育系统师德标兵"。

我问紫微:"你除了工作,个人还有哪些爱好呢?你这么钻研你的教育学术,工作又忙又累,个人的爱好都放弃了吗?"

她笑了:"爱好好多。雕刻、看书、画画、书法、篮球、骑行、萨克斯,养花花草草、乌龟、鱼等各种小动物。"

教室里的大花架兼书架、茶几都是她亲手做的。她说最近又新做了一个,还没来得及拿到教室呢。还有他们曼达星部落的门牌、徽章队旗,教室内外墙面布置都是她亲手绘制的,自己雕刻。紫微的劳动工具可全了,螺丝刀、锤子、锯各种都有,学生放学后,她经常在教室里叮叮当当的。有同事开玩笑,说她是木匠,她也乐得这样叫她。

我问她都喜欢读哪些书,她说随意看,经常读庄子那种,安时处顺的,比较喜欢。

我问她,能把之前撤换掉的画作什么的,还有她自己的作品照片发给我看吗?她说:"照片可能有几张,等有空发给你。我这人不擅长收集这类东西,丢三落四的,有不少都整没了。连我自己很多的奖牌奖杯奖章的也都整没有了。呵呵,学校看我自个不注意收藏这些,后来学校那边给记载了。"

紫微用微信发给我几张她的作品图片,有彩绘、雕刻等。我竖起大拇指夸她"才华加勤奋"。她回复我"我不喜欢这样的评价"。

我说:"你给自己一个评价,我来理解一下。"她没有再回答我。我想,这也是她本真性格的表现——只管认真做事,不问前程。

她说她最喜欢别人把她称呼为"师匠"。几次接触,发现她还真有宗师范儿,大匠派头。不仅同行可以来她这取法,效仿如何成人之事,我等外行也可从她身上悟出点什么来。

补充采访在微信上,她用的是中文繁体字。她说习惯了看繁体字。我猜大概是因为喜欢书法、雕刻及读庄子之类的书所致吧。

我问她在特教战线坚守十几年了,美好的青春都奉献于此,看你乐此不疲,现在心里感受如何呢?

她说:"其实这些孩子给予我的东西,远远大于我给予他们的。对这些孩子,我心里一直充满敬畏和感激。很多抑郁的时候,我都竭力地找一些办法让自己平静。找了好久,也换了好多种方式。后来,找累了,换累了,也就顺其自然了。却突然明白了:好好地活着,认真地生活,努力地工作,真心地对待我的这些孩子,就会让自己平静,这种平静来自对灵魂的坦诚,对生命的尊重。"

在李紫微老师的讲演稿中有这样一段话:"我们心平气和了,世界就心平气和了。我和我的孩子们彼此包容、彼此等待、彼此依靠、一起长大。虽然并不是每一天都愉悦,但孩子们每一点小变化,都会让我又看到了希望。一个笑眯眯的眼神,一句李老师,一声老师我爱你,甚至往我身边靠近的样子,都会温暖我,都会把我刚要变冷的心融化。每次当我走到要放弃的边缘,都是孩子们用自己的方式重新把我拉进阳光中。"

紫微说得真好,句句都是她一路奋进中的真情实感,句句都打动着我。

尾　声

就在我补充采访她的第二天,看到她朋友圈发了一个链接《其实,我不是怪人》。她在链接上边写道:"2021年4月2日,第十四届世界孤独症日。今年的宣传主题口号是'共同努力，关注与消除孤独症人士教育与就业障碍'，关注特殊儿童，尊重个体差异，多一点包容，学会接纳，与我们不同，与我们一样。"

由此我在央视新闻字幕上关注到这样一则消息：2021年4月2日，世界自闭症日，我国0—6岁儿童每年新增5万名自闭症患者。

多么惊人的数字，特殊教育，多么需要更多李紫微这样的老师呀。

"一个人对人民的服务不一定要站在大会上讲演或是做什么惊天动地的大事业。随时随地，点点滴滴地把自己知道的、想到的告诉人家，无形中就是替国家播种、垦殖。"这是一位佚名者多年前说过的。在此，用到紫微身上应该是恰当的。

在青年教师李紫微的率先引领下，辽阳市特殊教育学校自闭症康复训练班已经日渐成熟，先后有200多名不同类型、不同程度的自闭症儿童来到她所任教的辽阳市特殊教育学校，接受康复教育。如今学校康复班已经有9个，聋班只有4个。这个数字反映出，当今患心理疾病和精神障碍的孩子远远超过了聋哑孩子。

李紫微老师说，多么希望特殊学校的学生越来越少哇！

（本文中所涉学生姓名均为化名）

唐革军：点亮平凡时光

菲 泓

因为相信，所以看见。
因为热爱，所以执着。

——题记

引 子

2016年12月12日，地处辽宁省南部的辽阳市在霁雪初晴中感受着凛冬的阳光，金色的线条拂动这座有着2300多年历史的城市，愈发流露出古朴坚强的底色。

与此同时，首都北京。

上午9时30分，京西宾馆会议楼前厅灯光明亮，人头攒动，气氛热烈。身着盛装的第一届全国文明家庭代表精神饱满，脸上洋溢着喜悦的笑容。习近平等党和国家领导人来到这里，亲切会见各位代表，同大家一一握手。

掌声热烈，经久不息。

出席第一届全国文明家庭表彰会的，有全国优秀共产党员、全国劳动模范、全国道德模范等先进典型，更多是来自城乡基层的普通家庭代表。作为辽宁省道德模范、辽阳市优秀共产党员的唐革军能出席这样的会议，意义是非同寻常的。这位外表看上去普普通通、瘦小清隽的老人，干练利落、持重平和，可心中早已翻腾如海，感慨良多。

这是一次时间和精神的一次传递。这一天，她终生难忘。

北京。辽阳。
连接起感动中国的声音，那是怎样的百姓故事？
因一个人的载誉归来，让一座城市的名字发光，回溯街头巷尾的平凡时光，再次点亮了不平凡的内涵。

红色家风育良材

2021年4月4日，清明。辽阳廖高山公墓。

唐革军带着子女一起来拜祭去世多年的祖父母和双亲。

在朴素庄重的墓碑前，洁白的鲜花铺陈四周，明烛萦绕如思绪不绝。记忆，就是无边无际的思念，是对苦辣酸甜的品味。它有时一点点、一丝丝地渗出，有时又汹涌而来，挥之不去。

唐革军每年这个时候，都不可避免地陷入思亲的情绪。今天，悲伤之余格外地想和自己的父母说说话，特别是想起近20年自己的经历，想起前些日子96岁高龄伯父的叮咛，她的眼泪更止不住了……

"爹、妈，我和孩子们来看你们了，家里都好，别惦记。我今年又做了些事，工作室继续入驻法院，当调解员，能多照顾一些空巢老人和孩子，没给你们丢脸。

"你们教育我的，我都教给孩子们了，咱们的家训就是勤俭持家，报效祖国，时时刻刻要跟党走………"

此时的唐革军，不再是古稀之年的长者，而是进入童年家园的孩子，尽情地倾诉心中的眷恋。

她的父亲唐德金是一位革命军人，在解放战争中，先后经历了淮海战役、海南岛战役，顶着枪林弹雨目睹了战争的惨烈，在"解放了，自由了"的呼声中，亲身体验了每一片天空的宁静都是来自流血牺牲。1950年7月，朝鲜战争爆发，他参加了中国人民志愿军，跨过鸭绿江入朝作战，战火硝烟之中想到的是，"活着的人有责任要守好这片土地"，守护祖国、守护人民是军人的职责使命。

红色的种子要播种下去，革命的精神要传承下去。

自古以来，中国人安身立命之处是家国。

家风乃国之民风。

1950年10月，唐德金的长女出生了，他为女儿取名"革军"，其意不言自明，也在无形中定位了红色家风。

从唐革军记事起，便经常听父亲讲革命故事，讲爱党、爱国、爱社会主义。耳熟能详的是刘胡兰、王二小、潘冬子的故事，脱口而出的歌曲是"五星红旗迎风飘扬，胜利歌声多么嘹亮"，最爱看的电影就是《星火燎原》《红色的种子》，特别是1958年林扬导演的《红色的种子》。这部电影讲述的是解放战争时期，年轻的女共产党员华小凤被县委派到敌占区开展工作，组织农民抗捐，成立党组织，开展锄奸活动，从敌人手里夺得武器，建立了群众武装的故事。秦怡、孙道临那些在银幕光影中已成追忆的经典形象，当时是多么吸引少年儿童的眼睛和心灵啊。悄悄地，红色的种子便在幼小的心中生了根，发了芽，日后长成了参天大树。

后来唐革军跟人聊起小时候，总是笑着说，秦怡扮演的华小凤，那可是我的偶像啊。

1953年，唐革军的父亲从部队复员，在朝鲜战场上"缺粮"的残酷经历使"保护粮食重要"的意识进入思想深处，他选择到辽阳铁西粮库储运股工作。从士兵到群众，角色转换了，却转换不掉他革命军人的作风品性。储运股由他管理，严实得不透缝，如同将军镇守关口。每逢大雨大雪、高温干旱的天气，他生怕有个风吹草动，粮食出闪失，马上搬铺盖住到厂里。兢兢业业、一心为公的工作态度赢得了"唐老帅"的雅号和大家的尊重。经常有人说，"唐老帅"当关，那是一定能守好社会主义粮仓的。

父亲是管粮官，但自家的饭桌上从未有过一顿纯正的苞米面，经常是上顿野菜，下顿米糠。对此，唐德金只是淡淡地说，那是公家的东西，咱不能拿，不能占。

父亲的处世言行在儿女的心里打上了深深的烙印，在以后许多艰难困苦的日子里，唐革军都会不自觉地想起父亲的话：别忘了，你是革命军人的女儿。

如果说，父亲赋予了她不断前行的动力，那么母亲给予的积极乐观更是不可或缺。

唐革军的母亲刘素兰识文断字，能写善讲，容貌秀丽，气质出众，格外引人注目。当年她刚到辽阳市机关幼儿园报道，第二天"园里新来了个漂亮女老师"的消息便不胫而走。刘素兰自信开朗，每天照顾一大群孩子，换衣喂饭，洗洗涮涮，一天下来非常劳累，却从不叫苦，时常教育自己的孩子"能自己动手的，就不要依赖别人"。她爱唱歌，喜欢运动，幼年的唐革军经常用崇拜的目光，追逐着身着女篮5号球衣的母亲在球场上奔跑跳跃。而母亲口中哼唱的优美歌谣，如同梦中飘动的云朵，温柔地托起孩子们的童年。

想起跟着母亲在幼儿园的时光，唐革军觉得，虽然那是新中国成立初期物资匮乏的年代，但真的是幸福得像花儿一样。

在唐革军的成长岁月中，伯父唐德昌对她的影响也是极为重要的。老人是离休老干部，从1948年开始，先后在辽阳、丹东、本溪等地从事财会、政法工作。这位老共产党员，家国情怀深厚，一生信仰坚定，坚信中国共产党好、社会主义好。

唐家的人无论男女老幼，都清楚地记得，任何人在他的面前敢说中国不行，只会招来他一顿疾言厉色的教育："你们没吃过苦，没打过江山，所以总是不知足，知道新中国是怎么来的吗？没有人流血牺牲会有今天？我们都得多问问自己，是不是一个对社会有用的人？给社会都做了啥贡献，不然没资格在这儿说三道四的。"

唐革军一直珍藏着伯父的一份手书，那是她战胜困难、教育子女后代的"传家宝"。

离休申请书

市中级人民法院党组并请转市委组织部：

　　我到今年年底，就满60周岁（我是1925年12月28日出生），到了党规定的离休年龄，因此申请辞去我的副院长、党组副书记职务离职休养。

　　在这60整岁中，我在旧中国旧社会中饥寒交迫生活了23年，在解放后的新中国幸福地生活、工作了37年（我是1948年11月2日参加的革命工作）。我深深感到，没有共产党就没有新中国，也就没有我的今天和我们一家老小今天的幸福生活。我的今天是党培养教育的，我家今天的幸福生活是党领导的社会主义好，党的十一届三中全会以来的路线、方针、政策好。所以，我在即将离休的时候，向我的党组织保证：工作虽然离休，党的理想、信念不能变，为实现共产主义，保持共产党的光荣传统，保持共产党员的光荣称号。请党组织及早考虑，安排我离休后的班子人选，请批准我的离休。

市中级人民法院　唐德昌
1985年6月29日

　　在这些字里行间蕴藏的东西，是不能够简单看待与理解的。许多经历过新旧社会更替的共产党人，他们的思考，是在革命、建设、改革的岁月中淬炼出来的，有着令人肃然起敬的高尚质感。

　　就是这种高尚、这种光荣流过时间长廊，持续而执着地进入了唐革军的血液。先辈的言传身教，始终陪伴着她走在自己的路上。从此，点燃心中的火炬，传递一个又一个梦想。

风华正茂砺精神

在唐革军工作室的墙上，保留着一帧老照片，那是她18岁时的倩影。照片上的人眉清目秀，体态端庄，一根长辫垂在胸前，不长不短的刘海，衬托得整个人文雅娴静。一眼望去，与评剧艺术家新凤霞的《刘巧儿》剧照颇为相像。

"怎么样？那是我，漂亮吧？"老人无不得意地说，阳光透过窗子，投射在她的脸侧，泛起几分年轻俏皮的神色，不禁让人遐想她当年的风采。

风华正茂正当时，何惜汗水负青春？

18岁，最美好的年华，正值十年动乱，"文化大革命"的风暴席卷了神州大地。

艰苦环境的磨砺，成为唐革军人生难得的老师，也定型了她乐于助人、坚忍不拔的品格。1968年9月28日，唐革军初中刚刚毕业，响应知识青年上山下乡的号召，捆好行李，打起背包，来到了灯塔公社大荒地大队（即现在的灯塔市大荒地村），开始了在农村广阔天地的生活。

面对严酷的现实，热血青年饱含革命热情，战天斗地。那些年，农村的生活条件极差，缺吃少穿，青年点里冬天滴水成冰，夏季闷热难受。不少人受不住了，开始牢骚满腹，干活也慢半拍了。唐革军坚信没有过不去的坎，咬紧牙关挺着。每天在生产队早出晚归，翻地打垄，挑水刨粪，手脚都磨起了血泡，她一声不吭，过后照常出工。一年下来，从不会干农活的她，成了农活把式。农民们都说，这姑娘行啊，倒像个样，不错！

唐革军爱好文艺，喜欢写一些农村生活小评论，经常在生产队的墙报上发表。在大队还带头成立了"毛泽东思想"宣传队，组织各种演出，参与民兵训练。与村里人相处融洽，经常有人请她写家信，给孩子起名字，她在农村的下乡生活过得热火朝天，非常充实。

1971年，唐革军选调回城，到市公交公司当了一名乘务员。

想起在大队最后半个月，自己抓紧时间挣工分，为的是给父母挣出口粮；想起最后一顿水煮大白菜，伙食长说，要走了，多吃点吧，我给多加了点味素，她就止不住泪水；想起走时乡亲们送到村口，自己一步一回头，那些纯朴的脸，好舍不得呀……

"不能白吃这些年的苦，不管到哪里都得好好干，一定不能差。"唐革军年轻的心，经过了三年的打磨，愈发充满了对工作的热爱、生活的热情，像加速的马达，铆足了劲。

公司调度车班每天早5点到12点是一班，中午12点到晚上8点是另一班。她每天提前到岗，从不误点，对乘客笑脸相迎，周到细心，有问必答。每天她跟乘的班车必定满员，后来还有年轻小伙子慕名"漂亮乘务员"，专门跑来坐这趟车。交班后，她帮着司机冲车、擦玻璃，不怕脏累，全队人对她赞不绝口。与她搭档的车队司机老付笑着说："小唐真勤快，我是老省心喽。"当年，她被评为"先进生产者"。

一年后，辽阳市汽车修配厂厂长王长林慧眼识珠，将唐革军从公交公司调到厂里做了保管员，主要是管理各种汽车配件。这项工作一直由厂里的潘学忠师傅负责。潘师傅在这个行业是多年的劳模、业务"大拿"，带徒弟耐心细致又严格，现在年纪大了，面临退休。唐革军记得，自己站在他面前，他只是说："手生不要紧，肯下功夫，拿工作当回事就好。"话虽不多，说得实在，手下却半点不放松。科目种类、明细型号、长轴短杠、各种零件都要过目牢记、过手不忘。

凭着那股不怕困难的精气神，唐革军把自己埋进了仓库，每天都是这汽车五大类：发动机部分、电气部分、冷却部分、燃料部分、车身部分，颠来倒去地背诵记录。

三个月后，厂里展示台。岗位练兵。

唐革军蒙着眼，站在摆满一堆零件的桌前。

"准备，开始！"指挥台发出指令。

"左手边第一个是什么?""承重轴承。"

"第二个是什么?""连杆轴承。"

"右手边第一个?""汽油泵、化油器、火花塞。"

…………

围观的人群开始议论纷纷:"哎呀,这么厉害!""这是谁呀?""听说刚来三个月……"

"好了。"潘师傅的脸上露出了笑容,心想:"好样的,丫头,我可以放心地退休了。"

这一幕,也落入了其中一个围观者的眼中。

"三百六十行,行行出状元",在辽阳汽车修配厂工作的4年,唐革军以勤奋敬业的态度,出色的业务能力,蝉联"业务标兵"。

有人说,人生的成功要得到命运的垂青,其实,不懈地奋斗才是通向成功的桥梁。让唐革军意想不到的是,自己付出的努力,洒下的汗水,再次培植了机遇伸出的橄榄枝。

1976年,市革委会车队急需一名汽车零配件保管员,队长赵玉林挑了很长时间也没找到合适的人选。当时,有不少人找到他,想干这个工作,他都没答应。赵玉林是空军地勤转业的军人,到地方工作后,依旧保持革命军队的优良传统和作风,凡事讲求公心,就想要个品行和业务能力都好的人管库才放心。

正好有一天,他到辽阳汽车修配厂买车件,看到王长林,猛地想起4年前岗位练兵的一幕,一个小姑娘过硬的业务给他留下了深刻的印象。他连忙向王长林打听,王长林一听,要挖我的人哪,不过,这是好事呀,愿意让你挖走。

唐革军非常高兴,那时能够进入革委会大院工作,是多少人梦寐以求的事呀。她到岗便展现出优良的业务能力,仅用了两天时间,便组织点库、分类、立账完毕,让大家刮目相看。渐渐熟悉了工作环境后,单位又带给了她一个惊喜:雷锋的战友张庆宝、张天生、唐灵玉、刘兴学都在这个车队!

要知道,1964年她小学毕业时,写的作文题目就是《我要做雷锋这样的"傻子"》,后来又在"学习雷锋好榜样"的歌声中度过初中时代。雷锋那种"做永不生锈的螺丝钉"精神,一直激励着她在平凡的岗位上,在平静的生活中,一点一滴地奉献。现在,能和雷锋的战友一起工作,这算不算是近水楼台呢?

多年后,唐革军感慨地说,我早就注定了要一辈子学雷锋,当别人眼中的"傻子"!

严冬不能永远覆盖大地,春光终将温暖家园。

1978年10月,党的十一届三中全会召开。

这一年,是唐革军与韩德仁"这一对模范夫妻立业成家"的转折点。不久,唐革军开始了政治生命的春天,终于成了一名中国共产党党员。

1980年,辽阳市委办起了修配厂,因为工作需要,唐革军当了采购员,开始了20年走南闯北的采购生涯。这20年间,她看到了中国土地上日新月异的变化,自己的眼界日益开阔,观念不断更新,更加坚定了共产党员的理想信念。20世纪80年代改革开放初期,许多人借机淘金,下海捞金,而唐革军工作兢兢业业,尽职尽责,牢牢守住自己的底线,"不为乱花迷人眼",一如父亲当年,直至职业生涯圆满收官。

林木有枝,情自缘起,人生在事业生活上的选择何尝不是如此?

唐革军不但自己在工作上干出了成绩,还全力支持丈夫韩德仁创业。两人是工读班同学,韩德仁为人正直,踏实能干,多才多艺,1968年想参军入伍,因父亲是"反动学术权威",被打成"走资派",他作为"黑五类"子女,如无特长,是不能被部队接收的。韩德仁一夜之间完成了一幅井冈山朱毛会师的画作,充分展示了艺术才能,被特招入伍,1973年转业到辽阳市管道配件厂工作。唐革军经常鼓励丈夫说:"家里我不用你,你好好干工作,争取当上市劳模,这是我的心愿。"有妻子的后方保障,韩德仁心无旁骛、埋头苦干、刻苦钻研,很快就成了单位的业务骨干、技术专家。

韩德仁30岁那年,厂里改革打破了大锅饭,他自告奋勇当起了厂长。他既有头脑、又懂技术、还善于管理,赢得了单位职工的全力拥戴,企业效益越来越好,为社会安置了近千个待业青年和刑释解教人员,韩德仁一时成为全市企业改革的风云人物。20世纪80年代中期,韩德仁先后获得省劳动模范、省人大代表、全国新长征突击手、全国百名优秀青年厂长(经理)等荣誉,并3次受到党和国家领导人的亲切接见。他家的墙上,至今悬挂着3张有纪念意义的大照片:共青团中央、国家经委主办全国青年厂长(经理)企业管理研究班合影;党中央国务院领导同志接见全国优秀青年厂长、经理合影;党中央领导同志接见出席全国新长征突击手(队)表彰大会全体代表合影。

白首不移赤子心

时光如白驹过隙,历史在不断向前。

2000年,唐革军退休了。干了半辈子的工作,总觉得浑身有使不完的劲。虽然到了知天命之年,却仍是朝气蓬勃,充满活力。一下子闲下来了,觉得十分不适应。

她想,自己才50岁,这根蜡烛还能继续发光发热,还能做点事,真成了"家里蹲",与社会脱节,对社会也没用了?

老伴韩德仁特别了解她的心思,一看自己老妻发呆的样子,就说:"想做点事,我支持,那还不简单,你去社区问问,把组织关系转过来,咱们是党员,义务服务群众,不要任何报酬。"

唐革军一听,乐了,对呀,退休不退党,老党员更应有新作为,让社区因我更精彩!

说干就干,她马上找到白塔区南门街道办事处青年街社区党委书记陈群,自我介绍说明情况之后,提出要义务协助社区开展工作。陈群没想到自己管区的居民还有这种主动服务的老党员，就请她协助社区收卫生费。

唐革军佩戴好"共产党员义务服务"的胸牌，高高兴兴上岗了。分给她的是4栋楼，一栋80家住户，4栋320户的卫生费收完，需要半个月的时间。一项听起来很简单的工作，却折射出柴米油盐、民情万象，想要顺顺利利地完成，可不是那么容易。

唐革军心肠热，平时谁家有个大事小情，她一定主动伸手帮忙。住户们是熟人的，一看是她收卫生费，自然是一路绿灯。有的居民对交费不认可，往往需要她多跑几回，唐革军累得腰酸腿疼也没放弃，最后把钱收到手了。最让人头疼的，是几个"钉子户"，"地都没扫干净，每年还要交20元，不交。"唐革军是第二年到这家来收卫生费了。这家居民男人在执法机关工作，女人异常蛮横。唐革军多次碰壁，不觉也来了火气，她找到这个男人，指着他的鼻子说："你也配穿共产党给你的这身制服，半点觉悟和公德心都没有，卫生费有几个钱，欠了一年，说出去不怕人笑话，不交是吧，我明天去你单位要！"男人吓了一跳，没想到这个老太太真敢较真，这么有"刚"，赶紧补完欠账。打掉这个碉堡，接下来自然是一路通畅，唐革军不断告捷！

2007年的一天，唐革军站在自己包片的一栋楼前，抬头看了看二单元顶楼的那户，刚才收卫生费，出来开门的是个"小四川"，说自己在市场卖馅饼，户主刚把房子租给他。她往屋里瞅了一眼，10多个人，外地口音。唐革军因为那20年采购跑外的经历，练就了敏锐的直觉：这户有问题！她平和地拉了几句家常，收完费就下楼了。一个共产党员的责任心告诉她，不能事不关己，高高挂起，她马上向社区反映了这件事。社区联系了南门派出所、工商所，及时采取了行动，原来顶楼隐藏的是非法传销窝点，这个团伙已经在辽阳市活动两个多月了，终于在这里落网！

在社区的每一天，她心路越来越开阔，积极参加治安巡逻、带头打扫卫生、清理小广告……工作给她带来的快乐胜过辛苦。

唐革军的行动在辽阳市"共产党员志愿者"的服务领域树立了榜样，她不断地开拓垦荒，就像一团火，一束光，不畏风吹雨打地闪亮发热。

令人欣慰的是，2004年开始，她不再是"独行侠"，越来越多的人走进了这个行列，聚集到她的身边。

2004年初夏的一个傍晚，泰和园广场。

"又开始了。"看热闹的人群中有人说。唐革军也看到了。这些年随着人们物质生活水平的提高，对文化娱乐的需求也越来越强烈。许多中老年人茶余饭后聚集到一起自娱自乐、健身休闲。泰和园广场建成后，配套的设施还不完善，每天都有好几拨人在这里搞文艺活动，相当热闹，但是一片散沙，没有秩序，经常因争场地、争灯光闹矛盾，互不服气，几乎每天都要上演这么一幕。

唐革军想起了中央电视台《激情广场》栏目，主持人刘璐的开场白："一个人唱歌多寂寞，一群人唱歌多快乐。带着你的故事，带着你的歌相聚激情广场。"我们的泰和园广场难道就不能成为辽阳市的激情广场？对，共产党员进社区，就从组建起一支由党组织引领的专业文艺团队入手，培育广场文化。

她还是说干就干，找到南门街道党委书记李春波，"李书记，跟你说点事。""你又有什么事呀，唐大姐。"李春波这些日子正为一些信访的事烦心。"你别着急，听我说完，"唐革军细细地说了一下打算，"以泰和园广场为基地，寻找到有爱心的党员共同把自发的各种队伍组织起来，做到有组织、有制度、有展演、有评比表彰，既能活跃了群众的业余文化生活，发挥了正能量，又能提升古城的文明程度和文化品位，这是一举多得的好事。"李春波听着不住地点头，"这事我们支持，可是，大姐，没有钱哪。""不用你们出钱，只要你们点头支持就行，剩下的事，我来张罗。""那太好了，我安排专人，你有什么需要，随叫随到。"

在街道党工委的指导下和社区党委的支持下，唐革军充分调动自己的"人脉"，深入到各队开展工作。

想法一旦付诸行动，遇到的阻力远远超过预期，但唐革军就是有一股不达目的不罢休的韧劲！

唐革军曾在2003年临时组织了一个科普社区的合唱队排演节目，参加庆"七一"活动获了奖。有这个基础，她决定就从组建合唱团入手。泰和园有个合唱团经常到广场练唱，但一到晚上没有灯光，十分不便。唐革军一看就自己买来了照明灯，联系广场管理处接通了电源，为合唱团义务服务，提供保障。队员渐渐和她变得熟络了，交流顺畅多了。她也适时地和大家说了自己的想法：这个团作为街道的第一支团队吧，自娱自乐是一方面，还能有组织地参加各种活动。当天顺利地拉起了"南门街道老科协合唱团"的横幅。然而第二天活动时，更大的一条"泰和园合唱团"横幅完全遮盖了原有的横幅。队里的解文欣大声说："南门街道有啥了不起的，我给你们买背心，发钱，我们自己活动。"这件事搁浅了。唐革军觉得憋屈，在办公室生闷气。市老科协的秘书长黄明了解情况后，乐呵呵地说："小唐啊，那你也发钱哪。""老领导，我哪有钱哪。""小唐，不说笑了。告诉你，那个解文欣，有才华，文章写得不错，就是清高点，要是团结好他，那可是能发挥作用。"恰好10多天后，团里的报幕员张远华来了。"唐大姐，你怎么不过去了？""我还怎么去呀，解文欣不是发这发那，带你们活动？""唐大姐，他不过是赌口气，发什么钱，你不去，他也不去了，我们得听组织，听党的呀。"唐革军一听，对，得把这事办成啊，自己要好好和解文欣沟通一下。她带上条幅来到广场，解文欣正好来了。唐革军主动上前，诚恳地说："老解大哥，你们唱歌吧，愿意自己组织活动，我也像以前一样给你们服务，这个条幅虽小，也是代表一级组织保障，就让我挂上吧。"解文欣想了想说："这段时间我也听人说起你，先前以为你不过是拿着共产党的牌子压人，误会了，条幅你挂吧。"第一个合唱团终于成形了。

很快，第二个合唱团也开始组建了，两个合唱团每天组织排练、参与活动，成员们在互相磨合之中话也说到一起了，想法也不谋而合了，最终组成了南门街道丰乐社区圆梦艺术团。接下来，模特队、舞蹈队、秧歌队、太极拳健身操队也开始步入正轨。她真心实意地关注各队队员的生活，为他们呼吁协调解决困难，家中有个红白喜事都到场，并先后拿出20余万元为这些团体购置了锣鼓、音响、灯光、电子钢琴、服装等。事情一件一件办完，队伍一个一个理顺，她又找到绿化处领导成立了游人游园俱乐部，带领20多位党员开展了游人自治，先后两次协调为游人扩大百姓舞台。

18支正规文艺团队组建起来了，泰和园文化广场非公有制经济党支部也成立了。

文化生活丰富了，社会公益宣传也不能忽视。她开始组建"夕阳红"宣传交通安全志愿者队伍，队伍中有叶双民这样的"全国最美家庭代表"，有向丽艳这样的"全省最美家庭代表"，肖娟这样的"辽阳市道德模范"。在辽阳市交警支队的安排下，定期到各处红绿灯下宣传交通安全法。诸如2018年的大雁行动，取得了良好的社会反响。经常活跃在社区、广场、学校的百名共产党员志愿队，在她的带领下，长年宣传在公共场所禁止吸烟。还有红十字会、非遗文化传承等志愿者队伍，这些都已成为辽阳市志愿者服务的品牌。

十多年来，她先后举办了"起舞冬的节日""唱响和谐之春""庆五一、七一、八一、十一"文艺会演等活动，弘扬主旋律，唱响中国梦。这些文艺、宣传团队配合全市各部门义务开展各种法律政策宣传，配合参与传统节日演出300余场次，都受到了群众的欢迎和好评。在省市举办的各种比赛、文艺会演中，文体队伍参赛成绩多次名列前茅。而泰和园文化广场则被市委宣传部、文体局命名为优秀文体活动示范广场，真正成为辽阳市的激情广场。

事实说明，虽然生活中不和谐的音符无处不在，但它们合理有序地组合，就能共同演奏出动人的乐章。

2014年9月28日，当代雷锋郭明义授予唐革军的团队道德模范爱心团队队旗，唐革军手中接过旗帜，暗自下定决心，要用实际行动，让这面旗帜更加鲜艳、光彩夺目！

2015年9月，南门街道办事处高度重视唐革军的工作，专门为她成立了爱心团队工作室。她共产党员处处闪光的愿望有了更强的助力和后盾，也带动形成了共产党员团队效应，发挥了更大的作用。

2019年10月28日，唐革军爱心团队受邀在辽阳中院诉讼服务中心成立个人品牌调解工作室，这也是辽阳市中级人民法院推进法制进社区工作和发展新枫桥经验的实践。当辽阳市中级人民法院党组书记、院长邢洪亮与唐革军沟通时，她是担忧和迟疑的，"我们团队中没有精通法律知识的人，能行吗，大家能信任我们吗？"后来转念一想，人心都是肉长的，只要用爱心耐心去疏导感化，尽最大努力去化解矛盾，那也是尽党员的一份责任，何况还有大家发挥集体的力量呢。

怀着这样的初衷，她带着自己的队员上岗工作了。不少当事人从最初的怀疑抵触到打开心结，主动倾听，直到握手言和，工作室的作用逐渐凸显，深受群众的爱戴和好评。特别是2020年8月7日，团队中的常驻调解员向丽艳对一桩民间借贷纠纷案的庭前调解，促进当事人成功和解，给人们带来不小的震撼。当天，经过案件双方当事人同意，案件承办法官将此案推送至人民法院调解平台，指派唐革军调解室的特邀调解员向丽艳进行线上调解。线上调解不同于线下，要将真情实感隔着手机屏幕传递给屏幕另一端的当事人，更加考验调解人员的调解能力。向丽艳通过提前查看诉讼材料，找准争议焦点，在调解过程中晓之以理、动之以情，循序渐进，用丰富的调解经验促使双方当事人成功和解，上诉人同意撤回上诉。

真是精彩，法官们从心里暗暗叫好。这大大增进了唐革军和队员的信心，鼓舞了干劲。2021年4月，一位老人走进法院诉讼服务中心，他情绪激动，拍着桌子要求法院给他解决问题。唐革军、王尔新、向丽艳三人热情地把老人让进调解室。原来老人反映的是自家宅基地的面积问题，多次诉讼，但是判决结果并没有达到预期，老人固执地认为是因为自己"出身"不好。三个人耐心倾听老人的诉说，从过去的共同经历讲到现在的法律制度，从情理讲到法理。老人听得频频点头，表示今天理讲通了，气也顺了，以后再也不钻牛角尖了。

唐革军个人品牌调解工作室，坚持化解当事人的不良情绪，调解成绩突出，受到了最高人民法院大法官的称赞表扬，得到了省高级人民法院、市中级人民法院的一致好评。

老当益壮，宁移白首之心。唐革军的共产党员风范，宛若站立在这个城市的国槐，香飘久远，质朴无华！

大爱在胸不言苦

唐革军的社会公益之路，长达21年。

21年间，又有多少瞬间储入这个城市记忆的主板？

又是什么让她无怨无悔，不图回报地付出？

因为心中有爱，所以眼里有光，脚下有路。

2000年，她从社区了解到，一位名叫宋秀兰的孤寡老人无人照料，便主动上门，担起了照顾之责。这个76岁的老人，在辽阳本地没有亲人。年轻时嫁过来是续弦，与老伴没有婚生子女。老伴临终前叮嘱自己与前妻的几个子女："你们宋姨在一天，就在这所房子里住一天，都记住了。"老伴去世后，那几个孩子遵照自己父亲的遗言，把房子留给了继母，都回到了工作的城市，剩下宋秀兰一个人孤零零地生活。年纪大了，糖尿病、高血压等症状陆续出现了，衰老与病痛，加之行动不便，让老人苦不堪言，社区人员也经常来看望这个"五保户"，但难以周全。

唐革军的初次登门，老人并没做他想，认为社区的人日常上门，孤单久了，有个人说话聊天也是好的。

第二天，她给送来米面，陪着唠嗑聊天。

第三天，她又准点出现，给老人做家务。

第四天，她带来了几个人，陪老人打扑克、聊天、遛弯。

第五天，……

几乎每天，唐革军都要到宋秀兰家里报到。日常交水电费、家务活都是她的事；有个头疼脑热，喂饭喂药；生病住院，唐革军赶紧陪护；到了换季时，唐革军都会给老人买好新衣；逢年过节到家，她会做好老人爱吃的东西；即使是过春节，也要先去包饺子陪老人看春晚，才回自己的家。日复一日，年复一年。老人心里的冰霜明显解冻了，称呼也从"小唐"变成了"女儿"，唐革军呢，也经常叫一声"老娘"。

有一次，社区工作人员小李接到了这样的电话："喂，我女儿在你们那吗？她叫唐革军。"

小李吓得激灵一下，转身把电话给了唐革军，结结巴巴地问："唐姐，我记得你妈已经不在世了吧？"

"一会儿再和你说。"唐革军笑了，接过电话："哎，老娘，什么事？""又欠水费了。""好，一会儿过去，我去交。"

....

这件事在社区大面积曝光了，有人说，雷锋千里送大娘，唐革军自愿养大娘，这就是活雷锋啊。而宋秀兰老人也笑眯眯地逢人就夸："共产党为我培养了一个好女儿！"

11年的光景，转瞬即逝。2011年，宋秀兰老人去世，神色和蔼安详。

非亲非故，愉色而养，心中若无大爱，岂能有此善举？然而，这也不过是唐革军感人肺腑事迹的一个缩影。

让我们把时间的长镜头拉到31年前吧。

1989年11月30日，辽阳市联营百货商店二楼。

唐革军一上楼就看见楼梯口围了一群人，不时传来婴儿的啼哭。"男孩女孩？""是个女孩，谁呀，真够狠心的。""谁想要，抱回去吧。"

"给我看看。"唐革军分开人群，看见柜台上放着一个襁褓中的婴儿，孩子额头饱满，一双圆眼，她抱到怀里就不哭了，"真是有缘，老天赐的，没人要哇，我要了。"商店二楼的经理陈淑娟认识唐革军，知道她家已经有两个儿子。"大姐，你真的要哇？"陈淑娟想，这收养孩子也不是个小事，不和家里商量商量能行吗？"要不，把孩子先抱到我办公室,你先去办事,下班时到我这儿抱走吧。"唐革军想了想,总不能抱个小孩去给单位办事,"那好,你下班之前我过来。"晚上,唐革军处理完工作,来找陈淑娟。"唐姐,你可想好了,将来这孩子亲妈要是想找回孩子,你怎么办?""淑娟,我没想那么多,这是一条命,我也不能瞅着呀,再说,这孩子得我眼缘儿。我到这儿楼里楼外都没看见人,这都一天了,孩子亲生父母要是后悔,早找来了,将来要孩子我就给他们。"

唐革军抱着孩子回家了,丈夫韩德仁与妻子向来是心有灵犀,"挺招人喜欢的,不过是多了一张嘴吃饭,日子紧巴点。"

于是,她39岁那年,韩家多了个女儿。

这件事引起了一场风波。文圣区的有关领导找到了担任辽阳市管道配件厂厂长的韩德仁,"小韩,听说你家捡来了一个女婴,你这是违反计划生育政策,你家有两个男孩了,不能收养孩子了,赶紧送回去吧,不然的话,你这个厂长不能再当,还要开除党籍,按照全厂利润的5%罚款。"唐革军愁眉不展,怎么办?孩子送回去,实在舍不得。不送回去,自己丈夫事业前途没有了。恰好她的一个好朋友没有孩子,知道了情况,就说:"要不孩子给我吧,你放心。"唐革军想,自己的朋友,也知根知底,这孩子到她家,也是个好归宿。当晚,她领着朋友到老母亲那里,带走了孩子。这些天,老人一直带着孩子,几个妹妹也常过来帮着照顾,产生了感情。孩子一走,老太太受不住了,开始一边哭,一边念叨。正在此时,市卫计委的主任找到她问,孩子呢,送哪去了,千万别落到人贩子手里呀。唐革军正万分难受,一听就慌了神,她拽上妹妹,直奔朋友家,连说带磨,终于,孩子"串个门",又回家了。自此,母女情缘密不可分。

唐革军把孩子送到刘二堡老家,在自己姑姑和老母亲的身边长到3岁,之后,开始了幼儿园的学前教育。在这个孩子的身上,她倾注了大量的心血,视如己出,比两个亲生儿子还上心,却也从不溺爱,教育她自信独立。从小学好文化课的同时,着重培养她的艺术才能,学习钢琴、书法、舞蹈。小学三年级时,小女孩学琴学舞累了，对她说："妈妈，我不想学了。""不行啊，女儿，要坚持下去，"唐革军说，"这是你的特长，将来会有用武之地的。"她陪伴着、鼓励着，女孩快乐成长，学有所成，不但钢琴考过十级，舞蹈、游泳等文体爱好广泛，大学毕业后，在北京做了一名钢琴老师。在父母的引导教育下，组建了一个幸福的家庭。

这个女孩名叫韩知音。

父亲韩德仁给她取名时，一是期望，知乐达律，得之于心；二是纪念，多年来，他与妻子志同道合，相濡以沫，正是高山流水，得遇知音。

"老吾老以及人之老，幼吾幼以及人之幼"，唐革军不但直接延展了这句话的内涵，而且几十年来坚持帮扶社区的弱势群体，用实际行动发扬了雷锋精神，树立了美德的标杆。

唐革军在关爱单亲母亲活动中常年帮扶辽阳县首山镇向阳寺村重症肌无力患者李宁，组织社会爱心人士捐款捐物近万元，还为患者的妈妈买了保险，让她老有所养。她奉献爱心的行动感动了县妇联、残联、工会等部门，在农村宅基地特别紧张的情况下，特批110平方米，解决了李宁母女的住房难问题。

在红十字活动中，有一位55岁的病患李纬，有严重的脑血栓、糖尿病，身边没有人照料，生活不能自理，经济来源只能依靠低保金。她和辽阳雷锋标兵叶双民进行志愿者服务时，看在了眼里，急在了心上。这两个老党员志愿者都60多岁了，还是决定每个月两人帮他剪头、买药、交电费、取低保金等，尽可能地减轻他的生活压力，鼓励他树立生活的信心。唐革军每周都去他家，把和老伴一同包的各种馅料的饺子、烙饼，以及自己拌的小菜带过去，唐革军一边为他洗衣服、整理被褥、打扫卫生，一边照料吃喝，他总是感激地说："唐大姐和电视上演的好人一样啊。"2015年夏天，当唐革军又去送饭敲门时，听见李纬声音微弱哭着说："唐姐，我摔倒了，躺在地上已经三天三夜了，不行了，要死了……"唐革军顿时落泪，得救人！她马上打电话叫了120救护车，通知了社区工作者、红十字会，撬开门一看，屋里无处下脚，李纬趴在地上，被一堆屎尿包围着，已经不省人事了。唐革军领着大家不顾腥臊恶臭，七手八脚把他收拾干净，送进医院，又陆续为他捐款近万元。他醒来后，第一句话就是："要是没有唐大姐和你们这些好人，我死在家里也没人知道，唐大姐真的是天底下最好的人。"

首山镇的小邵华姐弟俩永远忘不了，是唐革军奶奶带着爱心团队为他们的童年送来了阳光。2015年，一场车祸夺走了父母的生命，抛下了刚上小学的姐弟俩，他们只能跟着重病的爷爷奶奶生活。姑姑红莲不顾丈夫的反对，艰难担起了娘家4口人的日子。唐革军和叶双民得知这一情况后，立即组织阳光爱心团队进行捐款。唐革军发挥自己是市妇联执委的优势，联系了有关部门，予以帮扶，两个孩子所在学校减免了费用。2019年的六一儿童节，辽阳电视台制作了特别节目"首山二小和爷爷奶奶的早晨"，引起了社会各界的关注。每到节假日，唐革军、叶双民都会带上孩子到公园、科技馆、雷锋纪念馆、周云成纪念碑等场所参观游玩，给他们讲雷锋故事、周云成的事迹，教育孩子早日成材，报效国家。时间从不辜负不懈的努力，两个孩子在爱心的滋养下健康成长。在市委机关幼儿园"童心向祖国、筑梦再起航"活动中，姑姑红莲带着两个孩子送上了感谢的锦旗，孩子们懂事地说："唐奶奶，叶爷爷放心吧，我们一定用优异的成绩感谢帮助过我们的好心人。"

这样大大小小的事情做了多少，她自己也说不清。帮助城乡贫困妇女治病，帮助农村聋哑人捐款盖房子。邻居家失火了，她毫不犹豫拿出崭新的棉被送过去，汶川、雅安地震，她先后两次各捐出1000元的特殊党费……

成风化人传薪火

人无精神不立，国无精神不兴。

无论对国家，还是个人来讲，精神的血脉，灵魂的铸造，一定要在薪火相传中得以实现和延续。

爱与信仰的传递，唐革军将其视为神圣的使命。特别是担任文圣区南门街道关工委常务副主任一职后，就更把关心教育好下一代，让中华优秀传统文化在下一代的心中扎根，让雷锋精神代代相传的责任扛了肩上。

但丁说过："我崇拜勇敢、坚忍和信心，因为他们一直助我应付我在尘世生活中所遇到的困境。"

2011年，当看到放假时一些困难家庭孩子被各种特长班拒之门外，她觉得很难受，怎样才能让这些孩子在同样的环境下成长呢？一天，她带领自己的团队活动时想起，这些队员可是各有所长啊，叶双民会根雕，沈玲会剪纸，王兴林会唢呐，王秀荣会编织，还有雷锋的11个战友……要是办个夏令营，这就是现成的教师资源哪。她马上张罗场地，选在丰乐社区活动室，贴出广告，免费招收困难家庭孩子，自费购买了服装和小朋友喜欢的各种玩具、学习用品等。团队的队员们精神抖擞，在新的平台上展示自我，传授技艺，第一期南门"我最棒"夏令营启动，效果竟是出乎意料的好，孩子们开心极了，家长们赞不绝口。辽阳日报社、辽阳市广播电视台进行了报道，称之为"从天而降的夏令营"。

2012年，唐革军还没有决定是否再办夏令营，家长们的呼声高涨，纷纷找到她，希望再办下去。唐革军觉得自己的付出"开花结果"了，再辛苦都是值得的。于是，她找到老科协、关工委和区里的领导寻求支持，同雷锋战友和许多有爱心的"五老"，为孩子们免费举办"学习雷锋、点亮人生"第二届主题冬令营活动。启动那天，两个合唱团高唱《接过雷锋的枪》《雷锋是我们的战友》等歌曲，她自己花钱购买了数码音响、故事书、图画本、红纸、写字笔、连环画、剪刀、编织线等物品，印制了背心、条幅、队旗，邀请了其他六个县（市）区的关工委参加，气氛隆重热烈，推动学雷锋效应持续升温，得到了全社会的支持认可。至今推出了19期冬夏令营，先后有2000余人参加活动。她克服困难，不辞劳苦，为孩子们请来法官讲预防未成年人犯罪小故事，讲遵纪守法。请来交警讲交通法规，请来物理学家讲抗震防灾故事，请消防支队教官讲防火和逃生演练等，请来有特长的能人教授书画、剪纸、根雕、口琴等技艺。她曾经借来两台大客车，冒着倾盆大雨带领200多名夏令营小营员和家长参观军史馆，接受爱国主义教育。她领着孩子们到白塔公园毛主席"向雷锋同志学习"题词碑前，请雷锋班第二任班长庞春学讲雷锋的"六种精神""十个之最"，请红色收藏家、辽阳雷锋纪念馆名誉馆长吴铁库讲"永远的雷锋"，使老少两代人"同心学雷锋"定格在孩子们的心中。她组织200名少年儿童参加到泰和园志愿者游人自治护绿队伍中参加活动，使孩子们从小养成保护环境热爱家乡的好品质……

对下一代难以割舍的关爱，是唐革军主动作为、无私奉献的人生享受。感动常在，精神常在。

这是一封来自西藏的信（摘录），它出自一个13岁孩子的手笔。

敬爱的唐奶奶：

您好！

我感到很幸运，在这么大的世界，这么多的人中，与您和爷爷，两位和蔼可亲的老人相遇。这也在我的生活中增添了暖暖的色彩。在这个第二故乡，也因为有您和爷爷这样两位关爱我的亲人，而更有家的感觉。

第一次见到您时，是在初中一年级，当时我是跟着拥珍一起去您那里的，后来就一直跟着她们去您家里。每次去，您都会做很多好吃的让我们吃。每次去您家，都会发生很多趣事，也让我学会了许多新的知识，爷爷让我领略了文字的魅力和书法之美。每次去奶奶家，奶奶都会让我们和爷爷奶奶拍照，然后选好照片，再送到学校里。这些照片我都很珍惜，因为每次看到照片，就想起和爷爷奶奶在一起时发生的趣事，真的很感激奶奶为我们所做的一切。

贡桑卓玛

20世纪80年代，国家为了改善藏族同胞的教学水平，在很多学校设立了藏族班。辽阳市第一中学的藏族班就是其中的一个。2011年，在"汉藏一家亲"活动中，唐革军来到第一中学，想和几个藏族女孩认亲戚走动。校领导被她的真情打动，高兴地答应了她与西藏学生白玛卓嘎、次仁卓玛、贡桑卓玛、拥珍结成对子，从此，孩子们在辽阳有了新家。每当逢年过节和双休日，唐革军全家都要和几个孩子在一起，给她们买水果、包饺子、发红包，做辽阳小吃和特色食物，孩子们高兴地说："唐奶奶炒的菜真香！"听着孩子们的夸奖，唐革军心里乐开了花，连声说："好吃就多吃点。吃不了带回去给班里同学们吃。"而老伴韩德仁一有空就教几个孩子画画。一到春天，老两口就领她们参观辽阳的美丽风景，领略乡土文化的气息，告诉他们，我们都是中国人，只是民族不同，习俗不同，学成后要报效祖国，记住辽阳好，辽阳有个家，有个唐奶奶想你们。唐革军说："我接到这些孩子的父母用生硬的汉语从西藏打来的电话，说感谢辽阳，感谢唐阿姨，我心里特别感动。"

2017年夏天，67岁的唐革军想趁现在自己身体好的时候，去西藏看看孩子们的家，了解那里的风土人情。她自费购票与孩子一起回西藏过暑假，并与王洋老师精心组织了一场丰富多彩的活动——走进"索松乔次仁"家。面对来自祖国四面八方的游客和当地藏民，唐革军问扎西桑布小朋友："你知道雷锋是谁吗？"他说："雷锋是好人！总做好事！"赢得了一片掌声。唐革军说："雷锋从湖南省来到了我们辽阳的弓长岭当工人又当了兵。当辽阳发洪水后，他在给辽阳市委捐赠100元钱时的信上说，辽阳是他的第二故乡……我是全国文明家庭的代表。去年底，中共中央总书记习近平亲切接见了我们。我有义务讲好家风故事。在中国无论什么民族，哪个家庭都要尊老爱幼、夫妻和睦、爱党、爱国、爱家。我和在座的每一位都希望有更多的文明家庭，支撑起我们的祖国更加伟大。"喜悦气氛充满了藏家，也赢得了五湖四海的游客对辽阳人的了解、羡慕和尊重。

成风化人,明德至善,唐革军对工作生活充盈的热情,源源不断地温暖了无数人的心,也带动了全社会的参与。

负责西藏班的李晓妍校长总说,唐革军大姐帮得最多最好,真实故事多。退休21年,参与的活动多,人脉好,又能联合全国最美法官、学雷锋标兵、环保模范、最美警花、优秀教师、最美家庭、辽阳好人,朋朋修脚等,都来帮扶藏娃,形成了道德模范团队。唐革军与雷锋战友、辽阳道德模范、好人标兵等20多名"五老"人员先后帮扶了40名弱势儿童,被辽阳八中、师范附小、高城子小学聘为校外辅导员,被大连理工大学、东北育才学校认定为道德模范进校园典型人物。

2021年3月,毛泽东等老一辈革命家为雷锋题词发表58周年之际,唐革军又组织20余名学雷锋志愿者,捐钱购物,来到辽阳市第一中学,开展学雷锋结亲交友活动,与21名西藏班新生结成帮扶对子,为他们在第二故乡成长助力。

古城辽阳,是雷锋工作过的地方,在以唐革军为主人公的接力中,雷锋精神因"共产党员"的名字、因爱的原动力周而复始地传承⋯⋯⋯⋯

平凡时光耀古城

一方水土养一方人,唐革军的性格底色与养育她的土地如出一辙。岁月的长短,时代的变迁从未改变内心的坚守。

然而掌声的背后多是汗水和泪水,注定有一些话语说在无人倾听、无人领会的内心。2019年的冬天,为孩子们筹备十九届冬令营的她,感到了天空与大地的倾斜,那时,分不清是自己肩上的重量,还是土地的引力,她晕倒了。老伴韩德仁慌忙把唐革军送进了辽阳市第二人民医院,诊断为脑血栓前兆。

"都这个岁数了,还要不要命,病得不轻!"主治医生跟团队的副队长向丽艳说,"赶紧住院治疗,否则后果严重。"

在住院治疗的两周里，唐革军想了很多，想起了第一次照顾孤寡老人，第一次为孩子举办夏令营，第一次为困难群众捐款，第一次组建团队服务……

她让晚年生活充满乐趣，愉悦自己的身心，也让别人得到快乐。整天面对众多性格迥异的老年人，为了他们能和谐团结，为了困难群体单亲少年儿童的假期能幸福快乐，唐革军不知流过多少泪，战胜多少困难，去上下沟通，去奔走努力，有些人说，一看你就是共产党员，她说："听了这句话我特别自豪。"也有些人说："这么大岁数，图个啥，舍得花钱是为了买名吧。"

唐革军心中倍感委屈，"我们老两口也是靠工资生活，节衣缩食，为这些善举共捐出40余万元，不是想要什么名利呀。"但面对冷嘲热讽，她只是笑笑说，那又怎么样，好名声有人想买还买不来呢。

生命不止，奋斗不息。她出院时告诉自己的是这个答案。

一个人终其一生应该把心思和意念用在哪里是有意义的，唐革军有所悟有所得，不断有所行。

唐革军的家庭是有德之家。老伴韩德仁家中兄弟姐妹8人，他在家排行老五。夫妻两个认为，尽孝不论长幼之序，总是争着抢着孝敬双方老人。公公婆婆饱经沧桑，宽厚开明，看到自己的儿媳退休后，还在服务社会，为老年人组织各种活动很成功，心里非常高兴，都爽快地说："革军，你工作忙，就别老往这跑了，你把那个老年人的事做好，我们老韩家脸上也有光啊！"唐革军说："那可不行，爹、妈，要是在你们跟前都不能行孝，还干什么工作呀？再说，我们当家长的更得给孩子们树立个榜样，那也是我们的责任。"一家人尽享天伦之乐。

唐革军的两儿一女长大后，在面临毕业择业、复员退役的人生十字路口时，都会带些情绪地说："你看人家的家长都给自己孩子铺好了路，有了工作有了房，要少奋斗个十年，我们家哪有这待遇！"唐革军夫妇对孩子讲："不要和别人攀比，看见那辽阳白塔了吗？塔尖小塔座大，我们当塔座更结实，父母是共产党员，我们虽然退休了也决不能为你们的事去东奔西走，托人情说小话，只要你们身体健康、与人友善、勤劳朴实，无论走到哪，都会受欢迎，要做一个对社会有用的人！"如今他们的三个孩子，全在外地，凭着自己的双手，工作有了，地位有了，房子、汽车都有了，每当节假日全家人团聚时，唐革军总会对孩子说："孩子，你们是最棒的！"

2019年2月1日，23点44分。唐革军发布微博：一晃儿初五，儿女要各奔东西啦。半夜已过爷四个又小酌……虽然桌上已杯盘狼藉，听着孩子们从心窝发出的笑声，我这当妈妈的比他们还高兴啊！但不能儿女情长得像母鸡护小鸡一样。把聚散离合当平常事告诉他们：在家你能左右父母，在外面你却左右不了别人。逼孩子优秀，他们才能有尊严地活着！

结婚47年，老伴韩德仁对妻子全力支持，言听计从，老两口热心助人，积极参与社会公益。他曾说："我这个画画的特长啊，让她利用了一辈子。我退休后，在江西景德镇画瓷画，收入挺高的。可她在家里、在社区组织这些活动，自己出钱出力不说，还让我也不能闲着，得为她画各种宣传画。比如白塔区成立孔子学校时，要彩绘一套二十四孝图，这个活就落到我身上了。我从景德镇回来，那边的钱不挣了，这边又花了四五千元做绘画用的案板，购买笔墨纸砚，绘好二十四孝图，送到社区里。然后，我还得和她一起备课，再到社区给居民和孩子们讲传统孝文化。

"你们问我这样做值不值？我说值。人活着，得有意义，她做这些事，对社会是有用的，她自己又非常开心，我为什么不帮她？我同样做着对社会有益的事，我也高兴。这些年确实为公益事业花了一些钱，可你挣钱不就是为了花吗？怎样花得值，你就怎样花，心宽不怕房屋窄，我们老两口觉着钱这样花，是值得的，这就够了。"

由于唐革军一心为社区居民群众服务，帮扶弱势群体，退休后的21年间，获得了全国文明家庭、全国五好家庭、全国孝亲敬老之星、全国道德模范提名奖、全国关心下一代工作先进工作者等国家级荣誉，获得了辽宁省第六届道德模范、辽宁省优秀文化志愿者、辽宁省最美志愿者、辽宁省最美家庭、辽宁省群众文化带头人、辽宁省关心下一代五老志愿者标兵,辽宁省结对帮扶特困儿童先进个人标兵等省级荣誉,获得了辽阳市优秀共产党员、辽阳市学雷锋标兵、感动辽阳道德模范等市级荣誉。

时任辽宁省委常委、组织部部长的王正谱感动地说:"平凡而伟大的唐大姐,值得学习。"

2016年12月12日,唐革军在全国出名了,这让很多认识、了解她的人感到兴奋和自豪。但出了名的唐革军还是那个干练爽朗、乐于助人的老太太。

唐革军担任着辽阳网络文明传播志愿者,每天都为中国文明网、辽阳文明网写微博、转博文,报道发生在身边的感人事件,传播正能量。许多同龄人、青少年,与她五湖四海隔空互动。有的年轻人集迷茫、失落、怨恨于一身,经过她的开导,树立起积极向上的信心。当代雷锋郭明义经常与她互动转发,利用新媒体动动手指网上交朋友,唐革军成了辽阳市共产党员中的网络名人,辽阳的名字在她的掌中传播四方!

2020年春节期间,新冠疫情来袭。在这个特殊时期,唐革军想到的不是自己的安全,而是能做些什么。从正月初六开始,她带领志愿者在社区参加防疫防控,在冰天雪地之中,顶风冒雪坚持严防死守,主动上交特殊党费1000元,同时给防疫的社区干部送去了春节礼物。她同老伴商量:"你在家画漫画,我带人为防疫做点小事拾遗补阙。"在工作室,她组织志愿者集合宣誓:"听党话,跟党走。"然后到社区卡点站岗、巡逻、检查,坚持到通知撤岗。老伴韩德仁克服了腰酸腿疼浮肿的病痛,画了100多幅防疫战疫漫画,分别为西藏班、青年街社区、中级人民法院、街道用漫画展板的方式布展四场。小儿子韩雪峰是退役军人,捐出特殊党费2000元,并宣誓:"国有难,召必回!"社区工作人员和群众异常感动,纷纷说,全国文明家庭,你二老当之无愧!

平凡的人总是让你有太多感动,因为伟大往往从平凡中诞生!

我深深地感到，唐革军的作为，不是一句"夕阳向晚、余热生辉"能概括的。她和老伴，以及周围的这些人，青少年时代都是在"红星闪闪亮，照我去战斗"的歌声中度过的，听着"社会主义好"的广播长大，身上充满了"社会主义"的元素。他们都有着各自的"昨日辉煌"，那不是说在嘴上、写在纸上的，而是装在心里，体现在行动上的。所以，当国家、社会有了需要，他们会义无反顾地站出来，不为几句赞扬，不为个人名利，不畏冷嘲热讽，默默地做好自己力所能及的事，有的甚至深藏功与名。那是与他们成长经历相伴而生的家国情怀，社会责任感。

作家雪小禅曾说："越往前走越发现，要与温暖的人在一起，她给你能量，给你时间，让你觉得自己在这个世界的隆重。"

此处。此时。

打开平凡生活中那些星星点点的影像，重温闪亮的源头，倾听着人们一段真实的诉说。时光，又集结在21年前。

后　记

是夜。窗外灯火闪耀，流光溢彩。古老而年轻的城市仍在临水而歌。

这是一场跨越年代的笔端交流。21年的时间长河，足以将往事沉淀风化，消弭无形。但纵然消逝，闪光的总是闪光。

这是一次探寻党性的心灵对话。信仰的潜在力量，信念的贯通交融，不因岁月轮回而发散，即使一时凋谢，伟大的终究伟大。

带给我内心深刻悸动的是，她的经历不是故事的演绎，而是刻骨铭心的往事。属于一代人的历史，有着我们父辈青春年华的映射，那平凡又不可磨灭的传递。

凤凰涅槃，会浴火重生。

个中精神，愿代代相传。

大地珍珠

彭友怀 一鸣

全国劳动模范。这样的人生高度,需要怎样的热爱和跋涉才能够抵达?

一个农民,脚上沾着泥土,头上顶着星辰,左手抚一颗红心,右手捧一穗葡萄,阡陌中走了40年,走过曲折坎坷,走过泥泞困惑,从东北一个地图上看不到的村落,一直走到了人民大会堂的领奖台上!

他就是"辽峰"葡萄之父——赵铁英。

田野里的葡萄园

土地是农民的衣食父母。农民一辈子依赖土地,春播秋收,躬身刨出的是他们的吃穿用度。改革开放前,北方的农民用尽一生的力气,也没过上富裕的生活。那时,年轻的赵铁英知道,农民的好日子就藏在土地之中。而能不能过上好日子,关键在于手中有没有打开宝藏的金钥匙——农业科技。

1951年,赵铁英出生在辽阳市灯塔市柳条寨镇大新庄村一个知识分子家庭。父亲在新中国成立初期进修于吉林师范大学,母亲毕业于辽阳保育学校。书香的熏陶,使他从小就养成了读书的好习惯,学习成绩一直名列前茅。可是,1968年全国停止高考的决策折断了他求学的翅膀。学校停课了,他一边在家里读书,一边等着复课。父亲有很多书:中国古典四大名著,先秦诸子百家,《达尔文主义》《老米丘林学说》《暴风骤雨》《金光大道》《红岩》《艳阳天》《农业谚语里的科学道理》《农业生产技术知识》等等,哲学的、文学的、科普的、生产技术的……他一本接一本读,爱不释手,废寝忘食。少年的赵铁英钻在书本里不出来,渐渐地,成了村子里"不合群"的孩子。左邻右舍的孩子三五结队下河摸鱼,上山抓蚂蚱,房前屋后捉迷藏、打雪仗玩得不亦乐乎,他们不再去喊这个"书呆子"了。

赵铁英家院子里有一架葡萄,是父亲从大连农科所要来的新品种康贝尔,与农村常见的家葡萄"小黑粒儿"不同,它藤蔓粗壮,叶子茂盛,果实酸甜可口,不仅是那个年代贫瘠味蕾的最大慰藉,也是一家人纳凉的好地方,更是赵铁英读书的好去处。

闲暇时,赵铁英跟父亲学会了剪枝、下架、保暖过冬等葡萄栽培的基础知识,这些缘于兴趣的粗浅实践,正是他日后甜蜜事业不经意的开端。

两年后,复课无望。18岁的赵铁英放下书包,拿起镰刀,成了生产队的一名社员,走向田野,走向庄稼地,走向一生离不开的黑土地。从此,开启了他农民生涯的序幕……

赵铁英每天到生产队出工,从春到秋,播种、除草、灭虫、收割、打场、卖粮、沤粪、起肥……有干不完的农活。由于他年纪小,还不是一个成熟的劳动力,只能挣到半个工分。

父母为他的前途担忧,不免面露忧郁,唉声叹气。他却乐观地说,做农民又能怎么样?是金子,埋在土里也会发光!

说这话时,底气十足,可静下心来,他却不知道自己该做什么,从哪做起。他想起《红岩》中的江姐、许云峰。一个人,有了理想,就要做到底。一代人有一代人的使命。在和平年代的广大农村,农业生产有贡献,就是对国家有贡献。

年轻的赵铁英时常站在田埂上。他的眼前是静静流淌的辽沙河，身后是正在拔节的庄稼地，远处是房舍低矮的村庄。他体验到了面朝黄土背朝天的辛劳，而收成怎么样主要还是看老天爷的脸色。要想在农村创出一番事业，做传统农民进行传统耕种，是难以改变农村的贫困面貌的，必须做一名有知识的新型农民。

于是，他自学河北农业大学教材，念了两年广播电视大学。他在干中学，学中干，不管怎么忙，一刻也没有停止学习农业科技。

1975年村里成立农业科技试验示范队，他任队长兼农业技术员，主要给村里制种，与引进的农作物品种做对比试验。这期间，他积累了很多农业生产经验，成为种地能手。在制种、生产资料选用、农业技术知识推广方面成为十里八村农民的老师。来他家取经的人越来越多，打听行情的，问种地的，论养殖的，请教瓜果梨桃掰叉剪枝的，好像他这儿总有淘不完的生产秘诀……

科学种田，农作物产量提高了，但与经济作物相比，收益仍显微薄。

20世纪80年代，改革开放的春风吹遍神州大地。万象复苏，人心向上，百业待兴。这时候，赵铁英在房前屋后种了一亩地巨峰葡萄。他用小时候父亲传授的经验，精心侍弄，第二年就有了不错的收成。当年每斤玉米能卖8分钱，水稻能卖1角1分，而葡萄能卖7角钱。他头天晚上剪下葡萄，第二天一大早骑着自行车，驮着两大筐葡萄到集市上去卖，一下子卖了20多元钱。这样的高收益，坚定了他做好葡萄种植的信心。

在当地，赵铁英敢为人先，那颗不安分的心总是促使他尝试新鲜事物。他相信科学相信知识的力量，不甘做一名传统的农民。

1994年，村里召开土地承包村民大会。当时土地承包还是件新鲜事，面对村主任公布的发包地块，没有人搭茬，都在观望。而对于赵铁英，这就是久旱后的甘霖。他要发展葡萄种植，正愁没有土地，无法扩大栽植面积。他站了起来说："我来承包！"

赵铁英率先承包了10亩责任田，史无前例地将庄稼地变成了葡萄园。

赵铁英在大地上栽植的不仅仅是10亩巨峰葡萄,不仅仅是农作物的改变,更是种下了他甜蜜事业的希望和理想,种下了传统农业转型的萌芽!

很快,过去的苞米地,竖起了成趟的水泥柱,扯丝搭架,挖沟栽苗。在一片广袤的玉米地中间,这个葡萄园成了当地的特殊存在。乡亲们都在观望,不知道它的命运如何。

有了施展才能的舞台,赵铁英也像秧苗一样长在大地上,长在葡萄园中。在他披星戴月汗水滴落和殷切盼望中,枝藤上叶片绿油油爬满棚架,长势喜人。

大家都知道,葡萄与玉米相比,价格要高出近10倍。但是经济账好算,要实现并不是容易的事。栽植葡萄,头两年是不结什么果实的,只有投入,没有收获。

第二年,也就是1995年,辽阳遭受了百年不遇大洪水。洪水淹没了很多村庄、田园。7月的一天,天气闷热,乌云密布,紧接着,大雨瓢泼而至,雷声滚滚,天被捅漏了一般。赵铁英忧心忡忡,烟雨中的葡萄园,天连水水连天,一片汪洋。

哗哗的大雨连下了好几天,沙河坝上,抗洪的人们加班加点地抢险,可是河水上涨速度惊人——大坝上游决堤了。洪水发出咆哮的吼声,半米高的水头铺天盖地而来,辽沙河地区陆地瞬间成了海洋,水面上只能看到尖尖的屋脊和羸弱的树梢,赵铁英的葡萄园完全浸泡在大水之中。洪水退去后,赵铁英用科学的方法除锄淤去杂、全园消毒、畦面松土,及时补救,使葡萄免受灭顶之灾。但是,自然灾害后患无穷。水灾给葡萄园留下了难以消除的后遗症:葡萄秧棵多病,长势不好,果串形状欠佳,甜度不够,直接导致了葡萄滞销。

第三年,葡萄架爬满枝藤,挂满果穗。一粒粒圆润的葡萄逐渐发红变紫,像一颗颗晶莹的宝石,看上去长势良好,收成可期,赵铁英喜上眉梢。可是,受周边旱田使用的除草剂等农药的污染,葡萄很快就出现了叶片打卷、起斑点、发黄，裂果、掉粒的现象，严重影响了葡萄的产量和质量。葡萄口感、品相都大打折扣，价格不理想，这一年，又没赚到钱。

赵铁英是个不服输的人，他陷入沉思：天灾是不可抗力，任谁都没有办法。但栽植中的问题，就是管理不当的人为问题。由此他认识到了自己的不足。他说："人最大的愚蠢，就是自以为是。"看来葡萄产业的发展，还有很长的路要走，需要科学管理，防灾减损。他坚信，只要不放弃，就有创造奇迹的可能。

从此，他的身影经常出现在省内农作物专业院校、科研场所。他多次到沈阳农业大学、省农科院、熊岳农专、兴城果树研究所，向专家请教，学习葡萄种植的国内外新技术。同时，他订阅了《辽宁农民报》《新农业》《北方果树》等报刊，认真研读，学理论，学经验。哪里有先进的经验，他就到哪里去学习。他的家里，炕上地下桌子上，最多的东西就是关于土地、土壤、植物、果树的专业书籍和资料。

每当夜幕降临，整个村子都沉沉睡去时，赵铁英家的灯还在亮着，窗上映出的是他彻夜攻读的身影……书本就是他的学科老师，土地就是他广阔的实验室。他就这样夜以继日、脚踏实地将书本里的知识应用到实践中去，一步步奔向自己奋斗的目标。

经过不懈努力，几年下来，赵铁英规范栽植，科学管理，他栽种的巨峰葡萄果穗形状好颜色好、果粒味道好口感好，产量高，亩产达到了4000多斤！

那时候，大地里种植的主要农作物是苞米高粱，成规模的果园不多，市面上水果品类很少。赵铁英的葡萄受到市场青睐，卖得快，他发财了！

赵铁英出了名，手头上也有了积蓄，日子过得红红火火，三里五村人提起赵铁英都佩服得竖起大拇指。紧接着，亲戚朋友、邻里屯亲、三里五村的人都来跟他学种葡萄了。

在赵铁英的带领下，大新庄村几乎家家都有了葡萄园。农民依靠发展葡萄产业赚了钱,生活得到了极大改善。赵铁英也从农民技术员升级为高级农技师、高级农艺师。

如何让葡萄产值做到最大化,赵铁英到各地交流学习时,学到了提高葡萄产值的好办法。葡萄是秋天的应季水果,在架上每斤能卖到1.5元,如果储存到春节,每斤就能卖到2.8元。为此,他多次去熊岳考察冷库情况。1997年,他盖起了冷库,自己存储,当年收入11万元。在当时,这简直就是天文数字呀。

赵铁英没有满足现状,而是大胆探索实践,他要在葡萄有产量的基础上提高质量。这一试验的理论来源就是他年轻时读过的《达尔文主义》的进化论,精髓就是遗传与变异。

他在自己家葡萄园进行实地栽培实验,引进30多个葡萄品种进行提纯扶壮,优胜劣汰。于是葡萄园里出现了奇怪现象:西侧的一块地,垄挨垄的葡萄,长势却不一,有的秧棵发绿,有的发黄,有的叶片大,有的叶片小。赵铁英说:"生命的本质在于探索,这里是我的一块实验田,从栽培施肥到田间管理,拿什么去说服人,到实践中去检验,得出来的结果才最有说服力。"

赵铁英生在农村,在土地上劳作,他就是一个农民。可他不是普通的农民,崇尚科学、善于思考、敢于探索就是他人生的经纬线。几年下来,葡萄园管理得越来越好,赵铁英获益匪浅,奇迹般美好的未来也在这编织中一点点地清晰起来了……

一棵变异株成就一个品牌

任何事情的成功都不是一蹴而就的,更不是妙手偶得的,它来自执着坚守、来自科学规律,更来自对细节的精准思考和把握判断。

1999年的一天,赵铁英照例在园子里查看葡萄长势情况,搜集葡萄选优去劣、提纯扶壮的实验数据。他走走停停,细心观察每一株葡萄根茎叶片和果实。应该说,这里的每一株葡萄秧棵都像他的孩子一样,他对它们的模样体态、脾气秉性再熟悉不过了。无意之中，一株外形特殊的葡萄令他停下了脚步，他上下打量，左右对比，发现它果树粗壮、长势旺盛、叶片大，果粒大。摘一粒尝尝，发现它的甜度好、口感好，与其他植株相比呈现出明显的个性特征。多年学习的理论知识和种植经验告诉他，这是一株巨峰的芽变变异植株。他如获至宝，激动得两眼放光。

正是这棵独特的变异株，在日后漫长的研发中，演变成为一个新品牌，成就了赵铁英一番大事业。

无比兴奋的赵铁英开始建档立卡，繁育培植巨峰的变异株。他反复对比试验，观察综合性状：外在的叶片大小、颜色深浅、薄厚韧性，果穗的大小形状，果粒的大小颜色，内在的含糖量、糖酸比、风味口感、抗冻抗病性能，并进行科学防治白腐病、霜霉病、黑痘病、炭疽病……这个新品种从巨峰中优选而来，除了具备母系巨峰高产抗性强的特点外，还具备母株没有的优势，它比巨峰果粒大，是巨峰的1.3～1.5倍，含糖量高出2～3个百分点，果肉比巨峰硬得多，可用刀削成片，颜色蓝黑，外观美观……

新品种属于中熟品种，我省是中熟品种露地栽培的最佳适应带。以辽阳为例，新品种葡萄5月1日左右萌芽，6月上中旬开花，此时降雨不多，利于开花坐果。我省规律性降雨在7月下旬至8月上旬，此时是果实生长期，需较大肥水。8月下旬开始着色至9月中旬成熟，此时降雨量较少，秋高气爽，昼夜温差大有利于糖度积累，增加风味。可以说，辽峰在辽宁省种植，占据了天时地利的优势。并且，它成熟期挂树时间长，适度晚采品质更佳。鲜果耐储存，通过鲜贮，可以延至元旦销售，大大提高经济收益……一年接一年扩大栽植面积，赵铁英摸索出了科学的栽培方法，使葡萄果穗整齐、均匀、粒大色黑、美观整齐、含糖量高、酸甜适口、耐贮运。档案上那些细致精确又喜人的数据，证明了这个新品种是优质的、可靠的、可大面积栽植的。

赵铁英对新品种充满信心，他挥起铁镐砍除了整个园子里生长旺盛的葡萄秧，开始大面积栽种自己培育的新品种。果农们不能理解赵铁英的做法,他葡萄种得好赚钱多,在村子里没有人比得上,可怎么能说改良就把好好的葡萄都毁掉了呢?先不说他自己培育出的新品种能不能行,单是秧苗重新种植栽培就需要生长时间,这段时间不产生效益不赚钱,即使有获利的希望,也要等到3年后,而且到时候结果会怎么样,只有天知道!但是,赵铁英就是这么个人,敢为人先,主意定了,向来是坚定不移的。面对果农们的质疑,他若无其事地笑着说:"生命的本质在于探索,不前进就是后退。我这么做,不只为了赚钱,我要创出属于我们自己的品牌!"

新品种结果那年,平均株产2.8公斤,亩产1300公斤;第二年株产4.7公斤,亩产2300公斤;第三年亩产3000公斤以上。由此,这棵珍贵的变异株由一棵发展为几棵,由几亩发展为几十亩。

这样的收成令人欢欣鼓舞,但来得实在不容易。

2002年,葡萄虽然长势旺盛,满园子绿意盈盈,果穗挂满藤架,但坐果出了问题,出现了大小粒现象。赵铁英知道,任何一种产品,只有优良的品种是远远不够的,还要有配套的生产措施和生产标准,这样才能生产出优质的农产品。赵铁英向专家请教、查阅大量的资料,调动以往的栽种经验,开始研究配套栽植管理技术。同时,他把目光瞄向了国际市场,向国际先进科技学习。

葡萄有若干种栽培形式,其中主要有高产栽培、限产优质栽培、无核化栽培、无核化限产优质栽培。赵铁英经过分析研究,认为自己培育的新品种适合优质无核化栽培。

据有关资料介绍,美国市场葡萄无核果占销量的89.8%,日本无核果销量也占很高比例,现在的消费需求是吃葡萄不吐籽不吐皮。无核化技术是1958年日本葡萄专家研发的,现在国内市场上的无核果大部分是巨峰系葡萄进行的无核化处理,用赤霉酸诱导无核所产生。赤霉酸属生物制剂,对食品安全健康无影响。我们国家也对无核巨峰进行了检测,属绿色食品。但无核化栽培,不是适合所有葡萄品种,葡萄无核化以后,有的着色较差,有的裂果较重,有的无核不彻底。赵铁英培育的新品种葡萄属巨峰系列,自身长势强壮,特别适合无核化栽培，而且二年生幼树即可处理无核。无核化后果穗整齐，果粒均匀，果色美丽，着色良好，无裂果发生。

赵铁英开始了无核化生产。

日月轮回，风雨无阻。赵铁英在反反复复地实验，曲曲折折地进步，8年时间，他的皱纹增长了，头发减少了，终于研制出了新品种的无核化栽培技术。该技术对葡萄栽植的地势、棚架、树势、光照、土壤、水肥等环节都有明确的要求，对结果树实行"四早两重一接力"、对优质果实行套袋防尘等管理办法。

这期间，辽阳农业局、林业局非常重视，多次到园区视察，鼓励、帮助赵铁英申请鉴定。2007年9月，赵铁英正式向辽宁省种子管理局提出新品种鉴定申请。省种子管理局组织沈阳农业大学、辽宁省农业科学院等有关专家对赵铁英培育的葡萄新品种进行了鉴定，专家组一致通过，辽宁省非主要农作物品种备案办公室正式备案，认为该品种综合性状和品质优于巨峰品种。建议加大推广力度，扩大栽培面积。因产于辽宁，出于巨峰，新品种被正式命名为"辽峰葡萄"。赵铁英是辽宁省内以普通农民身份成为葡萄培育专家的第一人。此时，赵铁英种植自己培育的新品种已扩大至30亩。

为了保证产品质量，提高产品信誉度。2008年，赵铁英以人品保产品，注册了"赵铁英·辽峰"品牌商标，2008年在省种子管理局注册后，在中国葡萄育种办公室登记。

柳条寨镇的袁隆平

2009年，辽峰葡萄荣获无公害认证。同年在辽宁国际农博会举办的新大地杯擂台赛上，辽峰以各项指标综合评比第一的成绩夺得新大地杯。2010年10月，在郑州第八届中国国际农产品交易会上，辽峰得到国内外消费者一致好评。近年来，省、市每年办农展，辽峰葡萄的销售量及销售价格均名列前茅。2012年辽峰葡萄实现富硒栽培，2014年开始采用全程可追溯生产管理模式。"辽峰"通过辽宁省种子管理局专家组的品种鉴定和品牌注册后，果农们将原有品种改种辽峰。辽峰的幼苗，开始在灯塔大地生根蔓延。

在赵铁英的带动下，灯塔市种植辽峰葡萄的果农越来越多，据农业部门初步统计，如今"辽峰"在灯塔市的栽植面积已经超过12600亩，年产量达2万吨，产值达4亿余元，从业人员超过12000人，小小葡萄已经成为灯塔市助民增收、振兴乡村的大产业。

赵铁英带领乡亲们赚钱了致富了，名声大振了。果农们亲切地称他是柳条寨镇的袁隆平。但是他没有躺在自己的功劳簿上沾沾自喜，而是想做得更好，名利不是他的终极目的。

葡萄品种上千种，要想在其中占一席之地，除了受到消费者的青睐外，还要得到专家的认可。"好的标准无止境，探索就无止境。"他能悟出这一点，那次意外的"打击"功不可没。当然，前提是，他是个不服输的人。

2011年令他难忘。那一年秋天，中国农学会葡萄分会在陕西渭南举办年会，评选优质葡萄品种。赵铁英带着他的辽峰葡萄兴致勃勃地去了，对拿名次他满怀信心。

全国各地数十种葡萄竞相亮相，品种全，颜色多，颗颗果粒饱满晶莹，令人垂涎，那是葡萄的饕餮盛宴。这次参会，赵铁英特意多带了几箱葡萄给与会者品尝。大家对辽峰葡萄的穗形、颜色、硬度、口感、味道、糖酸度等啧啧称赞，赵铁英看着自己培育的辽峰葡萄受到好评，心舒畅极了，笑容一直挂在脸上。

可是，最后的评选结果让他的心一沉，自信的眼神、喜悦的笑容瞬间凝固了——辽峰葡萄榜上无名！他有点蒙了，一时搞不明白：人人都说辽峰葡萄好，却不在评选名单之上。

这个打击，给他火热的心浇上了一盆凉水。虽然能否上榜并不影响葡萄的产量、销量和收益，但是，他是个较真的人，他要弄清楚受欢迎的辽峰葡萄到底哪里有问题。就是因为辽峰是农民自己培育的，没有光环、没有品牌效应吗？他要使辽峰葡萄得到社会的认可。于是，他走访全国多个优质葡萄产区，深入调研，查找原因。

经过一系列调查研究，他发现葡萄在各个产地都有其品种的标准，美国、日本、以色列、荷兰等国家的葡萄都有最严格的标准。他找到了落榜的根源："我们的葡萄品种虽好，却没有标准化的生产管理，导致果品缺少竞争力。"经过深思熟虑，赵铁英给辽峰葡萄的发展定了个新方向——提质增效。

这么多年来，赵铁英深入研究辽峰品质习性，科学管理，葡萄的产量高质量好，大家都赚了不少钱，还怎么提质增效呢？在赵铁英的葡萄园里，果农们面面相觑，但他们都相信赵铁英有了好办法。

"第一步，就从控产开始。三等企业出产品，二等企业出品牌，一等企业出标准。我们要做一等企业，才有市场竞争力。"

听到赵铁英这么说，果农们立即嚷嚷开了："产量哪能减？减产，收入不就降低吗？"

他说："我经过考察研究认为，葡萄要取胜，靠的是优质与品牌，而不是产量。所以，辽峰葡萄要限产，通过标准化生产提高品质。"

赵铁英引进标准化生产管理理念，开始带领团队在核心基地做控产栽培实验。一串葡萄生长要经历施肥、定枝、抹芽、疏果等多个阶段，其中最为重要的就是疏果这一阶段。要把间距太近、生长稀疏和串型不好的葡萄统统剪掉，保证每株秧苗充分获取阳光、水分和养料，保证葡萄优质生长。

一年下来，赵铁英总结出了辽峰生产的最佳标准：沃土栽培，控产无核化栽培，数字化管理。无核化鲜果果粒均匀，颜色黑紫，甘甜多汁，甜而不腻，每穗50粒、粒重15克、穗重750克，含糖为20%以上，每亩葡萄的产量控制在2500斤左右。标准化培育生产出的辽峰葡萄在质量提升的同时价格也随之升高，每公斤比普通葡萄多卖出10多元，不仅得到了当地人的喜爱，也赢得珠三角、长三角等地水果经销商的青睐，经济效益大幅提高。

果农们过去种葡萄先是以量取胜，但是价格不高。后来跟着赵铁英按照标准生产，又实行冷棚、暖棚栽培，通过打时间差获得更大收益。经过多年上市推广,辽峰葡萄已经赢得了广泛的市场认可。2007年辽峰批发价每斤只比普通巨峰多卖5角钱,2008年每斤多卖一元钱,2009年是巨峰的两倍多,2010年是巨峰的三倍,2011年卖到每斤8~10元,到2017年,珠三角、长三角、北京市到辽峰基地收购优果,批发价12~15元每斤,是巨峰批发价的3~5倍。近几年,沈阳高档超市优质果零售最高达28元一斤,沈阳、鞍山、大连普兰店采摘园售价高达30元每斤。

"控产提质增效"试验大获成功,果农们纷纷竖起大拇指:赵铁英真是神了!就跟着他干吧,不会错!他们都和赵铁英学起标准化生产。

有了标准就严格执行,赵铁英一点也不含糊、不通融,确保每一粒葡萄都达到标准。

辽峰成熟晚,比其他品种晚上市一个月,主要是甜度还没达标,只有甜度达到了20度以上,才能进行采摘。

有一年,八月十五前夕,几辆车驶入了赵铁英的葡萄基地,几位经销商想抢先采购到正宗的辽峰葡萄。赵铁英却让远道而来的客户空车而归了。

"我知道你们都是我的客户,理应尽快为你们供货,可是,肉眼看我们的葡萄已经成熟了,但我这里是有标准的,糖分没上来,口感不好。没到成熟期不能采摘,即使给再好的价钱也绝不开园。我们必须给客户提供最优质的葡萄。"

8月份,有人订了5000箱葡萄价值50多万元。因为甜度颜色没有达到理想的标准,在取货日的前一周,他就把订单全部劝退了。其实,如果他用点催熟剂,葡萄很快就会达到标准,但他没有那么做。为这个事,老伴一个月没跟他说话,说到手的钱你都不知道挣。

虽然客户们没有采购到葡萄,但他们对赵铁英更加有信心,都成了回头客。

2015年,灯塔市提出建设667公顷辽峰葡萄精品工程,依托小小线现代农业综合示范区,做大做强辽峰葡萄品牌,一个以"辽峰"命名的特色小镇随之兴起。

小镇位于灯塔市古城街道，地处国家级现代农业综合示范区核心位置，立足辽峰葡萄独特资源优势，大力发展水果、花卉种植，实现了农业生产标准化、智能化，已成为辽阳现代农业发展的高地和投资的沃土。以小镇为中心形成灯塔市辽峰葡萄10公里长街。

辽宁省省长来果园调研，听了汇报，实地考察后，看到了辽峰葡萄发展的远景，建议建立一个辽峰示范基地，大规模栽种自己培育的品种。赵铁英决定带这个头。

一天晚饭时，家人围坐桌旁。赵铁英放下筷子，向家人说了建立示范基地的想法。他话音刚落，就遭到了全家人的反对。

老伴说，咱家葡萄园一年能挣百十来万，生活足够就够了。你都60多岁了，还折腾啥？

孩子们也不同意，建示范园，要扩大规模，要大量投资。钱不是问题，关键是赵铁英年纪大了，身体健康要紧。

赵铁英看着老伴和孩子，不容辩驳地说："你们都别说了，都别拦着我。年纪大不是问题，袁隆平年纪大不大，不还在搞试验？他就是我的榜样。人活着就得干事！我要把辽峰做得更好，不是挣多少钱的事，我要的是人生价值。虽然我们现在有了自己的品牌，但是不能满足于此，还要提升品牌影响力，打响自主品牌。"

说干就干。第一步，也是最重要的一步，就是流转土地。选好合适的地块后，他挨家挨户商谈租地事宜。面对赵铁英的出价，有人欣然接受，有人还要抬高一些，他不得不一次又一次和农户商议。5月9日，400亩土地流转完成。6月份开始施工，挖沟、施底肥、栽种葡萄秧……忙到第二年，投资700万的辽峰葡萄基地终于建成。该园区被评为省级标准示范园，是国家化肥农药"双减"试点单位。站在葡萄园中，看着一眼望不到头的葡萄架，赵铁英身心的疲惫都化作了欣慰的笑容。

2019年，以辽峰葡萄为主的灯塔葡萄成功获得国家农产品地理标志认证。辽峰葡萄已经成为灯塔市特色农业的一张王牌，鲜果远销到了上海、北京、广州、哈尔滨、长春等城市，在全国各地也有较大面积栽培，并获得良好收益，成为辽阳农业的一张"金名片"。

时间的指针走过了40年，赵铁英研究和推广葡萄栽植探索了40年，巨峰变异株从一棵发展到自己基地的500亩用了14年。这期间，每一次挫折、阵痛、思考、改革都是向好发展的步步台阶。

被风吹倒的不是好庄稼

世上没有任何成功是一帆风顺的，赵铁英的葡萄事业也是如此。他在土地上辛苦劳作了几十年，像一棵庄稼扎根在了大地上。风吹雨打下，连片的倒伏屡见不鲜，只有坚持挺立的才有收获的秋天。赵铁英从1994年开始从事葡萄规模化生产，经历了1995年水灾，1998年滞销，2004年以后旱田除草剂24D丁酯危害，而这些相对2015年的灾难都不值得一提。

2015年是赵铁英建造辽峰产业基地的第三年，是预期中大获丰收的一年。基地中400亩葡萄长势良好，园中一片碧绿，开始进入盛果期，果粒已有指甲盖大小，有的已经开始挂色了。晴空下，平展展的大地上，一望无际的葡萄园生机蓬勃。赵铁英心胸开阔，心情疏朗，他的目光仿佛穿越季节，看到了秋天的丰硕。

可是，天有不测风云，人有旦夕祸福。这一年，是考验赵铁英意志的一年，天灾人祸都落到了他的头上。

5月的一天傍晚，太阳落山，天逐渐黑下来，赵铁英的妻妹和妻妹夫下班了，他们和往常一样骑着三轮摩托车回家。他们家距葡萄园不太远，20分钟左右的车程。多年来，这夫妻俩一直在葡萄园里工作，是赵铁英的得力助手。

忙碌了一天的赵铁英正在吃晚饭，突然听到有人大喊："不好了，出事了，出大事了！"

他放下饭碗跑出去，得知妻妹夫妻俩回家路上遇车祸双双身亡……

噩耗，如巨雷轰顶，痛失可靠的亲属、助手，赵铁英顿感天崩地裂。事后，好长时间，赵铁英心里的疼痛都无法平息。他甚至多次自责：如果不让他们在葡萄园工作是不是就不会出事，如果不那么晚下班是不是就不会出事……

7月，园中葡萄果穗长成形，长势喜人，可是一场雹灾粉碎了他的希望。7月2日这天，风雨大作，核桃大的冰雹从天而降，摔碎了的冰雹雪一样给大地铺上了一层白色，其间夹杂着各种植物的叶子。赵铁英跑进园中，绿意盎然的葡萄园只剩下光光的水泥柱子和葡萄藤子。风雨冰雹如蝗虫一般把葡萄园扫荡一空，叶子、果粒儿碎落一地。眼看心血荡然无存，他欲哭无泪，胸中堵满块垒。葡萄没有了，银行贷款的利息却一天天滋长。灾后摘除伤料，用人工600多个，工资6万余元，当年没有商品鲜果，只有剪粒出售，400亩葡萄几近绝收！

65岁的赵铁英在精神、资金的强压下，着急上火，嗓子长了肿块，说不出话，医生怀疑赵铁英喉咙里长了恶性肿瘤，必须立即手术。手术切掉了赵铁英右侧声带，他的嗓子再也不能正常发音了。赵铁英是个京剧爱好者，平日里偶尔会唱两段京戏。现在，他说话都很艰难，字正腔圆地唱京剧就更是奢望了。

第二年，又因雨水大，葡萄叶子上长斑点，葡萄着色慢、掉粒，种种弊病在灾后接踵而来。

自然灾害是无情的，而惨痛的教训，让赵铁英认识到了防范意识的欠缺，也给他带来了葡萄种植管理的新课题。如何防范自然风险、减少葡萄疾病、提高葡萄品质、确保丰产丰收，成了当务之急。

"看起来，葡萄培植管理又要做大'手术'了，靠天等吃绝不会长出理想的葡萄。"葡萄栽培管理的改革方案，是赵铁英日思夜想的焦点。

挫折总会在你兴致勃勃、志得意满时出现在面前，就像前进路上的拦路虎。而每次挫折都会提出新问题，催人思考，获得进步。

尼采说:"生存即是痛苦,痛苦是生命的兴奋剂、创造源。"

赵铁英就是一位执着赶路的人,无论白昼黑夜,无论严寒酷暑,无论泥泞坎坷,他紧握高标准的尺子,一路向前,不可阻挡……

赵铁英带领团队不断外出考察学习先进经验,在基地内做避雨栽培试验。2018年秋,他又投资700多万元为葡萄建造避雨棚,将露地栽培全部改造升级为设施栽培。这是葡萄栽培管理的又一次更新变革,有效避免了冰雹的危害、除草剂等农药的污染,抑制了病虫害,提高了葡萄产量、品质和商品性。同时,设施葡萄栽培使葡萄提前或延后上市,避开葡萄上市高峰期,提高种植户收入。据测算,设施栽培的辽峰葡萄每亩收入可达3万~4万元。

果农们的义务讲师

"一花独放不是春,万紫千红春满园。"赵铁英说:"一个好的品种,如果只是发明者自己会做,别的人望而生畏,那么这个东西再好也是短命的,最终会被淘汰。"

从乡亲们跟着赵铁英种葡萄那天起,他就成了果农们的义务讲师。

赵铁英家每天人来人往,都是向他请教葡萄栽植和管理技术的。无论多忙,他都热情接待,不厌其烦地给予讲解。随着咨询的人越来越多,赵铁英开设了培训班,定期为本村的果农传授经验,帮助果农解决遇到的困难。

2000年,由他和镇政府共同组织成立了灯塔市柳条寨镇葡萄协会,他担任会长。每年的春夏秋三季,他经常深入到果农的葡萄园中,一个环节一个环节地现场指导。为方便广大种植户更好地掌握技术,赵铁英利用休息时间,把自己的经验编写成了葡萄生产作业历,无偿印发给种植户,对什么时候施肥、浇水、防病等都做了详细的说明。

辽峰葡萄大面积推广后，十里八村甚至其他乡镇的果农也成了他服务的对象。葡萄生产季节忙碌之后，冬闲时节，他就下到各村和其他葡萄栽培乡镇进行专业义务培训，讲授葡萄栽培技术及病虫害防治方法，把科学技术送到种植户的家里炕头，培训人数数以万计……乡村的小路上，时常能看到这个古稀老人骑着电动车一路奔行的身影，他的足迹踏遍了灯塔的山山水水，全镇所有的葡萄生产村以及周边的单庄子、大河南、邵二台等几个乡镇，每个葡萄园都留下了他辛劳的汗水和智慧。有时，他还被聘请到全国各地做技术指导。

十几年来，他坚持学科技用科技，致力于葡萄生产，率先掌握葡萄生产管理新技术，积累很多经验，摸索出整套种植管理方法，成为当地知名的葡萄生产专家。

时至晚年，赵铁英加入灯塔市老科协，成为常务理事。在省、市老科协领导倡议下，在辽峰葡萄基地建立农家科普大院，多次举办学习班，亲自为果农授课，并接待省内外参观学习者，解答各种问题上千人次。他技术过硬，为人谦和。结合实践经验，深入浅出地传授葡萄栽培及冷贮技术，不保守、不保留，令听课者受益匪浅。由于他手术后，嗓音沙哑，尽管背着扬声器费力地讲解，清晰度仍然很低，加上大部分果农缺乏葡萄栽培技术，管理也不够科学，于是赵铁英把他的宝贵经验印成"辽峰葡萄栽培要点"小册子免费分发给果农。其中包括，辽峰的生物性特征、物候期、园地的建立、定植当年的幼苗管理、水肥管理、枝蔓管理、病虫害防治、结果树管理、无核化栽培的具体办法、新梢生长期和开花前的管理、无核剂的使用时间和方法、花后果穗管理、坐果后至软化前的管理、果实着色期到采收的管理、冬剪及下架防寒措施、设施栽培，等等，细致入微，简直就是一本葡萄栽植管理攻略大全。众多果农拿着小册子，像得到了至宝。小册子让他们少走弯路，在最短的时间内取得良好收益。2018年，基地科普大院被辽阳市老科协评为辽阳市农家科普示范大院。每年都有全国各地的葡萄生产者来基地参观学习，从中汲取养分，辽峰葡萄也因此从辽阳推广到全国各地。

作为一名老党员，赵铁英在党的领导下成长，他的葡萄事业也是在党的好政策下得以大踏步前进。他把内心里对党的感恩化作实际行动，他成立的葡萄合作社党支部，2015年被省组织部授予党建示范社。2017年和灯塔市农商行搞支部联建，多次以老党员身份根据自身经历上党课，讲党的光辉历程，讲党的全心全意为人民服务的宗旨，讲如何做到不忘初心牢记使命……在2020年疫情期间，赵铁英带领党支部发挥了坚强的战斗堡垒作用。在政府号召复工复产的时候，赵铁英所带领的葡萄庄园在做好防护的同时，率先复工，为其他农户树立了榜样。另外，在疫情管控期间，自己出资慰问防疫人员。在家乡，无论哪里有困难，哪里就有他的身影。

几年来，他无偿为困难户赠送苗木，免收苗款多达几十万元；村路不好走，他出资出人修补路面；村民有困难，他更是有求必应……

柳条寨镇大新庄村的王泽常年有病，家徒四壁，赵铁英了解情况后，将其爱人安排在基地上班，又为夫妻俩无偿提供了辽峰葡萄苗，手把手教授栽植管理方法。几年下来，王泽一家不但脱了贫，还过上了美滋滋的小日子。

去年镇里扩大集体经济，因为葡萄园效益不太好，决定重新承包。村民彭友怀承包了这50亩地，可是他对葡萄行业知之甚少。赵铁英帮助他建了40个标准化葡萄大棚，几乎每天都到他的棚子里指导栽培技术。现在，50亩葡萄长势良好，珍珠般的葡萄挂满棚架……

在他的带领下，仅灯塔市柳条镇全镇葡萄产业就发展到万亩以上，人均增加葡萄收入达万元以上。小小葡萄成为灯塔市农产品地理标志产品，葡萄产业不但是灯塔市振兴乡村的大产业，而且已经享誉全国，惠及千万农民。赵铁英因此先后被评为全国劳动模范、全国科普惠农兴农带头人、省市优秀共产党员。

如今，辽峰小镇10公里葡萄观光采摘长街已经初步形成，成为鲜果飘香的风情小镇。

永不停歇的脚步

一个普通的农民，用心研究农业科技，精心培育自主品牌，从一棵，到十棵、百棵、千棵、万棵，从一亩、十亩、百亩、千亩到千万里之外到处都有辽峰葡萄，他不仅种植出了一个品牌，更种出了一道属于中国大地的亮丽风景。

赵铁英荣获了全国劳动模范的称号。从北京领奖回来时，他的家里来了很多果农，要听赵铁英讲讲习近平总书记接见劳模的情景，不停地问这问那；他们看他的奖牌和证书，看着它们沉甸甸地在大家的手中传递……每个人脸上都洋溢着幸福和骄傲。

展室的墙壁上摆满了奖杯和牌匾，记载着赵铁英的荣誉和辽峰葡萄的荣誉，也记载着他在田间走过的每一步：

全国劳动模范、全国科普惠农兴村带头人、辽宁省普通农民葡萄培育第一人、辽峰葡萄无公害认证第一人、辽阳市农村优秀实用人才、优秀共产党员、最美乡村科技工作者、辽阳市五一劳动奖章、辽阳市科技创新突出贡献人才、辽宁省农业职业技术学院高级农技师、葡萄选育与生产技能大师。

2009年9月辽峰葡萄获第六届辽宁（沈阳）国际农业博览会金奖，同年11月获辽宁省果树学会优质果鉴评会金奖，被评为辽宁省双金奖葡萄。

2010年在郑州第八届中国国际农产品交易会上，辽峰葡萄受到消费者及外国朋友一致好评。山东《乡村季风》栏目组做专题节目。同年辽峰葡萄选育及栽培技术研究被辽阳市科技局评为科学技术一等奖。

2010年、2011年，辽峰葡萄连续两年获得辽宁省名优产品及辽阳市金牌商品称号。

2012年被辽宁省政府指定为省政府招待水果。

2013年获辽宁省名优产品及辽阳市金牌商品称号。

2014年荣获全国优质葡萄评比优质大奖，辽宁省第二届名优特优水果推介暨标准果园创建成果展示会特别大奖。

2015年被辽宁省评为省重点示范社。

2016年6月经辽阳市政府批准，认定为辽阳市农产品现代流通体系建设生产基地。

2016年11月在辽宁省果树学会第三届辽宁省体质果品评选活动中获金奖。

2016年12月被辽阳市旅游发展委员会在"2016年第三批辽阳市旅游特色商品评选"活动中授予"辽阳市旅游特色商品"称号。

2017年获灯塔市旅游特色商品称号。

2017年获第二届辽峰葡萄节葡萄大赛金奖。

2018年获第三届辽峰葡萄节葡萄大赛金奖。

2018年中国沈阳农博会获金奖。

2018年中国北镇果树学会获金奖。

2019年被辽宁省农博会评为"百强农产品"及博览会金奖。

2020年重庆展会获金奖。

如今，辽峰葡萄已经誉满省内外，赵铁英可以欣慰地安享晚年了，但是他说："既然认准了一件事，就要把它做得更好，更好是没有止境的。在种植葡萄这项产业中，我虽然已经花费了几十年工夫去钻研，但仍然还有许多问题需要解决。"

古稀之年壮心不已。

望着丰收在望的葡萄大棚，赵铁英和果农说起了未来的计划："提质增效是永远没有终点的，和先进地区相比，我们的栽培环境还需不断改进，我们的生产标准还需进一步提高。但是竞争不是我们的选项，我们的选项是超越。眼下，有两样事情急需我们尽快去做，一是打造名优产品，得到世界的认可。二是站在科技的前沿，超越自己。我正在和有关部门一起探讨，进行一项新的尝试——智能化管理……"

"智能化管理？什么意思？"

"智能化管理，就是使用机器人代替人工在葡萄园操作，打药、剪枝、除草、修串……"

"那么，这个基地又要改造，会有损失的。"

"我知道。但是，无论开发任何新项目，总得有人先迈出这一步。这个第一步，我来迈！"

"现在的园中管理已经是标准化了，人工也不缺，工作也没有多少难度哇？"

"人类虽然聪明，但自己研究出来的机器人，许多地方的智慧是人本身不及的，如果成功的话，计算机的精确性和速度是人类本身不可以比拟的。我和有关部门一起合作，就在这里做实验。眼下会有一些亏空，但前景非常可观……"

"当遇到困难或者几乎彻底失败了，有没有想过改行的念头。"

"没有，做什么需要有兴趣。要想把一件事情做好，就要爱它，懂它，了解得越细微懂得的就越多，事情就会变得越来越简单。人的一生，其实就是在不断地解决问题。认准目标，做就做到底，不能有半点畏惧，大不了从头再来。"

赵铁英的葡萄产业基地紧邻公路，却看不见一棵葡萄树，整个葡萄架完全与外界隔绝，葡萄架上面是半圆式避雨塑料棚，四周是能够掀起和放下去的保温避雨塑料装置。这些一眼望不到边的白皑皑的葡萄棚，在阳光下泛着刺眼的光。棚与棚拱相连，似大海涌起的波浪，一直蔓延至目极之处。

基地大院里是一座钢制结构的二层楼房，简单大方。楼里功能齐全，走廊四面都是房间，有党支部、会议厅、接待室、展室、实验室、科普大讲堂等。墙上有几块牌匾，其中一块特别引人注目：灯塔市"辽峰源"文学创作基地。应该说，文学是他的启蒙老师，保尔·柯察金、江姐、许云峰，他们的对理想的追求，对信念的坚守，早已成为了他人生的榜样，潜移默化地成就了他的坚忍不拔的意志品质，是他奋进路上的精神力量！

他指着牌匾说："我喜欢文学。作家用笔记录历史，传播正能量，很了不起。我特别欢迎作家朋友到我这里来开展活动，我出钱出力都高兴。

"我今年70有余，当上了劳模，自然就成了大家的榜样，倍感责任重大，劳模就是要带领大家过上美好的生活。种葡萄的路还很长，追求高标准，不断创新，才能走得更远……邓小平73岁复出改变中国，袁隆平九旬高龄仍砥砺前行，我赵铁英是个普通农民，比起前辈们，我的路刚刚开始……"

步入辽峰葡萄种植基地，葡藤爬满棚架，一串串葡萄垂挂藤间，果穗整齐，果粒晶莹饱满。那黑紫的颜色多像闪烁的黑色珍珠，它们密密匝匝攒在一起，聚积成了果农的希望和幸福。

而一旁满脸笑容的赵铁英，不就是其中最大最闪亮的那一颗吗？

大旗迎风

李大葆

引 子

1991年4月,电视上播过一个根艺爱好者的片子。他不大的居室里,窗台上,衣橱内,床板下,墙壁的花格中,都塞满根雕的原料、半成品、成品。看似无大用的树根,被发现,被创作,突然有了价值。主人用情感赋予它们逼真的物形和生命的律动。在欣赏者面前,它们有了飞翔之姿,有了情感和灵魂。

2021年3月,这间小屋再次进入我的视野。琢之磨之,从一个根雕爱好者在大众面前亮相开始,他配合着时光的刻刀对自己也进行了不断的雕凿。此刻,他的居室几乎见不到根雕艺术品了。鲜红的党旗挂在墙上,镰刀斧头有着浮雕的质感。在党旗旁边,簇拥着爱心、环保、红十字等志愿者团队的六面大旗,标志着主人多年来风风火火的作为。照片,剪报资料,参观者的留言,各级颁发的荣誉证书,披挂过的绶带,绿色家庭、五老基地、学雷锋活动基地、党员工作室等牌匾,覆盖了四壁所有的空白之处。"你看看这是我写的日记",一册一册,半人之高,贮藏着主人过往岁月的珍贵信息。在看到他的那些日记本时,我同时看到其他的文稿、书籍也挤挤挨挨地占据着过道上的空间。家具是简洁的：衣橱，双人床，人造革面的老式沙发破旧得掉了皮，茶几与床头柜，30年前已经存在的物件，其旧、其陋、其拮据，其也淳朴。

难得转身的逼仄，来自四面八方的汹涌信息，令我一时缓不过神儿。办公室？活动室？档案室？微型博物馆？我无法准确定性我此时身处的空间，除用作起居之外，显然，它还宣示着另外的职能。女主人从阳台走过来，用围裙的一角擦着手，有些尴尬地招呼客人，连连说："你看看，你看看，这个家呀！就剩棚顶是空的。这屋子让老叶弄的！"话虽嗔着，却无怨相，反倒让人听出她心底掩不住的得意。这屋子如此模样，当然有她的全力支持！

老叶，叶双民，辽宁省最美志愿者，辽宁好人，全国最美家庭、全国五好文明家庭荣誉获得者。

"其他荣誉和头衔就不显摆了，最重要的是共产党员这个称号！"74岁的叶双民笑起来，皱纹舒展，灿烂如菊。

整整30年前，介绍他做根雕的那部纪录片，我是撰稿人，片名《根情魂》。此刻，片名的三个字从我的记忆深处浮起，觉得用在如今他这位角色大变的时代楷模身上，依然贴切，似乎比当年更有理由。

根，植入深厚的沃土

"树枝是天上的根，根须是地下的枝杈。"泰戈尔说过的这句话，睿智，通达，虽然不免带有东方的神秘主义色彩，却形象地道出了地表上下相互支撑和留影的互映关系，同时关于人的思想与行为的玄机也被一语道破。多少年前叶双民知道了这句话，从此再没有忘记。

1

小屋的炕上地下都是人，院子里也站满了人。"双民选上了，明天就出发"，知道信儿的人奔走相告，乡亲们从四面八方向叶双民家聚来。

20岁的叶双民被批准参军，在向阳寺村是件大事。乡亲们既高兴又舍不得。他是团支部书记，一大帮青年人都围着他转，有极强的号召力；他是值得信赖的仓库保管员，账目清楚，被赞为生产队的红管家；他聪敏、活泼、多才多艺，也是生产队业余剧团的灵魂人物，在一场接一场的演出中，把喜闻乐见的节目送到周边的厂矿、军营。一位五保户拄着拐杖，颤巍巍地也来话别。叶双民没少照顾她，她说："小双民子当解放军，够格！"乡亲们粗糙的大手伸出来，有的轻轻拍着他的肩膀，有的攥住他的胳膊摇晃着，有的抓住他同样粗糙的手久久不松开，祝贺，嘱咐，夸赞，鼓励，尽在其中。

乡情的热流在周身鼓涌，叶双民看见母亲眼角坠泪，眉梢挂笑，透过人群的缝隙，望着他。他看出了她藏在内心复杂的自豪和眷恋。儿子是家中的顶梁柱，但她愿意把他送给国家。

1968年3月5日，生产队队长叶国广代表乡亲们到公社参加新兵欢送仪式。队伍开始出发。像所有的亲友一样，挤在人群中的叶国广踮着脚，一边挥动手臂，一边大声喊着："小双民子好好干，要立功受奖，要早点把党入了！"队长的声音汇入嘈杂的送行声中，但没有被淹没。

叶双民对队长的大嗓门再熟悉不过了，响亮，热烈，此刻正高分贝地灌满自己的耳朵。踢踢踏踏的行列里，新兵蛋子虽然脚步有些凌乱、笨拙，却像春野的禾苗，崭新的军装在阳光下绿意莹莹，朝气勃发。

共青团是党的助手和后备军。有着多年党龄的叶国广相中了小他10多岁的双民。双民是个上进的青年，在叶国广的建议下，生产队党小组将双民列为入党积极分子，进行重点培养。双民在叶国广那里了解到了党的知识，也在广泛的阅读中知道了党的发展史。在他递交的入党申请书中，他向党交了心，也谈了对党的认识。

叶国广希望他领导的生产队能培养出更多的党员。他目送新兵队伍远去,希望叶双民这棵好苗子能够与党贴得更紧。

叶双民怎能不知道党的好呢!

我刚进入对他的采访,他就给我朗诵了一首诗——

> 1948年8月
> 伴随解放辽阳的炮声
> 一个新生命
> 诞生在首山脚下
> 一个贫穷的家庭
> 这个生命
> 就是我 就是我
> ——叶双民
> …………

叶双民告诉我,这首诗的题目是《与国同行,与党同心》,他的原创,挺长。

叶双民有着和叶国广一样的大嗓门。

我静静地听着,听着他徐徐展开的人生履历,听着他对党的感恩之情……

2

夜深了。躺在新兵连的床铺上,叶双民辗转反侧,叶国广嘱咐他早日"入党"的喊声,先入耳,再入心,此刻已经生出了根须!这是地方党组织的托付,是乡亲们的愿望,滚烫而沉重。

部队是个大熔炉,锻炼的就是能够用在刀刃上的钢!

全国各界都在学习焦裕禄,学习雷锋,部队的学习活动开展得更加轰轰烈烈。叶双民把焦裕禄在治沙现场的照片从报纸上剪下来,贴在日记本的扉页上,每天不知要看多少遍。焦裕禄披着衣服，挂着锹把儿，朝他笑，他也朝焦裕禄笑。谈到雷锋，他说雷锋童年的贫苦状态，跟他家差不多，他母亲和他继父共有7个孩子，锅里常年都是清汤寡水的。叶双民在班会上抢着发言，讲述自己对党和新社会的感激。

叶双民分到老部队一个多月后的一天傍晚，全连集合，开大会。指导员邱连成宣读一封来信，并轻轻地打开一件包裹。信是叶国广给连队党支部写的，介绍了叶双民在地方的政治表现，诸如带领青年学"毛选"、像雷锋那样帮助孤寡老人、到当地部队搞拥军活动等。叶双民是生产队培养的党员发展对象，乡亲们希望部队能更好地培养他，帮助他继续培根固本，打牢思想基础。指导员打开的包裹里，是崭新的四卷本《毛泽东选集》。在不断的掌声中，指导员捧着它走进队列，让战友们一一过目。"兴看不兴摸哟！"指导员叮嘱着，珍爱有加。

当时有"红宝书"之谓的"毛选"，发行量还不充裕，"谁能得到一套，了不得！"当时情景中的每一个细节，叶双民至今仍然历历在目。队列中叶双民眼泪盈在眼圈里，心跳得突突的。"那个激动劲儿，不知道该怎么说。"叶双民陷入深情的回忆。

指导员喊来叶双民，与他在营区里散步，严肃的交谈也随之展开。

指导员说："入党的目的不是为个人争面子，更不能把入党当成捞取'好处'的资本。"

叶双民静静地听着。

指导员说："我们入党是为了把使命扛在肩上，增加为人民服务的精神动力，随时准备为祖国的需要献出自己的一切。"

叶双民点着头。

指导员说："我们不要急于求成，我们需要在一点一滴的小事上做起，首先要在思想上入党。"

叶双民拳头攥得紧紧的，手心里都是汗。

指导员看叶双民一直不吭声，拍了他肩膀一下说："你哑巴啦，表个态!"

叶双民站定脚步,抬起右手,完成了一个标准的军礼,声音有些颤抖,说:"我立志做一个雷锋式的好战士!"

"树根有多深,树枝就有多高。"指导员说的这句话,叶双民以前也听人说过,但没有像此刻这样设身处地,"我把自己摆进去了。"叶双民感到自己的灵魂在升华,理想之根越来越深入,精神状态越来越旺盛,这就是顿悟吧?

3

向阳寺大队领导和向阳寺小学师生们敲锣打鼓,向第十生产队叶双民家走来。寂静的村庄顿时热闹起来。这是一支报喜的队伍,由远而近,带队的大队领导攥着一个卷起来的纸筒,那是一张奖状。一路上,队伍不断被看热闹的人们围住,大队领导笑呵呵地将手中的纸页展开,让好奇的乡亲读完上面的文字。

这情景在这个小山村,还是头一遭。

锣鼓的喧响惊散了行道树上的鸟雀,在叶双民家门前达到了高潮。大队领导推开柴门,兴奋地喊:"婶儿,婶儿,小双民子部队来喜讯啦!"叶家的屋里屋外又一次挤满了乡亲。奖状铺在箱盖上,毛主席像,鲜艳的红旗,刻着部队代号的印章,还有儿子的名字,一起涌进双民母亲眼中。

"小双民子给咱向阳寺村争光啦!"叶国广无限感慨。

双民母亲也特别高兴,她生了一个有出息的儿子!

可是时隔不久,双民母亲却疯了一样找到叶国广。有人暗中传说:只有牺牲的人,部队才用这种方式通知家人。传言神神秘秘、遮遮掩掩地溜进双民母亲耳中,这位没有多大见识的农家妇女如五雷轰顶,当时就昏厥了。苏醒后,她要找人问问,第一个想到的就是叶国广。共产党员叶国广是乡亲们的主心骨。叶国广给她耐心解释,一定是不明就里的人把立功喜报和烈士证明书弄混了,双民得的明明是奖状,白纸黑字清楚得很!但没用,双民母亲非要亲眼见到儿子不可。

谁都劝不住。她带上钱物，立即赶到火车站。坐了十五六个小时的火车，随身带着的干粮却一口也吃不下。到了儿子的部队，她看见了双民。他还活着，但他是不是受了伤？她疑惑着。她把儿子一个人关在屋里，让他脱去衣服，仔仔细细地查个遍。

连长、指导员来看望双民母亲，一口一个老妈妈地叫着，炊事班特意做了招待家属的饭菜，战友们送来开水，前一壶没凉，后一壶又放在床头柜上了。

"儿行千里母担忧，不在妈身边，妈没有一天不为你提心吊胆。"母亲说。

"其实我还有一个母亲，时时刻刻都在关怀着我。"双民卖着关子。

母亲知道鬼小子和她开玩笑，撇撇嘴，任他自圆其说。

双民讲起了雷锋的故事。雷锋没有亲人，但他把党比母亲，在党的怀抱里，谁都能感到无比温暖。双民把指导员上党课的内容复述给母亲。

多少年后，叶双民用诗描绘着自己的童年——

> 我的生命与新中国共呼吸共命运心连心
> 我的生命亲身体验了苦难与幸福
> 难忘那不到20平方米的小黑屋
> 难忘那睡觉的小土炕
> 难忘那照亮的小油灯
> 难忘那破旧的小课桌
> 难忘那吃了上顿少下顿的日子
> 只有过年哪，才能吃上一次饺子
> ——这就是我的童年
> …………

母子俩彻夜长谈，谁都没有困意。农村老太太不知道什么叫政治觉悟，但她看到儿子明显地出息了。

为了宽慰母亲，叶双民对她说："我们都是党的孩子，老太太你放心就是了。"

"明天一早就去车站，回家！"母亲不想因她的到来而影响部队工作。

儿子毫发无损，说起话来又在情在理，母亲悬着的心放下了。

其实，前不久叶双民还真受了伤，但无大碍，并且很快就好了。驻地附近的一个工厂突然起火，战友们闻警而动，叶双民第一个登上棉花垛，处理火点。那是最危险的位置。棉花垛一旦被烧塌，上面的人无疑就是掉在火坑里，后果不可想象。烟雾升腾，叶双民站在棉花垛上。他被呛得头晕眼花，但始终在奋力扑打。他从松软的垛顶滚落下来三次，摔得满脸满身都是灰烬，但他还是喘息着第四次爬上去。火光映出了他英勇的剪影。他终于截住了火头，战友们也因此控制了各个点位上蔓延的火势。大火被全部扑灭后，叶双民才觉得双脚针扎似的作痛，脱下湿漉漉的胶鞋，脚背上红红的，不一会儿就鼓起一片水泡，是被高温焖的。

叶双民下到连队后，第一个月任副班长，年底是班长，此次又因救火立了三等功。

母亲在双民的书桌上看见了《毛泽东选集》，是叶国广送给他的那套。紧挨着"红宝书"的，是叶双民的两本学习笔记，有一本已经写满了，上面记载着这次立功受奖的原因和心得。

4

不知是宿命还是巧合，时序运转中，3月5日这一天与叶双民特别有缘。1968年的这一天，他走进了部队；1969年的3月5日他又光荣地加入了中国共产党。

"我是流着泪入党的，眼泪哗哗的，止不住。"叶双民向我回忆着当时的情景。

鲜红的党旗挂在墙上,拳头举起来,指导员领诵入党誓词。新党员叶双民嗓子里像塞了一团棉花,声音嘶哑,泪水在脸上淌成两条小溪。宣誓完毕,叶双民代表新党员发言。稿子是先写好的,本来文字也不多,叶双民反复念了几遍,完全能背下来了。叶双民本想脱稿讲,可是,一站起来,大脑一片空白,把攥在手里的稿子打开,纸页湿了一片,手心里全是汗。"激动啊,激动得不行不行的,从来没有过。"叶双民说。

这是他生命中的庄严时刻,高光时刻。

3月5日,还是毛主席为雷锋同志题词的纪念日。新党员、五好战士叶双民在日记中写道:"毛主席号召向雷锋学习,我一定认真地学,做一个雷锋式的好战士。"

落地生根的决心,规范着叶双民日后为人处世的向度和准则。

叶双民与叶国广常有书信来往。他在部队的收获和进步,乡亲们总会第一时间知道。部队学雷锋活动搞得有声有色,他和战友们交流着学习体会:雷锋把党比母亲,因为是党救了他;他没有亲人,但他把身边的同志当亲人。雷锋把朴素的感情升华了,叶双民也决心向雷锋那样,保有对党和人民的感恩之心。他在诗中写道:

> 难忘那人民公社我是一社员
> ——生产队就是我的家
> 难忘那1968年3月5日
> 我光荣加入中国人民解放军
> ——部队就是我的家
> 难忘那1969年3月5日
> 我加入了伟大的中国共产党
> 学雷锋 毛主席的战士最听党的话
> ——哪里需要哪安家

军训之余,叶双民给驻地孤寡老人担水劈柴,帮家庭困难的孩子交学杂费，带着一堆铅笔橡皮送到学校去，像雷锋那样被一群红领巾簇拥着，慷慨激昂地讲党史、军史。叶双民的字好，连里写板报的事他包了；战友中谁闹了情绪，他就去谈心，"一帮一，一对红"……

鉴于叶双民的突出表现，23军第四届党代会酝酿代表人选时，他作为战士新党员代表列入了参会者名单，大红花再一次戴在胸前。会议期间，军首长接见了他，鼓励他戒骄戒躁，不忘初心。他敬了一个军礼："是！"中气十足。

叶双民当了排长。一当就是8年，同期提干的同志大都升职了，但限于学历，他"蹲"住了。"但我仍然是一名党员哪！"叶双民的态度是：自己学历虽然不高，但政治觉悟不能低。

"学雷锋，做好事"，从生产队开始的零星活动，到了军营几乎就成了常态。

信仰的根系在深入。

醋由哪酸，糖由哪甜，叶双民心里明白。转业后，每到3月5日，叶双民都会从箱底翻出那套绿军装，照着镜子，披挂整齐，然后回到向阳寺村，看望老党员叶国广。2021年3月5日，叶双民出现在叶国广面前时，还扛了一面大旗。春风抖开旗子，"爱心志愿者"几个大字在鲜红的旗帜上非常抢眼。

3月5日是叶双民当兵的日子，叶国广记得。

"这一天也是你入党的日子！"叶国广也记着。

此刻，叶双民已经有了53年的党龄，叶国广多他10年。两位老党员的手又一次紧握，还是那样摇晃着，久久不松开。

85岁的老党员叶国广在叶双民扛来的大旗上签上了自己的名字。他又从书橱中找出一本自己的文集《故园散记》，这是他对向阳寺村的描写，他在这里生活了一辈子，他这位早年的村干部知道家乡的一草一木，知道从这块土地上走出去的子弟。他翻开扉页，挥笔写下两行字，送给叶双民：

当年入伍诚相送

今见更有党员风

这是一位老党员送给另一位老党员的礼物，是领路人对跟进者的首肯。

"每一种平凡，都有答案。"人们为之骄傲的也许并不只是辉煌，还应该有付出后的惬意。付出当然是一种境界，更是一种理念。作家闫晓雨说得比较恰切："没有无缘无故的幸运，亦没有异想天开的奇迹，那些看起来遥不可及的东西，只属于愿意为了它不顾一切努力行动的人。"

那些曾经与泪水交集过的入党誓词，再一次在叶双民眼前浮现。

5

叶双民望着舷窗外的云朵和大地，这是他第一次坐飞机，兴奋极了。但他也纳闷：多好的事情啊，怎么落在了自己身上。

市总工会财贸部、市商业局组织系统内文明礼貌最佳单位到南方学习考察，成员中都是负责经济的干部，唯有叶双民是搞政工的。他转业后分配到中华商店，做一名政工干部，利于他发挥特长。叶双民把思想政治工作与服务质量结合起来抓，在省里组织的行业竞赛活动中，商店评上了优胜单位，叶双民也取得了商店上上下下的认可。

但是，这次考察，跟政工沾不上边，局领导却执意让他去。为什么？其实，局领导另有用意，一方面是让他开阔一下业务视野，一方面是通过近距离接触，对他好好考察一番。此时，叶双民在中华商店干了12年，局党委想起用这个后备干部。

此前叶双民因工作出色，外单位也有人在挖他，许愿他一定的职位。但那是私下里谈的，叶双民觉得有点违背组织原则，便向对方表明了态度：说心里话，这个单位，自己特喜欢，施展自己才能的空间也比较大，但是，自己是讲究组织原则的，如果确因工作需要他去,"必须是'明媒正娶',如果是'私奔',我不干!"叶双民斩钉截铁地说。

从南方考察归来,"我连升三级",叶双民被任命为联营公司工会主席,副县级领导干部。"从支部到总支部再到党委,这不是三级吗?"排长转业的叶双民想都没想到,上级会把这么重的担子放在他肩上。

叶双民文笔不错,常把单位的好人好事写成新闻稿。新闻单位聘他为通讯员。那天,他正想去报社送稿,电话响了,中华商店领导通知他去局党委办公室。

"有急事?"他问,稿子还没送到呢!

"还送什么稿呀,你升官了!"对方说。

"净胡扯,升什么官?"

"老叶,你可是个本分人哪,现在学会'装'啦!"

这时,中华商店里,叶双民被提拔的事传开了,唯有叶双民本人还不知道。

联营公司五层大楼,有1300多职工,是辽阳市的顶级商店,正县级单位。叶双民挂了电话,踌躇了一阵儿,决定还是先去报社。

叶双民到局里时,局领导早就把茶水沏好了。局领导给他打开茶杯盖,风趣地说:"在中华商店工会你是小主席,这回要当大主席了,虽说担子不轻,但党相信你!"

叶双民"连升三级"的事,让许多人赞佩,也有人猜测:一定是他夫人给使的劲儿,她有人脉。其不知,叶双民老伴当时仅是卫校的一名员工,哪有什么"路子"。

到新岗位后,叶双民既依然故我,厚朴为人,又切实履职、大胆创新,被评为省优秀工会干部。

叶双民诗中写道:

  我爱我的小家
  我更爱我的大家

我把中华商店当作家
　　我把联营公司当作家
　　我把工会当作我的家

叶子在阳光下伸展，根须在泥土中挺进，一棵树得以生长，聚拢的是岁月的恩惠，万物的周济。叶双民知道其中的道理。

树定根，人定心。

情，张开爱心的双翅

怀揣爱心的人，就像一团火，再湿的柴也会被烘干，进而熊熊燃烧，释放更多的光明和温暖，这可能就是"情怀"的能量吧。

叶双民爱说"情怀"两个字。

1

转业干部叶双民刚到中华商店工作，就搞开了调研。退休职工中，孤寡老人有十六七位。叶双民把他们包下来，走访慰问，家里有活甩开膀子就干，有难事四处沟通推进解决。后来，他又把这个"叶双民模式"带到了联营公司，1000多人的大企业，让叶双民当"儿子"的孤寡老人增加了，叶双民依然无怨无悔。

工会主席的角儿，还是个为职工操心的"大管家"。工会条例上的条条框框，都要分解、细化，还要用脚步、汗水一一落到实处。女职工生小孩时，叶双民带领女同事拎着慰问品去登门。在选购的东西里，鸡蛋、红糖不能落下，人情中有风俗，风俗中有人情。也许正是对人情和风俗的关注，叶双民对他人的生日也特别重视，届时，蛋糕是必需的。

老职工退休了，但感情不能淡。除夕晚上，妻子把饺子装进保温桶，叶双民飞车到中心医院。退休老职工张杰，一个人过日子，春节前病倒了。叶双民帮着办理了住院手续。饺子是三鲜馅的，香味弥漫开来。张老太太一边吃一边哭。值班护士来查房，很是惊诧："大姨你哭啥呀，在走廊里我就闻到香味了！馋得我都想吃一个，你儿子对你多好哇！"听到护士这么一说，老太太用拳头敲打床头，哭得更厉害了，说："不是我儿子呀！""那是谁呀？大三十晚上的，还赶在12点给你送饺子。"老太太泪流满面，"人家是我们单位工会的好主席呀！"

还有一位孤寡老人，叫王志琴，有一年也是春节前住的院。三十晚上，叶双民约上团委书记熊德江到中医院陪她过年。叶双民带着饺子，熊德江也带着饺子，王志琴感动得说不出话。除夕之夜吃饺子，是民俗，有着庄重的仪式感，是温馨的祝福，是团圆的寄托。叶双民对熊德江说。

陈连荣是抗美援朝老兵，单身。叶双民照顾他10多年，大家都说，别看陈连荣孤身一个，他却有个"儿子"叶主席。退休金叶双民领完给送去；冬天运煤，夏天劈柴，冬天溜窗缝，夏天修房顶，都是叶双民的事；每个生日都过，叶双民不会忘的。

陈玉勇是一级战斗英雄，浑身都是伤，把敌人的飞机都打下来过。老人脾气倔，有事找公司领导，用拐棍把办公室地板杵得山响。请他坐，不坐；让他到会客室休息，不去。有人把叶双民喊来解围。见了叶双民，陈玉勇笑了。为啥？叶双民一连多年给他过生日，他要看病，叶双民车接车送，晚上还在医院陪着。叶双民上前端端正正敬了个军礼，老前辈转身到叶双民办公室，一切烟消云散。

陈玉勇逝世时，叶双民代表公司吊唁，帮助家属忙这忙那，直至陪到下葬。"联营公司当时老职工逝世，我差不多都送过。"叶双民说，这是本分。

2

10多年前《千山晚报》有一篇报道，说的是女孩李宁的故事。李宁一天书没读，靠妈妈教，靠查字典学，认了不少字，还写起了诗歌。然而，李宁却是重症肌无力患者，并且，病情一年比一年严重。

叶双民看过报道，难过得在心里自言自语："叶双民你得去帮她呀！"叶双民的作风雷厉风行，像在部队时一样。他立即联系到写报道的记者，曲曲折折地找到了李宁母亲张文红的电话。那时，张文红母女的住处在下王家村。下王家村在辽阳市北郊，叶双民一骗腿，自行车又飞起来了。十五六里的路程，让他大汗淋漓，心急呀。

叶双民与张文红见面后，你瞅着我愣，我瞅着你愣，都觉得面熟。张文红试探着问："你是不是前院的双民哥？68年当兵的？"

叶双民马上回答："是我呀！你是谁？"

原来他们是一个村的，曾前后院住着，只是叶双民参军时，张文红还是系着红领巾的孩子，叶双民对她印象不深。但是，叶双民胸戴大红花的情景，却牢固地印在张文红脑海里了。

叶双民眼前的李宁，当时也就十四五岁，肌肉萎缩得已经很严重了。她除了眼睛会动、嘴能说话、右手拇指与食指能动，其他的部位都失灵了。吃一口饭，得嚼一两分钟；胸腔扁平下去了。

叶双民对母女俩说了一番安慰话，留下200元钱，算是个接头。

叶双民在返回的路上，拐进了书店，挑了几本书，还把海伦自强不息的故事在心里温习了一遍。

很快叶双民又出现在李宁面前。

"我们天天都拥有光明，我们还能讲话，我们能听到声音。可是又聋又盲的海伦·凯勒呢？"叶双民开导着李宁。

"海伦的自身条件当然不如我。"李宁说。

"但是，海伦活了88岁，还成为世界著名作家。"

"我也要坚强地活着。"

"海伦不但坚强，还自觉地对自己的生命做了设计。"

"你是说《假如给我三天时间》的故事吗？"

叶双民点着头。

他们的对话没有障碍，很愉快。

李宁的生日到了。叶双民做了个大横幅——"志愿者祝李宁生日快乐",叮叮当当地挂在李宁家的墙上。生日蛋糕、蜡烛,一样都不少。唐革军来了,栾福山来了,他俩都是全国有名的爱心人士;社区干部来了,妇联主席来了,关工委领导来了。应邀而来的嘉宾和志愿者坐了满满一屋子。叶双民与电视台播音员主持节目。李宁一直戴着皇冠一样的装饰帽,用眼睛笑,她把自己的声音汇入到大家的声音当中——

> 假如给我三天光明,
> 第一天,我将奉献给有生命和没有生命的朋友;
> 第二天,我将会看看人与自然的历史、世界的奇观;
> 第三天,我将在当前的日常中度过,让城市成为目的地……

海伦是人类意志力的伟大偶像。在叶双民的引导下,李宁更多地了解了海伦。"海伦·凯勒是一个让我们感到自豪与羞愧的名字,她应该得到永世流传,以对我们的生命给予最必要的提醒。"这是梅特林克夫人的评价。"19世纪有两个奇人,一个是拿破仑,一个就是海伦·凯勒。拿破仑试图用武力征服世界,他失败了;海伦·凯勒试图用笔征服世界,她成功了。"这是马克·吐温的论断。"海伦·凯勒的身体不是自由的,她的心灵却是无比自由的。"这是查理·卓别林的点评。李宁在对这些话语的复述中获得了精神动力,意志越发坚强。

有作家说过,一个善良的灵魂,照亮他人的同时,总能收获不期而遇的温暖。和李宁接触多了,叶双民发现了这个女孩的精神闪光点。李宁强烈的求生欲,乐观向上的人生态度,也感染着叶双民。叶双民说:"她的阳光心态,令人佩服!"

在以后的日子里,张文红多次搬家。由下王家村到大灶台村,最后又回到向阳寺村。叶双民跟随着她们迁移的脚步,走到哪里帮扶到哪里。不但自己帮,组织全家帮,还动员起志愿者团队一起帮。"与其说我们在帮助她，不如说她与我们在精神互动。"叶双民如此认为。

叶双民2020年为李宁组织的生日庆祝活动，特意安排在首山脚下。5月的风景区，暖风怡人，槐花飘香，凉亭壮观，歌声震天。

人们看到李宁更乐观了。妈妈的呵护，志愿者的激励，加之自己的自强不息，她打破了医生的断言，生命不是延续了几年，而是已经超过了20年。她对生命有了设计，并在县慈善总会属下成立了一个阳光爱心团队。叶双民建议她把"李宁"二字也注册进去，她同意了。李宁带领自己的团队帮助智障的孩子、无双亲的学生、养老院的老人，每年都开总结会，还特意给叶双民发了聘书，让他做她团队的顾问。

叶双民不推让，顾之问之，不但给她的团队筹款，还鼓励他们参加义务劳动及红十字会的活动。初夏季节，学雷锋志愿者徐文刚组织除豚草劳动，李宁团队来了，李宁的妈妈张文红也来了，干得特别起劲儿。李宁坐在轮椅里，给在场的人们拍手。她跟叶双民说，为创城"找活干"，重要的是参与。

叶双民给李宁买了个地球仪，"你腿脚不便，却能看遍全世界！"

叶双民参加"电视问政"，谈交通问题，开头语是："天有天道，山有山道，水有水道，车有车道，人有人道，各行其道。否则乱套，人间正道。"

道，是规律，是道理，不仅限于文明交通。

李宁亲切地称呼叶双民为"叶姥爷"。叶双民生日那天，李宁等5个人一人拿100元钱，摆了一桌宴席，以示庆祝。餐后，叶双民老伴包了5个红包，给请客的人一人一份，每个包里装100元钱。相当于叶双民请了这顿饭。叶双民说："这也是'道'，人情之'道'！"

3

我请叶双民讲讲他与宛雨晴的故事。

一提到宛雨晴的名字,叶双民"哎"地叹了一口气。宛雨晴12岁时发病了,突然间肚子疼,腰疼,患的是严重脊椎炎,脊椎骨从上往下瘫痪。父亲宛宏伟提前买断工龄,用全部时间和精力救治孩子,但效果一直很不理想。

叶双民通过一位叫沈玲的志愿者知道了宛家的情况,于是走近了宛雨晴,走进了她的家门。宛雨晴挺悲观,父母也是愁眉苦脸的。叶双民坐在宛雨晴轮椅前,拿出的还是他的看家本事,讲海伦,讲张海迪,讲保尔·柯察金。

"任何困难都不可能锁住一颗向往伟大的心灵。"叶双民朗诵戴尔·卡耐基的名言,给苦难的女孩,也给乐观的自己。

叶双民请赵晗煜、琳杰、孙宏利等志愿者借来戏服,化装成圣诞老人,背一个大兜,不时掏出小礼物分给大家。叶双民摇头甩袖,忽静忽动,摆出各种造型,要多滑稽有多滑稽。欢笑声浪潮一样涌起,驱逐着宛雨晴心中铁一般沉重的郁闷。各式各样的戏服,毫无章法地披挂在叶双民身上,汗水将胸前背后浸湿了一片。

窗玻璃擦得通明锃亮,阳光越过床铺,罩住了轮椅,宛雨晴的心一点点地放晴了。

宛雨晴梦想中的创业火苗被叶双民拨亮,有关部门也被叶双民"说服"了。相应的经营场地有了,销售后回款的供货商有了,叶双民热烈致辞,宛雨晴的小卖部在一阵喧闹中开业。叶双民带头并组织志愿者前去购物,意在巩固宛雨晴的经营"战果"和信心。

宛雨晴是那家小店的主人,也是自己的主人。在创业实践中她发现了自己,肯定了自己。

2016年叶双民生日前夕,雨晴亲手做了一张贺卡,上面有灵芝、荷花剪纸图案,还作了一首藏头诗,把"中国好人叶双民君"8个字嵌在其中。诗的后四句是:"叶公当长寿,双手筑善行。民之皆吟诵,君子当如您。"

"在我的人生中,我要认真地当一回自己!"宛雨晴的话语,让叶双民感动得落了泪。

宛雨晴在轮椅上打开车门,再扭身坐在驾驶座上,整个动作艰难,但也坚决。她学会了开车,脚虽然不能动,手还可以控制手闸。志愿者们东拼西凑帮她买了适合她的轿车。叶双民夫妇经常接到她的电话,她约他们出去兜风。

宛雨晴最近的好消息是,她在全国残疾人策划设计大赛中捧回了一个三等奖。

宛雨晴的车开得稳稳的。叶双民把车窗打开,春天的风撩起他有些斑白的发丝,郊外槐花的香味是甜丝丝的。

4

也许是叶双民当过新闻单位通讯员的情结,他对报纸、广播、电视很是亲切,并且能看出门道。

前几年媒体登了一条消息:石桥子村一家五口人,因交通肇事,男主人住院了,家庭生活陷入困境,希望得到爱心人士帮助。

叶双民躺在床上看到这条报道,一个鲤鱼打挺站了起来,喊起了自己的名字。

"叶双民。"

"到!"

"怎么办?"

"帮!"

"怎么帮?"

"明天去!"

"怎么去?"

"第一带上报纸,第二带上500元钱。"

这是又一次自己与自己的庄严对话!

叶双民一踏进骨科医院病房,那家的老太太就抓住叶双民的手,连哭带号地诉起苦来:"大兄弟,天塌了,都住院了,这可活不下去啦!怎么办哪?"

叶双民等她哭够了,就开导她说:"大姐呀,咱们要面对现实,你家人受的是伤,又不是得了绝症,伤也不是太严重,过一个两个月都可以出院;再说了,新闻媒体也在替你们呼吁,全社会都在帮助你们渡过难关。"

叶双民把报纸从包里拿出来,指着大标题,让她看。

"妈呀,这么好哇,有希望啦!"老太太抹干眼泪。

叶双民掏出500元钱塞在她手里,并说以后还来看他们。

老太太又哭上了:"好人哪,你留个名吧!"拽住他不让走。

当时病房里有不少人,都请求他留下名字。

盛情难却,叶双民说:"非要留名,我就留个名。"

于是他双腿并拢,举起右手,啪地一个军礼:"学雷锋,传雷锋,做雷锋,我就是雷锋!"

叶双民亮出"我就是雷锋"的名号,需要胆识。一位与他相知的市民赞扬他:"捐款捐物真舍得,自己勤劳苦为乐。好事做了一火车,自封自己雷锋哥。"

正能量,给他足够的勇气,让他自觉地站在时代舞台中央。

全屋的人鼓起掌来,有人把脸凑过来:"哎哟,真是雷锋啊!"

叶双民跟那个家庭一直联系到现在,一直当亲戚走。

5

媒体是叶双民"结亲"的"媒人"。

庆阳化工厂附近朴家沟村民袁世锁2019年5月去世了,入土为安,叶双民为他送了最后一程。

30年前,袁世锁赶马车,被拖拉机轧了,半身瘫痪,大小便失禁。老伴受不了他的脾气与他离婚了,孩子也嫌他闹腾,对他敬而远之了。袁世锁经常给电视台"市民求助"热线打电话,三番五次地请保姆,却没有干长的。节目主持人琳杰与叶双民联系,问他有什么好办法没有。叶双民答应得到他家看看再定。

可是这一看,叶双民就帮了他10多年。

袁世锁的裤子时不时地就沾上了屎尿。叶双民在洗衣盆里倒上半袋洗衣粉，用拖布捣着脏衣服，捣一下，扭一下头，"那个味呀，直往鼻孔里钻。"他受不了。

叶双民脑袋里先蹦出一个词"积重难返"，又蹦出一个词"百废待兴"。他一盆又一盆地捣，泛黄的水越来越清；湿漉漉的衣服挂满了小院，滴滴答答的水声越来越小。晾干的衣服渐渐蓄满了阳光的味道。

尴尬的袁世锁总会留下一道缝隙，让叶双民不断注入爱心。

叶双民又一次被电话叫去，袁世锁说："大哥，兄弟我又丢人了。"

叶双民说："我收拾，咱不说别的！"

说得轻松，洗起那些脏衣服，叶双民还得咬牙挺着。

经叶双民多方寻找，终于有个保姆愿意留下来。这个保姆挺勤快，给袁世锁做饭洗衣，还养了两头猪。

猪养大了，袁世锁又打来电话，说："哥，你得帮我卖一头。"

叶双民满口答应："没问题！"

话说得云淡风轻，说完他心里就别扭上了："到哪儿卖去呀，你个叶双民，装什么大能耐梗儿！"自己骂自己一句，解解恨。

没想到，袁世锁盯住的价儿，比市场上的贵。

叶双民一时感到"雪上加霜"，去找栾福山求情："咱俩给担下来吧。"

栾福山也觉察到价要得高，不好出手。

叶双民马上说："不过，肉的质量没说的，一般人上哪儿能吃到家养的笨猪。"叶双民怕栾福山"褪套"。

栾福山也不是那样的人哪！

他俩给袁世锁付了钱，就说托人卖出去了，让袁世锁高兴。其实，这些肉都送给平日围在他们身边的志愿者朋友了，作为礼物，每人二三斤，不患寡患不均。叶双民挨家挨户送，人人有份。晚上回到家，老伴黄秀文看他两手空空，"肉呢？"问他。

叶双民两个手掌向上一翻，做了个鬼脸，怕黄秀文生气。

191

黄秀文说:"老叶,你是又傻又好哇!"

叶双民在日记中命名这肉为"爱心肉"。

后来,照顾袁世锁的保姆有病住院了,叶双民、琳杰、栾福山三人还拿出2000元,为她交医疗费。

6

刘晓峰是市中心医院医生。当年,他要考大学,长辈里有人有点迷信,找人算命如何保佑他顺利过关。算命先生告诉他,稳妥起见,应该先结一门干亲。干爸干妈属相要合,人品还要好。晓峰妈妈和叶双民老伴黄秀文是同事,又是好朋友。刘家想来想去,叶双民和黄秀文夫妇符合条件,这门干亲就顺理成章地定下来了。其实,迷信的说法并没让他们太在意,而两家的走动却越来越被他们放在了心上。

一天晚上,叶双民夫妇在路上散步,遇见了走过来的刘晓峰父母,就在路边唠上了。叶双民听他俩说本来看好了一处刚交工的房子,准备买下来,给已经毕业的儿子做婚房。可是房款缺点零头,只好往二手房上打主意了。叶双民认为就因这一步之遥留下遗憾不值得。"不就是缺几个钱吗?"当即请他们跟他一起回家。

叶双民递过去一个5万元的定期存折,"先用着,一定买那个可心的新房!"

叶双民对黄秀文说:"虽然我们两家没有血缘关系,但刘晓峰父母认了咱们做干亲,就是一家人。干亲不也带个'亲'字吗?该出手时就出手!再说了,钱存着不用,就是纸片。他们需要,用逢其时,不正是恰到好处吗?

每逢过年过节、过生日,晓峰都忘不了看望干爸干妈,叶双民夫妇在年轻人的知恩图报中感到了幸福。"不舍怎么能得呀!"晓峰提着礼物来,叶双民给孩子塞过去礼物及压岁钱。两家人你来我往,投桃报李,人生多了温情。

7

平凡的脚步，可以留下不平凡的足迹。

有一年初冬，叶双民从沈阳女儿家骑车回辽阳。起得早，没吃饭，女儿在包里给他装上水果、八宝粥、糖果，留在路上吃。

叶双民上了110省道，6点多钟，到十里河快上桥时，壕沟里一团黑乎乎的东西隐约出现在眼睛的余光中。叶双民车骑得快，一眨眼就过去很远。但他觉得不对劲儿，怎么像是个人躺在那儿呢？他又返身回去，"不好，还真是个人！"

叶双民跳到沟里，仔细看着，把手背放在那人鼻孔下，还有热气。他从挎包里掏出香蕉，蹲下来，一边摇着，一边喊："醒醒，醒醒，冻死了！"那人破衣烂衫，浑身泥土，头发长得盖住了半个脸。叶双民好一阵喊，那人眼睛才睁开一条缝，看到了叶双民手里的香蕉，眼睛顿时瞪大了，一伸手把香蕉抢过去，皮都没剥就咬了一口，一根香蕉三口两口就不见了。"速度那个快，像我要跟他争似的。"叶双民惊讶着。

叶双民明白了他这是饿的，又把八宝粥打开，给他喂进去。

过了一会儿，叶双民看他有了精神，就扶着他，让他起来。这人蠕动着，半天才站起来，摇摇晃晃地上了公路。从始至终，这人一句话都没有，一个表示谢意的眼神儿都没有，叶双民进一步确证他是个智障者。

食物都给了那位智障者，叶双民继续上路后就感到饿了，勉强骑到家，开了门，一头就栽在床上，不想动弹了。

叶双民被一阵电话铃声震醒时，已近中午。女儿急切地询问："安全到家了吗？怎么不报个平安？"按照惯例，他到家后是要给沈阳回个话的。

叶双民讲完路上遇到的事，电话那头还在半信半疑地问："你确实没出别的事？"

叶双民说："没别的事，就是饿点。"

8

"有血缘关系的是亲人,没有血缘关系的就不是亲人了吗?"

"其实,学雷锋就这么简单,做好事有啥难的?"

采访中,与叶双民交谈,他会冷不防地扔出一个个问号,是设问、反问、诘问,也常常是自问。"就看你是怎么想的!""要说学雷锋难,主要难在坚持上,难在自觉上。"问号之后,他立即做出这样的结论。

"内不欺己,外不欺人,上不欺天,君子所以慎独。"古语明鉴,整个人生何不就是如何敬自己,敬他人,敬天地的一场大考!叶双民在诗中写道:

> 带领全家学雷锋、献爱心
> 40年帮助近百个需要帮助的人
> 累计捐款10万元
> 各种荣誉落咱家
> 难忘那2016年我们家被评为全国五好家庭
> 难忘那2017年我们家被评为全国最美家庭
> 让我更加幸福、激动、骄傲、自豪的是——
> 2017年5月23日我代表我家,代表辽宁省
> 走进了人民大会堂
> 受到了国家表彰

"为了献爱心,他的那些养老金全献出去了。"黄秀文对我说。

老叶在一旁插嘴:"我养老金每月4000多,黄秀文5000多,我们花不了;女儿、女婿自己挣钱自己花还有剩余,我们没有'啃老'之累。"

叶双民捐献有个原则,那就是保证自己与家人幸福健康生活所需的情况下,用多出的钱帮助有需求的人。"这样做,心里舒坦。"

不虚伪，不拔高，叶双民是诚恳的。

对"情怀"的解释多种多样，但叶双民认定他所追求的"情怀"，一定是由崇高、奉献、自觉、虔诚、担当等元素构筑而成的。饥饿面前，它是一粒粮食；寒冷当中，它是一块煤炭。他的帮扶虽然微不足道，但他捧出了一颗爱心。他向他人开放着自己，如鲁迅所说："无限的远方，无数的人们，都与我有关。"他对溺水者递过去的也许是一根芦苇，但目标朝着拯救；在坍塌之际愿意挺身而出，尽管举起的双臂抵不过巨大的压力。他把自己主动与他人相连，与社稷相连，与世界相连，奔放地捐出一己之力，豪迈地向平庸说"不"。

一名中学女教师重病初愈后，在给恩人叶双民的信中写道：

> 我永远会记得，在我的生命危在旦夕时，您一遍又一遍给我打电话，还带礼物来看我。您看到我的病情后，躲在走廊里流泪了，是为我可惜。那时候，我以为我会死去（真的）。是您和好朋友的大爱，把我从死神手里抢了回来（感恩）。
>
> 现在既然活下来，我就要像您一样，为这个世界做些什么，做好自己，积极乐观，在家里，与家人相亲相爱，做好家务事；在岗位上，教好学生；在社会上，多做好事、善事！
>
> 让他人因我而幸福，让世界因我而美丽。

任谁的人生都难免游弋过晦暗和创痛，彼时，施以暖意、烛光和清风之手，何其珍贵！叶双民留意于人性的幽微，将共产党人崇高的党性化成日常的细节，举手投足的默契。将狭促拓宽，令绝望回头、坠落止步，救赎他人，也救赎自己。可举高山之巍，可捐滴水之微，慈悲巨细不弃，皆为爱心旨趣。

助人的情怀是高尚而美丽的，它显然与个人的情调拉开了距离，也是与私己的情趣分道扬镳的；情致也许可以用小情小调兑换，情绪也许可以被利益与荣誉点燃，而共产党人的无私之爱对此不屑，它虽然平凡，却境界超拔。

美妙人生的关键，在于你能迷上美好的东西。

叶双民剖析自己：从生产队至部队那段时间，他被"做奉献"的思想熏陶着、引导着，进而成了习惯，也就一直做了下来，自然而然。"播种言行，你可以收获习惯；播种习惯，你可以收获性格；播种性格，你可以收获命运。"叶双民向我背诵着英国作家萨克雷的话，"现在不让我干，不行啦！见到别人有困难不上把手，不行啦！"走在志愿者路上的叶双民，情至浓，怀至广，爱至深，心至殷……

魂，闪烁高尚的光芒

白雪，晴空，天地之间的古城辽阳；灯笼，春联，2021年的新春佳节。

鲜红的党旗，庄重的誓词，叶双民家庭党小组宣告成立。当这个庄严的议题在家风会上提出之际，古城欢度节日的鞭炮也骤然响起，犹如助力的掌声。在时间的巧合中，叶家人越发振奋。

理想，信念，赋予人们以灵魂，也支撑着一个家庭的信仰。支部建在连上，是中国共产党战争年代的成功经验。家庭党小组的出现，在新时代地方党建发展史上也将留下浓重的一笔。

叶双民的个人梦，家庭梦，像一股小溪汇入了国家的大梦。他们把自己的起居与党与时代的呼吸自觉地结合在了一起。

一名党员，是一面旗帜；一个家庭党小组，是党的一个工作站。

1

叶双民家庭党小组的成熟，有一个"工夫在诗外"的培育过程。

叶双民家的门楣上写着四个大字——绿色家庭，绿色字迹经过精心勾描，格外醒目。

创建绿色家庭理念，与绿色学校、绿色社区、绿色出行相提并论,是"建设美丽中国"的内容之一,叶双民为自己找到了位置。

2004年,叶双民退休了,但他在家中待得不自在,得找事干。那时,许多人还没把环保放在心上,叶双民却擎起一面大旗,哗啦啦出现在你面前,劝你不要在公共场所吸烟,要限塑,要少饮酒甚至戒酒。他说得嘴角发干,苦口婆心。因为他出现得突然,你会觉得无措、警惕,甚至想发火。但是,他会"见啥人说啥话",不免让你产生会心一笑。"你形象好,年轻,有风度,但唯一有一点要改。"对方意识到他说的是"吞云吐雾"给自己减了分,立刻掐灭了烟头。

一位在公交车上与叶双民相遇的乘客写了这样几句话:"巴士巧遇叶大哥,扛着大旗上了车。宣传戒烟到处说,讲起话来幽默多。"

那面写着"环保"的旗帜,随着他的自行车,走了5万多公里,到过河北、河南、湖北、湖南、江苏、安徽等12个省的100多个市县。一路上,宣传雷锋,宣传辽阳,宣传绿色出行,大旗飘荡,车队如箭。

尽管身旁的不屑和疑惑一刻也没有停止,但他从来也没有纠结,没有委屈,他说这就是和平时期的冲锋陷阵。"战争时期上火线,改革开放找活干。""为了生活环境美,献工出力不后悔。"叶双民喜欢使用押韵的句式,说接地气的话。叶双民的四人自行车队告别天津市宁河县时,小旅店的主人刘易给他留言:感谢你们关心我的健康,劝我不要吸烟,我一定要加入到运动健身行列中去。祝愿你们一路平安……

2006年7月9日中央电视台采访他。他在片中讲了三句话:"退伍不退军人本色;退休不退党员本色;始终不忘自己是共产党员,是部队转业干部。"四川、上海、广州、哈尔滨等地的战友看见报道后,纷纷联系到他,赞扬他是有想法又能去践行的人,是成功的环保志愿者。《辽阳日报》登了两个版的环保内容,介绍叶双民的文字占了半版。人民日报也报道了叶双民做环保宣传的事迹。

2014年8月底,一家酒店里一对新人正在举行婚礼。叶双民在大厅入口处,举着一个牌子,上面写着"珍爱生命,请您戒烟"。有些来宾见了,话就有点变味:"谁家举行婚礼能不抽烟?管的真宽!"好在叶双民事先与主人有了共识,成就了一场"无烟婚礼"。这件事也成了许多人搞庆典时效仿的"样板"。

我抚摸着那面随着主人栉风沐雨的大旗,它该见证多少故事呀!

在科普宣传日志里,叶双民把宣传地点、宣传内容、宣传对象,宣传了多少人,都一一记录,每到年底整理在一起,一年一本。有媒体做过不完全统计,多年来,叶双民劝导戒烟上万人,200多人成功戒烟;他背着宣传板、打着队旗,进学校、进社区、进医院、进车站、进公园,叶双民累计宣传人数达10多万人次。

2019年环境日,市生态环境局等几个部门在污水处理厂搞启动仪式,市领导讲完话,让叶双民代表环保志愿者讲话。叶双民穿一身绿色环保服上台,举着大旗晃悠了几下,然后立定、敬礼,高声说道:"美丽中国,我是行动者;美丽辽阳,我是行动者;建设新辽阳,我们都是环保志愿者。环保团队,跟我出发!"

这几句简短的话语,引起长久的掌声。

提供稿件的同志有些失落:"老排长,我给你写了三四篇,你三四句话就概括了!"

叶双民认真解释:"领导同志把意义、要求都说到了,我的任务就是替大伙儿表个态,还占时间干啥?要是遇到郭明义,我敢保证他也这么做。"

叶双民崇拜郭明义。在一次访问中,叶双民穿上郭明义的衣服,戴着郭明义的帽子,端端正正地让人照张相。叶双民出行搞活动、做宣传,都是一身运动服。女儿劝他穿着时尚点,叶双民反对。他学郭明义,学灵魂,学经验,衣着简朴,讲大白话。

提供稿件的同志佩服了,"你是真学郭明义,也学到了真经,接地气呀!"

市生态环保局在《中国环境报》《中国环境监察》杂志宣传报道了叶双民的事迹。辽阳市人大向市民征集促进旅游业发展的建议,叶双民获了奖。

叶双民被评为首届十大杰出环保人物，市生态环保局给他定了一份《中国环境报》。他把这份报纸拿给我看，"这了不得的，是荣誉啊！我厉害不？"他自豪得像个孩子。

叶双民的确是幽默的。幽默由智者所为。

2

搞环保宣传，也是件一举多得的事情。

那天，天快黑了，叶双民打着大旗，做完环保宣传，走在太子河大桥上。迎面来了一个女孩，一边走一边哭。与她擦肩而过后，叶双民回头盯过去。女孩走到大桥中间，头伏在栏杆上号啕大哭。叶双民说一声："不好！"急速走到她身旁，像过路的行人一样自然，并反复轻声嘟囔着："人的生命是有限的，人的生命是有限的……"

女孩听到背后有人路过，还说着什么话，压抑着，不哭了。

叶双民继续演戏："我也不想活了，我也不想活了，但那怎么可能？我才70岁，未来的日子还长着呢！"

女孩有些诧异，回过头来看这个磨磨叨叨的老者。

叶双民马上问了一声"你好"，就说起话来："你是大学生吗？你肯定是大学生。"

女孩一脸泪水地怔在那里。

叶双民说自己是中国环保爱心志愿者，还抖搂出一串荣誉称号，又展开手中的大旗给女孩看上面的字："孩子，你能不能把这两行字念一遍？"没等女孩表态，叶双民就自己念起来了："绿色环保，珍惜生命。"

女孩看看旗帜，又看看叶双民，表情开始放松。

叶双民继续说："我有一个女儿，今年43了，但我还像小女孩一样爱着她。你能不能倒出点时间，咱们爷俩儿好好聊聊？"

突然，女孩一屁股坐在地上，又哭起来。

叶双民静静地等在一旁。

女孩哭够了，就讲起了自己的遭遇。

是一个失恋的故事。

叶双民听完,说:"谈恋爱,实际是三部曲,先是'谈',双方加强了解;处得来了,才上升到'恋';如胶似漆分不开了,才凝结出'爱'。现在许多年轻人弄反了,一见面就想住在一块儿了,一点感情基础都没有,还有不出问题的吗?"

女孩听完,如梦初醒,说:"大伯,你说得太对啦!我明白过来了!"

走错了路可以转弯,爱错了人可以放下。女孩站起来,给叶双民深深地鞠了一躬。

叶双民也给女孩鞠了一躬,说:"我也谢谢你,谢谢你跟我对话。"

女孩平静下来,打了个出租车,转回市内。突破迷茫、惆怅与彷徨,女孩得以调整生活,有了光明的方向。

叶双民还遇到过一个大学生寻短见的故事。

朝阳姑娘小张是辽阳职业技术学院学生,父母都不在了,叶双民一直在帮助她。她本人也是环保志愿者,叶双民是在李宁家认识她的。

她去大连特意买了一些海鲜给叶双民送来,并抹起了眼泪:"叶伯伯,我不想活了。我要上太子河自杀。"

有多大事,非得走绝路?

她处了个男朋友,说好了一毕业就举行婚礼。临近毕业,她在对方手机里却发现他另有所爱了。她接受不了。自己本来就够命苦的,谈个朋友又是这样,人生没有希望了。

叶双民开导她:"晚痛不如早痛,失效的爱情就不用再耗费感情了。"

姑娘听不进去,仍然想一死了之。

叶双民给她讲道理:"你就是闭了眼睛,这个地球还在转,生活还在继续,'爱情'也会不断产生。可是生命只有一次,何必纠结在一人身上?你以死相对,又能怎样呢?生活本来就是酸甜苦辣咸,幸福也是五味俱全的产物。人生中哪一样味道,都不得不尝到。你年轻,日子还长着呢,何愁前路无知己?"

叶双民长篇大论的劝导有了效果。她说:"那好吧,叶伯伯,我考虑考虑!"

她受伤的翅膀痊愈了,晴空再度让飞翔的身影高远无阻。

现在,她去了外地,已经是两个孩子的妈妈了。她给叶双民打电话:"叶伯伯,我向您汇报,我现在很幸福!"

这两个女孩远去的背影,像是一个大大的问号,令叶双民沉思:能不能把外在的环境保护与内在的人心校正结合在一起,扛在自己的肩头呢?

培根铸魂,念兹在兹。

3

叶双民的环保之旅,也是红色之旅。每次长途骑行,出发前他和同伴们都会特意选上几个必去的地方。

兰考到了,他要到焦裕禄纪念馆看看。

叶双民一行参观了好长时间,把焦裕禄的88件遗物看得仔细。叶双民被这位县委书记更深地感动着,"优秀共产党员的品德、作风、责任、骨气是宝贵的精神财富,我们不但不该忘记,还要继承下去。"焦裕禄仅活了42岁,叶双民他们几位最小的都超过了60岁。"比他多享多少年福哇!"叶双民连连感慨。

看到叶双民他们几位千里迢迢地赶来,又这么崇拜焦裕禄,兰考当地人也感动了,竖起大拇指:"东北人真了不起,你们的精神让人佩服,值得我们学习。"有个人还骑上车,同行了半个多小时,主动给叶双民他们带路。

在孟良崮战役纪念馆,叶双民看见售票窗口写着军人、退役军人免票,特激动,但他没有证件。叶双民在入口处,啪地给门卫敬个军礼,并大声报告:"原中国人民解放军某团某连排长叶双民,前来缅怀革命先烈!"

门卫也郑重地还了个军礼。

叶双民跟我谈起了体会,说他的灵魂在那里又一次受到震动。他遇见了一些当地老人,他们都是当年的支前模范。战争胜利了,他们没有向党伸手要待遇，直到如今他们仍然是那样地安然和满足。叶双民三次经过孟良崮战役纪念馆，三次都进去参观。他感悟着一句话："活到老，学到老，奉献到老，幸福到老，才能保持旺盛的、健康的精神状态。"

有人问叶双民："你一天五六个大旗打着，宣传这个，宣传那个，为啥呀？"

叶双民也反问他们："你说焦裕禄为啥？战争中壮烈牺牲的烈士们为啥？"

对方无言了。

4

叶双民对自己的生活洋溢着满足感。他与黄秀文谈心："当年你是河北的村姑，我是辽东的傻小子。你到辽阳，我去部队，不料咱俩相互遇见，组成了家庭，直到晚年还相互倾心，这一辈子的幸福是怎么营造的呢？"

黄秀文退休后帮女儿带孩子，沈阳、辽阳两边跑，像一只候鸟。叶双民想到他们刚结婚时过的就是两地生活，现在辽阳有太多的事需要他干，不得已他们又得过分分合合的生活。"时分时合，挺好！"叶双民安慰黄秀文，"咱们那时叫'少别胜新婚'，现在叫'老别情更深'。"情人节到了，叶双民浪漫了一把，给黄秀文写了封情书，信纸信封地邮寄到沈阳。女儿叶红见了，说："老同志这是传统回归呀！"用微信点评："拥军爱民鱼水情，南征北战入洞房。战地黄花分外香，互敬互爱乐百年。"叶双民说："女儿读懂老爸了。"

一个人真正的高贵，在于灵魂的丰盈。这句话是谁说的，叶双民忘记了，但这句话的内容在他心里却没有走样。

从2000年开始，全家人都要利用大年三十家宴之际开一个家风会。头几年是"忆苦思甜"，讲传统文化，这几年的话题是反思，问一问：我们家幸福不，幸福到什么程度了？自己本职工作做得怎么样，对得起那份工资不？社会公益做得如何，有什么收获，还存在什么问题？大家都进行总结。然后，研究新一年的奋斗目标。

我采访时，叶双民找来2017年家风会的记录让我看。其中一项是宣读"四拜诗"，诗出自叶双民手笔，由外孙女雨桐朗诵：一拜姥姥有功劳；二拜老爸当家人；三拜妈妈叶红；四拜姥爷叶双民。对每个人的歌颂，都是有感而发，不去咬文嚼字，也不强求韵律。整个一首打油诗，寓教于乐。"这多有趣！"哈哈哈，叶双民笑得开怀。接着他推出一个问句："好不好？"但无须别人回答。

记得有人说："人之一生，可以活成柴米油盐酱醋茶，也可以琴棋书画诗酒花。你的气质里，藏着你的追求和选择。"对待生活的态度，因人而异，叶双民追求自己的"那一个"。

随着家庭荣誉的增多，叶双民在家风会上提出四句话：

感恩组织，珍藏荣誉；
人生价值，幸福全家。

叶双民受邀出去讲演，有时也把老伴黄秀文带去。第四医院给他们分别做了座位标牌，会后，叶双民把写着他和老伴名字的小纸片带回家，贴在了墙上，还密密麻麻写满了感言。

庆祝中华人民共和国成立70周年时，叶双民在东兴街道搞了个800件老物件和书画展览。女婿特意用小楷写了篇长长的《青春赋》，为老丈人助阵。

渐渐地，不知从什么时候起，做公益，献爱心，不再是叶双民一个人的事，而是全家总动员，一家子的事。

唐革军大姐动员叶双民去她所在的南门街道老科协工作。叶双民对唐大姐佩服得妥妥的，在她那儿一干就是8年。这8年里，唐革军发现叶双民的家庭文明建设搞得风生水起，动手整理了事迹材料，层层报到上级妇联。良好的家风，就是一个家庭最好的风水。市妇联对叶双民这个典型早有所闻，随即又进行了考察，向省妇联推荐。不久，叶双民家就被授予了省"最美家庭"称号。

5

叶双民全家，除了还在念高中的史雨桐，其他四人都是党员，并且在各自单位都是优秀党员，叶双民还是北门社区党委委员、第一党支部书记，他带领的支部2019年荣获了白塔区先进党组织称号。叶双民萌生了一个庄严的想法：建立家庭党小组！他和黄秀文反反复复讨论了几次，思考也一步步深入，2021年春节前在电话里他征求女儿、女婿意见，他们也同意。春节家风会上，第一项议题关于成立家庭党小组，大家又做了一番认真讨论，最后一致举手通过，选举叶双民为组长，隶属于北门街道第一党支部。

叶双民夫妇党龄加起来一百年出去一点，幸遇建党一百周年，做点什么才更有纪念意义呢？党小组决定：全家做一百件实事，向党献礼！

说干就干。

为北门社区自费订一份地方党报。

写一首诗，赞美防疫期间的社区工作者，题目是《歌颂最美的你》，并发在社区微信群里，同时捐出1000元。

把黄秀文的组织关系由原单位转到社区党委，目的是加强叶双民所在党支部力量。

给一位90岁老党员送报纸刊物，送国旗、党旗。

为社区党委建言10条。

给60多名学雷锋、环保志愿者电话拜年；给清洁工拜年，送水果；给五保残疾人送四样春节礼物；在多所学校的讲坛上宣讲红色故事。

…………

叶双民把这些实事、好事一一登记在册，既是存档也是激励。

距我采访时间最近的一件事是，3月5日，全家在白塔公园"向雷锋同志学习"题词碑前做宣讲。

3月5日，是毛主席提出向雷锋同志学习伟大号召的纪念日。这块题词碑，竖立时间之早之久，均为全国第一。"为什么那天选择在那儿搞活动是有说道的。"从叶双民的解释中,我感受到了他赤诚的敬畏之心。

辽阳是雷锋的第二故乡,雷锋在第二故乡的23篇日记,是表述雷锋精神的最重要文本。叶双民清了清嗓子,开始讲雷锋在辽阳生活124天的故事。全家人站在他对面,四周是越围越多的游人。上了年岁的人有插话的,年轻人有提问的,现场热烈地互动起来。

叶双民对前来听讲的人说:"我不要求人人都像我这样去搞宣讲。但我希望大家都爱岗敬业,在干本职工作中学雷锋,传雷锋,做雷锋!"

哗!哗!叫好声一片,掌声一片。

截至我采访的时候,全家人已经完成50件实事了。接下来叶双民要做的一件,是到灯塔市回访一名小学生。

那是一个上唇先天有个豁口的孩子,父母离异,跟着父亲过,日子比较拮据。有几个同学取笑他,他就跟人打架,并且出手过重。对方家长不干了,联名要求学校开除他,如果不开除他,他们就转学。这孩子的父亲也觉得委屈,是那几个同学有错在先哪!孩子的父亲去找心理教师石英评理。石英也是爱心团队的志愿者,做了几次思想工作,孩子的父亲还是转不过弯子。

一天,这对父子在石英老师带领下来到叶双民家里。叶双民劝他:"你们参观参观我这小屋,满墙的照片和文字,看哪一样最吸引你们。"孩子的目光在锦旗、照片间移动,叶双民静静地观察着。忽然孩子的目光移向茶几就不动了。叶双民知道是那尊毛主席半身像吸引了他。孩子说这屋里的东西他最喜欢的是毛主席像。这尊毛主席塑像也是叶双民的珍爱之物,但叶双民执意要送给那孩子。

叶双民问他:"我为什么送你,你知道吗?"

孩子摇头。

叶双民郑重地说:"毛主席让我们'好好学习,天天向上',我希望你听他老人家的话,成为一个对国家对社会有贡献的人。"

孩子恭恭敬敬地行了个队礼。

这一幕，孩子的父亲看在眼里，怒气也消了不少，但他还想教训一下取笑他孩子的人。叶双民不接他的话茬儿，仰起脸看看墙上的钟，说："到点了，先吃饭去，别的事然后再说。"叶双民等待着孩子父亲情绪继续向好。

孩子把毛主席像交给父亲。他抱在怀里，小心翼翼地走着。叶双民领他们到圣河湾饭店，点了虾饺。

孩子说："第一次吃到这样的饺子，真好吃！"

孩子的父亲一脸笑容，也连连说："我们碰到好人啦！"

餐后，叶双民又点了一份虾饺，打包带走。让孩子给他妈也尝尝："她和你父亲虽然离婚了，但还是你母亲，不是别人。"叶双民叮嘱着。

吃过饭，叶双民又领着他们父子俩上书店。叶双民让孩子自己做主，看好哪本书就拿哪本，叶双民负责付款。

叶双民轻轻松松地消化了孩子父亲的怒气，要转学的家长也不向学校吭气了，同学间、家长间都握了手。"风波悄然平定，维护了一个学生的尊严，保住了一个学校的安宁。"叶双民为此好一阵自豪。

在叶双民家中的照片墙上。我看见了那对父子、石英老师和叶双民的合影，他们的笑是由心而发的。

碎片一样涌现的事物，犬牙交错；生活的意义当然也会在它们的隙缝中钻出，蓬勃摇曳。关注一个成长的心灵，播种一个灿烂的明天——时代的呼唤殷切而婉转。

孩子母亲后来给叶双民打电话，千恩万谢。

前年叶双民又专程去看了这对父子，"巩固调解成果。"叶双民说。

"让爱充满灵魂，爱是动力！"这是叶双民不断去灯塔看望那个孩子的理由。

6

帮助他人提升人生价值，也就是在实现自己有价值的人生。叶双民说:"青少年可塑性强,他们看到的是阳光,境界就会是明朗的;看到的净是负面的东西,心灵就容易被阴暗包裹。"叶双民认为,传承和引导,再重要不过了。

叶双民说了一句"顺口溜":

> 一撇一捺是个"人"。
> 好说好写不好做。
> 做好——人上人,
> 做坏——人下人。
> 此人间正道!

谈起多年前培养王长伟的事,叶双民说:"其实很简单,我以身作则,给他引路。"榜样的力量是无穷的。当年叶双民去帮失能老人干家务活,给王长伟带上。共青团员王长伟站柜台,拿心眼儿为顾客服务,没少为特形脚的人解难题。叶双民及时总结、报道王长伟的事迹。王长伟后来成为全国商业系统的劳动模范。企业改制,王长伟开始自己干,叶双民鼓励他,写了一篇《劳动模范怎么卖鞋》的文章,激励王长伟改制不改"志"。

王长伟感激叶双民对他的"传帮带",每年春节都给叶双民拜年。他身体不太好,劳保也不多,但每次都啤酒、刀鱼、水果什么的不空手,看望他的引路人、当年的老主席。的确,王长伟在叶双民的引导下,岗位服务好,公益做得好,有了劳模的称号,享受到了组织对劳模的厚待。王长伟知道当年树立他当典型时,有争议,是叶双民的仗义执言,把第一手材料报告给考核组。叶双民坚定表态:以共产党员的名义做保证,对组织负责,对单位负责,对王长伟负责!大家看到王长伟的先进事迹件件坐实,都服气了。

对青年人的推举,何不是一种传承?

近两年家风会的主持人变成了外孙女、十三四岁的史雨桐。这是叶双民的有意为之。雨桐继姥爷、妈妈之后,于2020年走马上任。写着这一年家风会方案的稿纸,后来被叶双民装裱起来,加上边框,小心地收藏起来。

将薪火传给后代的人,也会得到后人温暖和光明的回馈。

一个大学生到叶双民家参观后写道:"我知道了什么是共产党,为什么要加入中国共产党,为什么要走正确的人生道路,从叶爷爷这里我得到了答案。"

叶双民的家,是辽阳职业技术学院"知行社团"的实践基地。10多年来,师生们一批批来,带着疑惑;一批批走,留下感慨。叶双民腾出一面墙,贴着他们字迹缤纷的文章。

市第八中学聘请叶双民做校外辅导员。校长李静娟竖起大拇指:"老叶这个人物了不起!"她用"李师"作为笔名写诗赞美叶双民:

播种春天当小草,服务社会旗不倒。
帮助他人献爱心,身居小屋乐逍遥。

辽阳市教师学校一位志愿者写道:

正气浩然叶双民,大爱无疆暖人心。
光辉照我向前进,携手共铸中华魂。

"这是他送给我的生日礼物,这词儿是不是挺硬?"叶双民用了一个问号之后,又给我念了一遍上面这首诗。

7

2019年6月21日,白塔区东兴街道组织机关党支部全体党员,在叶双民家开展"不忘初心,牢记使命,跟着榜样学雷锋"主题党日活动。他们重温入党誓词,举行"叶双民学雷锋志愿者团队"入队仪式。

辽阳日报上有篇报道,题目是《市人大机关党支部活动选在

"最美家庭"》，说的是2020年辽阳市人大机关两个党支部到叶双民家过党日的事。

近两年来，在叶双民家搞活动的还有灯福、天齐、北门等社区及市委机关幼儿园等党组织。叶双民家庭成立党小组的消息传开后，与他们联系的党支部、党小组多了起来，主动请求与他们一起过组织生活，叶双民欣然应允。

2021年2月5日，辽阳烟草专卖局专卖党支部10名党员在叶双民家参观学习，用四句话表达感受："叶老事迹值钦佩，双德标兵燃正气。民乐国安活雷锋，好人好事永传承。"

叶双民把挂在墙上的马灯和草鞋摘下来给我看。马灯是他从文物市场淘来的，像戏剧《红灯记》中李玉和提的那种；草鞋是坚强女孩李宁从革命老区网购的，看见它就联想起了红军的伟大长征。叶双民把它们带进讲党史的课堂，光明何其可贵，途程何其漫长，在青年学生眼中，在社区干部眼中，在入党积极分子眼中，它们成为一种纪念，一个象征，阐释着中国共产党人的品格与意志。更多的时候，叶双民把这两样宝贝放在家里，以党旗为背景，以荣誉证书为陪伴，让它们更像一个寓言，一种警示，督促一家人慎终如始，赓续远行。

叶双民有写日记的习惯。每天他发现都有可写的事情，30多年一天都没断过，"这一点谁也管不了我啦！"他说日记是生活的一种升华，记日记可以更深地体会到幸福被拥有的感觉。我阅读着密密麻麻的文字，他"对吧？""对吧？"地不断问着，我已经熟谙了他的叙述风格，无须作答。被他写废的圆珠笔不计其数，他选了一小部分，一簇一簇地像蒜辫子一样编起来，挂在门框边，巧妙地点缀了四壁的纸页，别有趣味，风景独好。

日记本中，家庭党小组的活动内容也被时详时略地记载着。

外孙女史雨桐为叶双民的这一习惯点赞，买来笔记本作为礼物献给叶双民，并在扉页上写道："希望姥爷活到老，学到老！"然后署名，记上年月日。字迹稚嫩，但有跃动之姿，像她正在成长、成熟的心智。

"一粥一饭，当思来之不易；一丝一缕，恒念物力维艰。"姥爷贴在墙上的这句话，雨桐恭恭敬敬地又抄在自己的笔记本里。一张草纸，12岁的少年先用铅笔写满前后面，然后再用钢笔写。她用家中废弃的纸盒做成新的小物件，为家人、同学的生日助兴……

遇到有人吸烟，雨桐也会上前劝阻，告诉对方要保护环境，爱惜身体；在路上看到垃圾，她会捡起来送进垃圾箱；坐公共汽车，遇到老人、孕妇，她都会让座……

优秀的家庭拥有土壤、阳光和雨露，为每个成员的心灵，提供着成长的能量。孩子往往是长辈的复制，包括形象、气质以及灵魂。

在叶双民家庭，一种基因在延续，如果用颜色表述，无疑是红的，红得健朗。

尾　声

这人世有无数种活法，叶双民抱定了自己觉得最快意的一种。

早年熟读的《为人民服务》，叶双民至今仍可倒背如流。"想到这篇文章，我就后悔，我当时为什么不把'双民'改成'为民'？"叶双民遗憾地搓着手，"所以，我现在有两个名字，在家、在朋友圈叫'叶双民'，在新场合叫'叶为民'。"说完，他久久地望着窗外，此时，小城春日晨光中的玫瑰红特别好看。

叶双民是个乐天派。黄秀文说他"老来疯"，他咧嘴一笑，纠正着："这叫'执着'好不好？顶多说我是'给点阳光就灿烂'！"

"我不能掌握生命的数量，但我要争取生命的质量，在我有生之年多做益事、多做善事。"叶双民在日记中写道。

还是那一间38平方米的居室，主人已经住了36年，房门不断被参观者推开。当年的根雕已经退至角落，以便更多的物件和信息凸显出来。精神之门敞开着，通向世界和未来，通向你我他。奖杯锃亮，纤尘不染，主人擦拭它们的时候，也在小心地自我反省：退步了吗？膨胀了吗？冠冕足可珍贵，堂皇万万不许！

黄秀文说这个家太小了。叶双民不以为然，"可以问心无愧地说，这样的家全世界仅此一个！"叶双民自豪且自适。黄秀文说其实他们在沈阳有房子，但叶双民不爱去，住几天就得回来，他离不开辽阳，辽阳也离不开他。进校园，进机关，进企业，进军营，进入失亲孩子家中。"在辽阳，他一天腿脚不闲着。"黄秀文说到根儿上了。

绿萝的叶子，脱去了水分，夹在叶双民的日记本里。叶双民在上面写了几行字："叶绿、叶黄、叶红是我家。一叶知秋，一叶悟四季，一叶悟人生，人与万物同体。"叶双民漂亮的硬笔书法配得上这片叶子的负载。"叶绿"是指家中养的绿植，"叶黄"代表叶双民和黄秀文两人，"叶红"是叶双民女儿的名字。这是多年前三口之家时的"留影"。"家"是个内涵具体，外延又极大的概念。叶双民在诗中表达了自己对它的理解：

> 国是最大的家
> 家是最小的国
> 国中有家
> 家中有国
> 大家小家一个家
> 我们全家都爱她

叶双民定位了自己的精神坐标，平常而本分。在黄秀文心中，"世界上最傻的人是叶双民，最好的人也是叶双民。"而她最敬佩、最喜爱的也正是他的本色。犹如诗人穆旦所说："……我的全部努力，只不过完成了普通的生活。"叶双民每天从自己的小家出发，去认真营造"普通的生活"。他的那面爱心志愿者队旗上密密麻麻签满了名字，他们来自社会各界，有少年儿童，耄耋老者，有党的高级干部，有普通群众。如果把党的事业比作一棵蓊蓊郁郁的大树，叶双民恰如其中的一枚叶子，常青的叶子，旗帜一样迎风招展……

逆行天使

刘丹生

2020年初，新型冠状病毒肺炎疫情暴发。1月16日，中国工程院院士、著名呼吸病学专家钟南山，中国工程院院士、著名传染病临床医学专家李兰娟，分别发声：疫情严峻，需高度重视。

1月17日，国家卫健委成立以钟南山、李兰娟等专家组成的高级别专家组。18日专家赶赴武汉集结。

1月19日上午，专家组调查疫情。午后，专家组会议，提出武汉疫情防控应实施"不出不进"措施。傍晚，专家组前往北京。深夜，专家组向国家卫健委汇报疫情。

1月20日早，6位专家组成员进入中南海。

1月23日凌晨，武汉市政府通告：离汉通道关闭。

全国各地白衣天使逆行支援武汉！

一

一年后，我联系到了辽阳市著名护理专家、市中心医院主任护师、优秀共产党员、辽阳市驰援武汉抗击新冠病毒医疗队队长赵洪露。

这时候的辽阳城正是冬春交替，天气乍暖还寒。我跑进市中心医院的急诊大厅时，眼镜片上微微上了一层水雾。站到大厅的边上，等水雾慢慢散去，我看到不远处一位护士正向我走来。她穿绿色护士服，戴蓝色口罩，行走速度极快。到我近前，她口罩上方的眼睛向我笑一笑，指了指自己，说"是我"。我也指了指自己，说"是我"。没有握手，没有自我介绍，也没有更多寒暄。我惊讶她为什么能在这么多人中把戴口罩的我认出来。她就是赵洪露。

她说"跟我走"。我在她后面，小跑似的跟着。过大厅，到另一侧。她拿钥匙开一间门诊办公室的门。她的一举一动，简洁、干练，应和她的急诊急救工作相关。办公室略显窄小，诊查床靠墙，床边有一台仪器，另一边靠墙有张办公桌，墙上有两幅医学图谱。是眼科门诊的办公室。办公桌边有一张椅子，地中间有一方凳。她招呼我进办公室，权衡一下谁坐椅子合适，谁坐凳子合适。"来，坐下说话。"她指了指椅子，让我坐下。

之前我们不认识，没见过面，只是上午通了个电话定了时间，下午就来了。为了让采访变成轻松的交谈，我说："我们摘下口罩吧，这样说话方便。"她还是用口罩上方的那双眼睛向我笑一笑："还不行，疫情期间公共场所不能摘掉口罩。"我突然发现我们之间的距离被这双会笑的眼睛拉近了。没有了距离，交谈自由了。

疫情一开始我就特别关注，每天在网络上了解相关消息。赵洪露应我的提问开始讲述："1月下旬全国各地医院组建医疗队赴武汉开展重症患者救治工作，我就萌生了参加医疗队的想法。我是1月26日向院里递交自愿参加赴武汉医疗救助工作的书面申请，2月7日再次向院领导当面申请的。"

我打断了赵洪露的讲话。我记得是1月底钟南山院士在中央电视台明确讲：新型冠状病毒肯定人传人。

"是的，我再次向院领导当面申请。考虑过有可能感染新型冠状病毒；考虑过最严重的后果，可能会献出生命。既然考虑过，那我的抉择就不是一时冲动。"

"有没有阻力，或是反对意见。"

"有。医院领导考虑我已经55岁了,年龄大,体力会应对不了超强度的工作;家里兄弟姐妹因86岁老母亲重度脑萎缩卧床,需懂医的我常去护理;儿子、儿媳因他们3岁的女儿和3个月大的儿子需要我帮忙照顾,等等,阻力主要来自单位和家庭。更有朋友们直接劝阻说:'你傻呀!不知道有风险吗?'阻力很大!"

"有没有支持你的人。谁同意你去?"

"有。是我自己。我支持自己赴武汉参加医疗救助工作。"赵洪露眼神里充满了刚毅和自信,"我是辽阳市护理专家、主任护师,我有丰富的护理临床经验;职业的本能告诉我,救死扶伤是我的职责;我是有21年党龄的老党员,在人民群众、国家危难时刻,我应该挺身而出,吃苦、受累、甚至牺牲生命都是应该的。"

2月8日傍晚,辽阳市卫健委、辽阳市中心医院领导正式通知赵洪露,她有幸成为辽阳市驰援武汉抗击新冠病毒医疗队队长,带领28名医护人员于次日清晨出发支援武汉。

赵洪露是在单位准备完29人的个人防护物品和必备的医疗物品以后,半夜12点多回到家里的。到家后,看到等候的丈夫,赵洪露没说更多的话。四目相对后,她默默地简单收拾自己需要带的生活物品。丈夫在她身后,没说话。她收拾完东西,丈夫还静静地站在她身后。赵洪露拉丈夫坐下来。

"如果你确实接到我不好的消息了,你一定要去一趟医院,感谢我的同事、我的领导这么多年对我工作的支持。我单位的东西都是医院的,重要的文件要交给领导,帮我把门钥匙、更衣柜钥匙还给科室。白大衣和护士帽可以拿回来一套,留作纪念。将来孙子孙女问起来,告诉他们我是一名护士、合格的护士。我们的积蓄,分成三份,一份给孙子和孙女,一份给老母亲,一份给你。房子你留着,留你以后使用。"

这是2月9日深夜两点,赵洪露简单扼要,且清晰明确地同丈夫交代的内容。时钟嘀嗒嘀嗒,让屋子格外寂静,寂静的屋子又让时钟的嘀嗒声更加清晰。丈夫没有更多的语言,那些嘱咐的话语都在

30多年共同生活的默契之中了。他们十指相扣！

本来漫长的黑夜，今天不知为什么这么短暂。曙光已出现在东方的地平线上，它是出发的号角。

2月9日晨6时30分，29人集合出发。10时，在桃仙机场，赵洪露代表辽阳市驰援武汉抗击新冠病毒医疗队接过辽阳市政府授予他们的战旗。那一刻赵洪露和她的队员心里神圣的使命感油然而生。绝不辜负使命，我们是逆行天使。

逆行是明知有困难有风险，却要迎着困难和风险行进。天使是圣洁、善良、正直，使民众不被病魔侵扰的保护者。赵洪露带领的28名天使，顶着巨大的风险出发奔赴武汉。

二

飞机平稳降落武汉机场。和在沈阳桃仙机场出发时欢送场面不一样的是，武汉机场没有隆重的欢迎仪式，仅有几个工作人员帮大家搬行李。大家带着紧张情绪匆忙登上大客车。

大客车缓缓开出机场，在公路上急奔，进入了一眼望去看不到一台车、一个人的武汉城。所有人的情绪再次紧张起来。每个人都在心里问：我们这是一场什么样的行动？我们在这行动中将会带着什么样的情感？答案是：这是视死如归的壮举！这是救死扶伤、视武汉群众如亲人的大爱！这个时候，无论谁都很难将天使和战士明确地区分开，因为他们这是在奔赴战场。

大客车将大家带到宾馆。还是在机场的那几个工作人员随他们而来，帮大家登记，把房卡发放到手里，嘱咐大家不要等电梯，不要搬行李，走楼梯上楼，各回各的房间休息。这时候宾馆大厅里已聚集了其他城市的好几支医疗队，在电梯前等候着。

赵洪露带领自己的队员，按照要求将行李放到大厅里，徒步上楼，到各自的房间休息。大约两个小时后，赵洪露听到门前有杂乱的脚步声，她开门，看到自己的行李已经被摆放在门前了。那几个在机场帮他们搬行李，随后又跟他们到宾馆的工作人员正按照他们登记的名字，把他们的行李摆放到各自的房门前。

赵洪露指了指行李上的名字说："我是赵洪露。我是辽阳市医疗队队长。"

一个年轻的工作人员听说她是队长，停下手里的活，投来尊敬的目光。他指了指旁边因搬行李而累得满头大汗的两个人说："这是我们区长，这是区委书记。"

赵洪露眼睛里突然充满了眼泪，眼圈红润了。她站在门前哽咽了，难以言语。

武汉雷神山医院采取边建设边收治病人的方法。赵洪露领导的辽阳市医疗队被分配到A9病区。此时A9病区还没有交工，队员们先进行3天的岗前培训。2月13日交工当天，一大早赵洪露就带领医护人员来到了A9病区。用赵洪露的话说，这怎么也看不出是医院的病房，走廊空空，办公室空空，病房空空！除了病房墙壁上的氧气管道，让你还能知道这里是病房！

所有医院新盖病房大楼，医护人员进到新病房拿抹布擦擦灰就开始工作了。可这里什么都没有，妥妥的"毛坯房"！特殊时期，特殊情况。需要打扫卫生，29名"清扫工人"就出现在病区里。做病区必须物品计划，上报。很快三卡车物品运到。把病房里的床、办公用的桌椅的包装箱拆包装，搬运到位、组装，29名"力工"就忙碌在办公室里、病房里。安装、调试病房里的呼吸机、除颤器、监护仪、输液泵，还有办公用的电脑，这里又有了29名"工程师"。赵洪露擦去额头上的汗，同这些队员一起干活，她明显感受到了自豪。这些队员都是年轻人，在单位都是各个科室的技术骨干。

5个多小时过去了，大家草草吃了盒饭，把大纸壳、白色泡沫板铺到地上、铺到刚组装好的病床上，躺下休息。赵洪露和大家一样，也坐下来休息。她看到东倒西歪休息的队员，心疼他们，可又发现他们真的是最可爱的人。这时几乎所有队员都发现刚才干活时没有感觉到累，现在一躺下腰也疼了，胳膊也疼了，也不愿意起来了。

半个小时后，大家却不约而同地"起床"，再次忙碌起来。安装的安装，调试的调试。一个病室一个病室被搬入的"家具"装修出来，形成了病房的样子，具备了病房的功能。大家都在忙碌着，话语不多，分工合作。不停地干着自己手里的活，不停地擦拭着额头上的汗，时不时捶捶直不起来的腰。偶尔也会把目光投向赵洪露，好像是在说"老大姐歇会吧，坐下歇歇吧"。赵洪露也知道那目光所包含着的情感。这个时候赵洪露没有停下来休息，她知道赶时间是武汉疫情的需要，她要让A9病区尽快开诊。赵洪露一直在她的队员当中忙碌着。这时候她知道一句"我是党员，我先来！我是党员，我来干"在队员当中能起到多么大的鼓舞作用。她没有说话。她也知道，默默地工作，更能起到巨大的先锋模范作用！

这时候距早上开始工作已经10个小时了。盒饭又送来了。赵洪露喊大家休息。她直了直腰，没直起来，腰部肌肉疼痛。过了一会儿，她又直了直腰，还是没直起来。腰部肌肉疼痛让她弯下腰能觉得舒服些。又过了一会儿，她又直了直腰，她成功了，腰直起来了。直起来腰的赵洪露笑了！

午夜，距早上赵洪露和她的队员们开始工作整整过去了18个小时。这18个小时，他们让空空的A9病区变成了具备收治条件的病房。雷神山院领导来A9病区视察，惊讶不已，惊叹：怎么能这么快？仅用了18个小时，这是什么速度？这是什么精神？

这是辽阳医疗队速度！这是辽阳医疗队精神！雷神山医院用了十余天建成，那是武汉速度、武汉精神。赵洪露带领辽阳医疗队仅用了18个小时就布置、安装好一个病区，这是辽阳的速度和精神！赵洪露反复说自离开辽阳那一刻，我们的医疗队代表的就是辽阳市。至此辽阳精神在武汉雷神山医院广为人知，都知道有一个辽阳医疗队在一个"铁娘子"的带领下干起活来有股干劲儿！

雷神山医院领导决定，第二天A9病区正式开始接诊新冠肺炎病人。

赵洪露被任命为雷神山医院A9病区总护士长、雷神山医院A9病区临时党支部支部书记。这是一份荣誉，荣誉中深含着巨大的压力。赵洪露回到驻地已经是后半夜两点多了。她一进屋就躺到了床上。身下是宾馆柔软的"席梦思"床垫，这个床和家里床的硬度不一样，她感觉明显的不舒服。赵洪露翻动着身体，让身体的姿势恰好不让腰部再疼痛。天亮后就要正式接诊新冠肺炎患者，第一次和病人接触，有多少事情需要提前计划好，又有多少不可预知的事情发生。第一个接诊病人的护士是谁，第一个班次谁来值。医护人员个人防护是非常重要的，顺利完成接诊病人的工作又是重中之重。医护人员出现恐惧思想、惧怕行为了怎么办。自己在首次接触病人时怎样表现。赵洪露躺在宽大柔软的床上，大脑里反复过滤着许许多多怎么办。她在心里反复对自己念叨着："你是一名老党员！老，说明时间长、资历深，说明你的工作经验多；党员，是说你的自觉性、你的先进性比普通群众强，遇到风险你应该走在前面。"赵洪露对自己念叨着的，是在她接到通知成为辽阳市驰援武汉抗击新冠病毒医疗队队长那一刻起，就反复同自己念叨的。她还是念叨着。慢慢她睡着了，白天18个小时超强度的工作让她太累了。

2月14日医疗队全员到岗，时刻准备接收病人。准备好呼吸机、输液泵、除颤器，准备好氧气表、血压计、体温计，让监护仪达到随时开启状态。11时接到正式通知，做好防护，病人已经开始从各个医疗机构集结，随时送到。赵洪露带领大家，开始着装，防护服、护目镜、N95口罩、手套、鞋套，全副武装。都一样的服装，一样的臃肿，分不清谁是谁。他们在衣服最显眼的地方写上名字。32名患者（第一批患者32名，此后陆续有患者入院，A9病区共收治44名患者）名单和主要信息从网络传过来了。为患者分配病房。两人一间病房，按患者之间关系（患者信息上已标注了夫妻、姐妹、婆媳等）分配到一起。没有关系的也尽量保证每个病房里有一个相对年轻的病人。赵洪露发现32名患者平均年龄68岁，这为他们今后的工作又增加了更大的压力。

病人从各个医疗机构集结及路途耗费了时间，病人被送达的时间是晚上6点。防疫转运车一次性将32名新冠肺炎患者送到，通过特殊通道进入病区。赵洪露站了起来！她第一个推开那扇门，跨过那道门槛！

她拿着听诊器、血压计第一个走入病人区域。走过去就是和病人零距离接触。赵洪露带了这个头。她是老同志，她是护士长，她是党员。可是赵洪露突然回头，看到了张阳、刘思德、赵红艳、李卓、刘文丽、陈冬菊、李小川、吴磊、张芳、纪宏丽……

赵洪露眼睛再一次湿润了。

这些医生和护士都跟她迈过了那道门槛。他们都是年轻人！他们青春，他们靓丽，他们聪明，他们是最优秀的！大家按事先分配的方案，把病人引领到各自的病房，搀扶到床上。为病人吸氧，做血氧饱和度监测，测血压，测体温，收集基本生命指标，询问病史、查体。在医院临床工作的人都知道，一个病房一天收10多个病人，压力和工作量就很大了。可A9病区这一天收治了32名患者，是同一时间进入病房，而且是传染病人，所有医护人员都穿着厚重的防护服，大家喘不过气来。是因为工作量的压力，也是因为戴着厚厚的口罩呼吸不畅。

大约晚上9点左右，一名男护士同赵洪露说："护士长，我尿裤子了。"他要求去更换防护服。这个时间距离他们11点穿上防护服已经过去10个小时了。他们每个人几乎都"尿裤子了"！大家事先已做好了准备，穿防护服前都给自己垫上了尿不湿。这名护士是个小伙子，他代谢比大家强一些，他的尿不湿承载不下那么多的尿。尿液湿透了他的裤子。大家都知道穿戴防护服是很复杂的过程，需要耗时15～20分钟。脱防护服更复杂，因为接触了患者，防护服已经污染了，需要按严格的流程脱掉。这样他有近一个小时脱离了岗位。小伙子回来时明显表示出愧疚。从此所有人都遵循一个不成文的规定，上岗前一两个小时不喝水，排完尿再穿防护服。

午夜，医护人员各自做完了各项记录。赵洪露带领护士再次查房,向下一班次交班。安排非值班人员回宾馆休息,为明天工作做准备。

病人平稳入住病房,医疗、护理工作有序进行。每天一到两次护理查房成了主要消耗赵洪露时间和精力的工作。综合医院的医护人员突然从事传染性疾病的救治工作,需要制定大量的制度、工作流程。需要积累资料、总结经验。这些也都成了赵洪露主要的日常工作。医护人员每天四班倒,就是说每个班次6小时。赵洪露每天要上两个班次,甚至还要延长时间。

每天早上8点,赵洪露和白班的护士一起同夜班护士交接班,了解夜班有病情变化患者的情况。然后带领白班护士查房。到床头询问患者病情:有没有发烧、咳嗽,呼吸费力不,夜间排尿了吗,排了几次,排了多少,有没有便秘。早上吃饭了没有,吃饱了没。查看生活不能自理病人是否需要更换尿不湿,是否出现褥疮。帮助他们翻身,叩背促进排痰。摸患者的头,看看温度。拉患者的手,加深感情,方便沟通。举大拇指,为患者的行为和病情好转点赞,也是为患者战胜疾病增加信心。医护人员拉患者的手,和患者拉你的手,是不一样的。他拉你的手是寻求帮助、寻找依靠。你拉他的手是送给温暖,是沟通交流,是给予爱和关怀。

有一对老夫妻,老工人的样子,没有太多文化,说话爽快,善解人意。他们恩爱无比。每次护理查房赵洪露向老大爷举大拇指时,老大娘都会笑着和他们一起举大拇指。每次说老大娘恢复得快时,老大爷都会开心地笑着说:"她身体好,她身体好!"他们查完房离开,老两口都会说:"谢谢,谢谢。"老两口的身体一天比一天好,入住病房一周后,他们也感觉到自己快要出院了。这天护理查房再到他们病房时,老大爷颤颤巍巍拿出一个巴掌大的纸片,交给赵洪露。是一封感谢信。老大爷激动难言,心情平和了以后告诉赵洪露:"千言万语我们都留在心里,感激的话就说这几句。留个纪念。我们出院离开后忘不了你们。"

感谢信短短95个字,没有华丽的辞藻,朴实无华,却字字句句含着深厚的情谊,是老夫妻俩对医护人员的赞扬,也是武汉人民对逆行支援他们抗击疫情的白衣天使工作的肯定。巴掌大的纸片,在赵洪露和她的队员心里是奖状,是勋章,激励他们努力工作。后来这封感谢信被雷神山医院收藏,载入抗疫史册。

患者收入病室,是按患者之间关系,每病室两人。有一位90岁的老婆婆和她的60岁儿媳分到一起。可是护理查房时发现,她们形同陌路,表现出互相不认识,甚至偶尔还能看出"敌意"。赵洪露赶紧核实患者信息,确实是婆媳关系。那又是为什么呢?每次查房查到老婆婆这里,老婆婆都是不正面回答问题。可能是她年龄大耳背,或者是护理人员戴着厚厚的口罩,说话她听不清。她总是说,别问了,活不了几天。问到儿媳这,儿媳就说你们别管她,她吃不吃都行,不吃就饿着。经详细深入了解,原来是老婆婆先感染了新冠肺炎,把病毒带回家,传染了全家人。赵洪露意识到这是护理重点。老婆婆不吃饭,体质弱,加上每日里不好的情绪,疾病很快就会加重的。于是她讲道理,讲家庭和睦的大道理,讲故事,讲婆媳互敬互爱的小故事。每天早晚帮助老婆婆洗漱。三顿饭,一匙一匙喂老婆婆吃饭。帮老婆婆翻身。老婆婆入院前就卧床,臀部已形成了两块褥疮。赵洪露没有一丝怨言地帮老婆婆换药。三天后值班护士向赵洪露报告:"护士长,看到曙光了,阿姨(儿媳)不让我喂老婆婆吃饭了,她要自己喂老婆婆。"第五天,值班护士又向赵洪露报告:"护士长,看到第二道曙光了,阿姨拿毛巾在帮老婆婆洗脸。"又过两天,护士再对赵洪露说:"护士长,'天亮了',阿姨扶老婆婆在屋里走路呢!"护理工作终于见到成绩了。老婆婆情绪好了,白天卧床时间减少了,褥疮也就慢慢好了。90岁的老婆婆奇迹般战胜了新冠肺炎,婆媳关系和好也成了一段佳话。

护理查房和护士日常处置,是发现患者病情变化的主要途径。查房时在患者身边要看他们的精神状态变化,看他们的呼吸快慢、深浅,看他们的面色、口唇颜色,看各项监护数据。还要听,听患者自己描述哪里不舒服,听他们的诉求,听他们咳嗽声音的大小和深浅。还要询问，询问一切对判断疾病变化有意义的事情，细致入微。有一天早上护理查房，赵洪露带领当班护士来到一个老大姐床旁。老大姐60岁，平素健谈，主动打招呼。这天她躺着，没说话。赵洪露问她："哪不舒服？"她说："喘气有点不太够用！"她咳嗽了几声，咳嗽的声音很深。咳嗽过程中血氧饱和度由95%迅速降到80%。赵洪露让随行查房的护士调高氧气流量。观察一会儿，血氧饱和度没有提升，老大姐嘴唇发绀。病情加重了！护士赶紧通知医生，建立静脉通路，准备呼吸兴奋剂，准备抢救物品。主任和大夫来查看病人，抽血化验。过了一会儿雷神山医院重症监护病房医生来会诊，建议转重症监护病房救治。老大姐拉着赵洪露的手，不停地说："谢谢护士长，谢谢护士长。"赵洪露看到她那渴望的眼神。那眼神是希望拉着她，别让她离开。赵洪露一直拉着她的手，送出病房。10多天后，老大姐病情好转，转回A9病区。她的气色好多了。

这位老大姐出院前要了医护人员的微信号。一年里他们一直微信联系着，互相问候、互报平安。2021年3月份老大姐还邀请赵洪露去武汉，她说樱花快开了。赵洪露因工作忙，去不了。老大姐就说等樱花开了，拍视频给她看。

武汉的疫情防控由于组织得力，很快就步入正轨。为工作人员提供的饮食都是经专家制定，营养搭配很好。所有人员免费提供，就是患者也是同样的盒装饮食，既方便又有营养。A9病区开诊半个月的一天，早晨护理查房，大家发现一老大爷的盒饭原样没动，放在那里。职业敏感让赵洪露感觉到老大爷是不是哪不舒服了。经询问，老大爷说出真相。半个月了，一天三顿同样的盒饭，开始觉得好吃，后来真就咽不下去了。这下赵洪露可为难了，就是条件转好了，也达不到为患者开"小灶"的程度。赵洪露问老大爷想吃什么。老大爷回答非常快，热干面。没等赵洪露说话，老大爷又说，方便面也行。方便面赵洪露就不为难了，这时候赵洪露在雷神山医院已是大有名气的护士长了。她想以她的能力找几盒方便面还是能办到的。她安慰老大爷，把早饭吃了，她就答应他中午给他吃方便面。

查房结束，赵洪露向大家打招呼，准备去找方便面。这时赵洪露发现办公室的医生、护士怎么都可怜巴巴地望着她呢！她突然想到，这些年轻人在单位上班时就不愿意去食堂，三天两头是要点外卖的。她也被他们吃的麻辣拌的味道迷惑过。赵洪露大声对他们说："说吧，谁还要方便面。"全体举手。

赵洪露脱掉防护服，戴上口罩，带着艰巨的任务出发了。她走过长长的隔离走廊，推门到屋外。

赵洪露抬头看了一眼蓝天。她已经好久没有感受到明媚阳光晒在脸上温暖的感觉了。早上6点多出发，7点左右到单位开始穿防护服，8点前要交接班。6个小时后第一个班次下班，她不能下班。她要等下一个班次，或者更晚才能下班。那时已是满天星斗。阳光的直射让赵洪露觉得明显头晕，但她舍不得让眼睛离开湛蓝的天空。她眯着眼睛，看着天空。她深深吸一口空气。虽然戴着口罩，但她仍能闻到空气清新的味道。她努力地深吸一口气，让大脑记住这味道。就这样她在这里站立了不到一分钟，感觉到阳光晒到前胸暖融融的同时，越发感觉到后背的湿凉。半天的工作加上密不通气的防护服，后背早就被汗水湿透了。虽然脱掉了防护服，但衣服和后背是湿的。她不敢在这里多待。她怕着凉感冒，这时候感冒是非常可怕和麻烦的。赵洪露快步向物资库房走去。

中午那位老大爷吃到了方便面。那些年轻的医生、护士也都从赵洪露这领到了一盒方便面。后来条件越来越好了，他们住的宾馆旁边有个小超市开业了，大家就可以在超市里买到解馋的小食品了。

赵洪露在A9病区是大家的领导、老大姐、好朋友。她的那双慧眼能随时发现患者的病情变化，也能发现她的队员点滴情绪波动。

每天早上吃完饭，上了通勤的客车，赵洪露就会同大家打招呼。谁的情绪不好，她一眼就能看出来。小川大夫的孩子前一天玩耍时锁骨摔骨折了。晚上他与孩子和家人通视频，惦记孩子，一宿没睡觉，早上一看就能看出来没休息好。赵洪露知道后赶紧和单位联系。单位在孩子看病和治疗上都给予了照顾，还去了家里看望。她同张大夫打招呼时，张大夫的目光躲着她，她看他的眼圈发红，知道张大夫是哭过了。张大夫昨天晚上和家人通话，孩子说想他了，怕他感染了肺炎。实际上他也是想孩子了。赵洪露没法劝说他不要想孩子，她只能拍他的肩膀说："要哭就哭一会儿吧。"张大夫哭出声了。张阳护士"五一"结婚，婚庆公司催促现场彩排，还有婚纱也没定下来。赵洪露有些为难了，她想说让单位去帮帮忙，可谁也不能代替小阳去彩排，婚纱也不能替她拿主意。随着日期越来越近，赵洪露能看出她明显着急了。赵洪露安慰小阳说："订婚纱不着急，我们抗击疫情结束，我一定特批你一套新的防护服带回去，到时候你穿这身防护服，你是白衣天使，它比任何婚纱都漂亮，你会是最美新娘。"小阳护士笑了。张大夫哭完情绪好多了，小阳护士笑完情绪也好多了。

　　超强度的工作没有累倒这些年轻的天使，可是神经也是高度紧张的。早上起床，不能喝水，唯一能进口的液体是刷牙水，还要吐掉。急匆匆吃完饭，在家里还是刚刚起床的时间，就登上了通勤大客车。睡眠不足地把头靠向椅背。到了单位排队上厕所，排尿。穿防护服前给自己垫上尿不湿。查看患者病情，调整用药，更改医嘱。给患者扎针，帮助服药，做各项护理。有尿排在尿不湿上，潮湿不通风，会阴处出现湿疹，腹股沟因摩擦出现破溃，坐立行走都会感到难受、疼痛。下班时扔掉沉甸甸的尿不湿。第二天再垫上尿不湿时会更加难受。从早上吃完饭，算上上班下班通勤车时间，加上工作6小时，需要9小时后才能吃第二顿饭。大家都是吃完"午饭"倒下就睡。

　　赵洪露求通勤车司机，说大家太累了、精神太紧张了，需要调节一下，让他额外出趟车，把他们接出来放松放松。去哪？去雷神山医院院里的一片"樱花树林"，看花去。司机欣然同意。赵洪露通知，"午饭"后不许睡觉，重新上车，看樱花去。

大家按赵洪露的要求，饭后重新登车。大客车缓缓驶离宾馆，再回雷神山医院。金黄色的午后阳光透过明亮的玻璃窗洒满车厢。大家不顾刚下班疲乏没有缓解，也不顾饭后更加困倦，静静靠在椅背上，沐浴阳光带来的温暖。静静的车厢如平日里一样的平静。"唱首歌吧！谢谢司机师傅特意为大家跑了一趟车。"

于是歌声响起。"团结就是力量，团结就是力量，这力量是铁，这力量是钢，比铁还硬比钢还强！"歌声很小，正好充满车厢，在车厢里回荡。这力量是什么？这力量是铁是钢，是救死扶伤的崇高誓言，是一方有难八方支援的民族精神。

在师傅减慢车速，两次擦掉眼泪后，车到达了目的地。

赵洪露带领她的队员来到雷神山医院院内几棵盛开的"樱花树"下。这几棵树花开得正艳。赵洪露知道这不是樱花树，她说："照相吧，我们和'樱花树'合个影吧！"于是大家围拢在一起，摆出各自灿烂的样子，留下难忘的瞬间。大家也都看出这不是樱花树，却纷纷说："我照一张。""我也照一张。""我和'樱花'合个影。"他们在"樱花树"旁说、笑、蹦、跳。在初春的暖阳下，他们的笑比盛开的花还艳丽。

紧绷的神经放松了，大家说说笑笑上车返回。大客车驶离雷神山医院，却改变了路线。10多分钟后大客车来到一片湖水旁边，水边有一大片一大片盛开的樱花树。司机师傅开车门，让大家下车。大家下车到樱花树旁，他们没再蹦跳，没再拍照，静静地看了一会儿，返回车上，连声向师傅说："谢谢师傅，谢谢师傅。"

赵洪露把这次活动记载到她的党支部活动笔记中，她说这是一次党员扩大活动，扩大到这天所有休息的医疗队员，同时也是一次团建活动。她要让党员在群众当中，她也要让群众在党员周围。组织活动是这样，工作也是这样。党员的先锋模范作用是巨大的。

来到雷神山医院工作后，护士刘思德就向赵洪露提出希望加入中国共产党，希望以党员的身份去工作，希望在困难的工作中能随时说出："我是党员，我来干。我是党员，我先来！"经细致观察和了解，他工作的责任心，他的自觉性，他的工作热情和干劲，对党的信念及使命的理解，都符合党员标准。经详细的审批过程，2月20日刘思德在雷神山医院光荣加入了中国共产党。成为党员后，他更是以党员标准要求自己，随时能看到他的初衷：我来干，我先来！

大夫李小川找到赵洪露说："护士长，我要入党。"感染专家陈冬梅也找到了赵洪露表示："护士长，我也要入党。"护士桑晓娜也找到赵洪露申请："护士长，我也要加入共产党。"

一个又一个年轻人申请加入中国共产党。赵洪露突然发现，这是一个好的信息，是老党员的先锋模范作用在发挥作用，在A9病区党员享有"我先干，我先来"的特权。赵洪露看着一个个坚毅的表情。为什么？赵洪露知道为什么，可她还是这样问每一个向她提出申请的队员，为什么？赵洪露的脸笑了，赵洪露的心里美了，赵洪露再累也不觉得累了。

赵洪露再次联系辽阳市卫健委党组，将自己为三名同志做的鉴定，连同入党申请一起，上报辽阳市卫健委党组。卫健委党组联系三名同志所在单位党委。党委同三名同志所在支部联系。支部做三名同志工作鉴定，同意三名同志加入中国共产党，上报党委。经辽宁省委组织部同意，特殊疫情时期，同意三名同志加入中国共产党，成为雷神山医院A9病区临时党支部预备党员。

3月25日，红红的党旗下站着三名年轻人，胸前佩戴着党徽，在老党员的带领下，举起了握紧拳头的右手，高声诵读着誓词："我志愿加入中国共产党……"响亮的入党誓词在雷神山医院上空回荡，"拥护党的纲领，遵守党的章程"。这时候还有16位年轻人在他们面前不远处，默默地在心里举起了自己的右手，同他们一起诵读着神圣的入党誓词，体会着、分享着这神圣时刻带来的荣誉，还有巨大的责任！

疫情期间在武汉雷神山医院宣誓加入中国共产党，成为一名党员，这是他们一生的荣耀。他们会带着这份荣耀回到各自的工作岗位努力工作。

赵洪露带领辽阳市医疗队在雷神山医院A9病区工作了52天，患者在他们的精心治疗、护理下治愈，逐渐出院了。3月30日赵洪露接到雷神山医院通知，A9病区暂时关舱。一名等待出院的患者合并到其他病区。通知来得突然，第二天早上5点就要集合返回辽阳，面对工作过的岗位，他们恋恋不舍。赵洪露向全体医护人员布置最后一次任务：把所有的设备仪器摆放整齐、擦拭干净；打扫病室、走廊、办公室的卫生；病室里叠好的被和枕头摆放整齐。他们是胜利之军，不是败兵，不是逃兵。他们代表的不是自己，代表的是辽阳市的形象！

三

3月31日，辽阳市驰援武汉抗击新冠病毒医疗队回到了辽阳市，阔别了52天的家乡。家乡人民给了他们至高的礼遇，给了他们巨大的荣誉。他们的荣誉早已在他们心里，他们为2020年这场疫情、为武汉人民付出了自己的心血和汗水，这是他们的光荣。

赵洪露带着28名队员出征武汉，他们胜利了。44名患者全部治愈出院，零死亡、零复阳。医疗队员零感染。赵洪露带出去7名党员，带回来11名党员。这些是赵洪露的骄傲，是她的荣誉。

时间可以来到2020年3月4日，赵洪露获得"全国卫生健康系统新冠肺炎疫情防控工作先进个人"称号。时间也可以来到2020年9月17日，中央文明办发布2~7月"中国好人榜"，赵洪露被评为"敬业奉献好人"。我们还是让时间回到现在，赵洪露正在辽阳市中心医院急诊室里为急诊急救工作忙碌着。

忠　诚

富福安

序幕·北京国庆大阅兵

2019年10月1日，首都北京。

庆祝中华人民共和国成立70周年阅兵式隆重举行，众多的先进武器装备亮相在电视镜头前，接受着祖国和人民的检阅。

当核导弹方队的东风系列、巨浪系列等出现时，世界震惊。

此刻，每一个中国人心中都热血沸腾，感到无比自豪和骄傲。这其中，一位辽阳人更是喜悦溢于言表。

因为，在这些国之重器中，有他研制的产品。他欢呼着，呐喊着。卓越的功勋背后，是他30年无怨无悔的付出，是他默默的贡献。

他就是中国兵器集团科技带头人、第三代含能材料（进入21世纪，含能材料进行了定级划分，将能量水平最高的按爆炸特性规定了若干项指标，如爆速、爆压等，达到这些指标的列为第三代，梯恩梯等为第一代，奥克托金等为第二代。第三代含能材料当时只有4个，CL-20最为突出）产品研制的主要贡献者王明辉。

王明辉，硕士研究生学历、研究员级高级工程师、辽阳市优秀专家、北京理工大学材料学院工程硕士校外导师、CSTM含能材料及产品领域委员会委员、中国兵器集团科带（兵器集团含能材料领域领军人才的称谓，比照享受庆阳化工副总经理待遇）、荣获国防科技进步奖特等奖、获享国务院津贴。

1988年，王明辉从北京理工大学炸药专业毕业，一直在兵器三七五厂（辽宁庆阳化工有限公司，简称庆阳化工）工作，1994年考入大连理工大学精细化工专业脱产学习，1997年硕士研究生毕业，获得毕业证书及工学硕士学位证书；1998年被聘为三七五厂中层干部，2018年退居二线，20年均在技术类岗位，从事着以含能材料为主的精细化学品合成与制造工艺相关的工作。历任技术发展科科长（1998年，庆阳实行事业部管理体制，公司组建了精细化工制造事业部等4个事业部，原基层单位划归到对应的事业部，技术发展科是精细化工制造事业部的管理科室之一）、精细化工研究所所长（公司负责有机化学品合成技术研究的专职研究所，2020年王明辉任职所长）、C-XX项目办主任（为开展CL-20产品研发工作，公司于2003年组建的专职项目办）、科研中心副主任（2006年，公司科研单位整合，对外称科研中心，对内称火炸药技术研究所）、含能材料研究所所长（2011年，科研中心按专业又划分为4个专业所，王明辉除任中心副主任外，兼任该所所长）、科研中心一级主管（2018年，王明辉退居二线，为一级主管）。

2017年，王明辉随北化集团组织的研修班赴俄罗斯门捷列夫化工大学参加了含能材料研修，获结业证书。

同年，王明辉受聘为兵器集团科带，至今领军于含能材料制备工艺技术领域。

在履职军工企业的生涯中，王明辉为国防建设打造了护国锋剑，在扶持地方企业的服务中，为核用材料奠定了国产化基础。

在北方一个不知名的山沟沟里，王明辉踽踽独行，为梦想，为初心，为中国！他说，要在这块黑土地上毕其一生，终其一事。

初心·少年时代报国梦

1965年3月16日,王明辉出生于辽宁省铁岭县,在奶奶的怀抱里,心灵受到最早的启蒙。那是一种久远而深刻的教育,奶奶经常带着幼小的王明辉读书。那个时代,对书的迷恋,造就了后来王明辉成长中刻苦、好学、上进的性格。他畅游在书的世界里无法自拔。一个人,静静地躲在角落里钻研,在想象的世界里,张开腾飞的翅膀。

王明辉少言寡语,善于思考,比同龄人多读了很多书。当时的铁岭县比较落后、贫穷,这锻造了辽北人坚忍、执拗、不服输的性格。现在,王明辉的骨子里仍然或多或少带有这些基因特点。

我行我素,认准了十头牛也拉不回来,似乎缺少灵活、机智、应变,唯有一根筋。但就是这,才是终成大器的不二法门。

今天看来,王明辉把成功阐释为持之以恒排除万难并奉为圭臬,原因是什么?是他的心中有根,有魂,有信仰!

如果说,奶奶是影响王明辉人生命运走向的第一人,那么母亲则是塑造他思想的第一人。母亲勤劳、乐观、孝敬、讲礼仪、有责任心。母亲,用一种深沉博大的爱,点亮了他生活中的明灯,她是影响他灵魂的伟大女性。孩童时代,王明辉接受了春风化雨、潜移默化的教育。

20世纪70年代末,王明辉进入小学。当时的学校基本上是学习、劳动、演出三部曲。

除学习外,王明辉经常参加学校组织的生产队支农劳动,他不怕脏不怕累,带头撸起袖子卷起裤腿干农活。同时,他还参加学校组织的文艺节目排练和演出。他是班长,必须冲在最前面,助人为乐,学雷锋做好事,给同学们做榜样。

谈起文艺,王明辉也不含糊,他现在还舞文弄墨,结交不少书画家。偶尔晒一晒朋友圈。

十年动乱，给国家和人民带来灾难。党的十一届三中全会以后，社会政治经济各方面秩序在逐渐恢复，到处迸发出前所未有的生机和活力，呈现一派欣欣向荣的景象。王明辉心中火一样燃烧着。

班主任马玉君给同学们讲《战地红缨》的故事，儿童团团长张德新坚贞不屈英勇顽强的形象在王明辉的心里烙下了深深的印记。

每每遇到歹徒和不法分子，他总是冲上去；同学们发生冲突，他总是站在弱者的一边。身材虽然不魁梧，但他面无惧色，镇定自若，而且据理力争。

他懂得了幸福生活的来之不易，懂得了报国为民的革命理想和信念。

他知道，和平年代，只有好好读书，为中华之崛起而读书，才能成为祖国建设的栋梁，才能实现伟大的抱负。

志向远大，唯有勤学苦干，才不会成为空谈。

到了初中，王明辉的目标更加坚定，他对理科特别偏爱，高中阶段，王明辉直接就读理科班，在庆阳一中，他的学习成绩始终名列前茅。

使命·高度机密的0271

0271是一个代号。

对于普通人，这就像电视剧里的故事情节一样，感觉特别神秘。

1984年，19岁的王明辉考入北京理工大学炸药专业学习。没有风花雪月，没有面朝大海，他的大学生活，三点一线，教室、图书馆、宿舍，甚至食堂也可以忽略不计。在王明辉的字典里，只有科技报国的梦想，只有壮志未酬的学海泛舟。在四年拼搏的大学生活中，周发歧、欧育湘、赵信歧等专业教师的言传身教，不仅为王明辉开启了专业之门，而且让他感知了国防之责。

1988年大学毕业，23岁的王明辉来到辽宁庆阳特种化工有限公司（庆阳化工），开始了长达30年坚守、专注、打造"护国利剑"的科技强军之路，将人生最美好的青春年华全部无私地献给了祖国。

他忠诚于人民，无愧于时代！

庆阳是个相对落后封闭的大山沟，工作、生活环境都很艰苦。附近的商业区就是一条南北二里长的大马路，离厂区几十里远。工资六七十块钱。就是这样的地方，王明辉没有嫌弃，没有怨言，他来是搞科研的，不是来享受的。

有宿舍住，他已经很满足了，因为王明辉在庆阳读的中学和高中，他喜欢这里的山山水水。在桃花岛上耍弹弓，在沙陀桥下捉鱼虾，在青云山中采松蘑，在太子河里游狗刨，曾留下王明辉美好的记忆。

转了一大圈，又回到家了，他感到欣慰。

他在入厂的日记中写道："好好干，干出精彩。"

进入21世纪，为实现越洋威慑目标，我国将研发"打得最远、打得最狠、打得最净"护国利剑纳入实施日程。当时，作为世界公认的第三代含能材料的杰出代表，20产品（即CL-20）突出的高能量密度及良好的应用性能若得以恰当运用与发挥，将会深刻改变战争及防御模式，对国防建设具有划时代的特殊意义。一位兵器工业集团公司主要领导曾不无感慨地说过："搞火化工的不能不知道20产品。"

面对国防发展需求，国内某著名高校在试制出20样品的基础上，研发了可行的合成技术，国内某科研院所在20样品应用基础研究上也取得了初步进展，经反复论证，20产品被选为重点含能组分。

2002年7月初，兵器集团火炸药局军品处处长王文京带队来到工厂，希望工厂能在年底前试制出20样品，为战略导弹推进剂研制提供支撑。站在庆阳化工主席台上，他铿锵有力地传达了指令：这是在党的生日里由军委下达的任务。

为国家利益为人民利益而战,神圣而光荣!义不容辞!

王明辉将这个使命牢牢地刻在了心里,并为之不懈奋斗实践!8年后,他将这个使命标记在了车牌号里:×0271×。2010年底,王明辉家买了第一辆私家车,在和爱人网上选车牌号码时,0271令他眼前一亮,瞬间让他联想到了他接到20任务的情景,这个车牌号他一直使用至今。

2002年7月1日,这是王明辉在攻关20产品丰碑上刻下的第一道标线。

坚守·在巨大诱惑面前

接受任务后,庆阳化工立刻着手与高校达成合作意向,联合开展项目工艺技术攻关。公司权衡后决定,将项目交给时任精细化工研究所所长的王明辉。而恰在此时,王明辉也接到了温州一家民营企业的邀请,聘请他任企业总工程师,年薪20万元。这对于当时月薪仅有700元钱的王明辉来说无疑是一次巨大诱惑。但他清楚地知道,20项目的研发需要他,漫长的攻坚克难需要他,为保军强军雪中送炭和锦上添花也需要他。

"你到底去还是不去?你那点钱,20年才够人家一年的。虽然说为了国家,但现如今社会变了,人才流动也不是什么磕碜事,况且在人家那里不也同样能做20项目,或许做得更好呢?"

面对妻子的规劝,王明辉没有回答。等晚上孩子上床了,他小声说:"你说的我也懂,可是我觉得我的根在这里。组织上需要我,国家需要我,我应该服从啊,不能贪图名利。"

"你不是雷锋,不是焦裕禄,你以为你能成为钱学森?"

"是,我不是雷锋,我也不是焦裕禄,我更不可能成为钱学森,但我是共产党员王明辉,三七五厂需要我,祖国和人民需要我!"

字字铿锵有力。

王明辉知道,对家庭来说,他不是一个合格的丈夫和父亲。

对王明辉最后的选择，妻子不同意，孩子也反对。

但是，选择的前提就是放弃。

在国家利益和个人利益面前，在巨大风险和舒适环境面前，王明辉毫不犹豫地选择了前者，以国家利益为最高利益。王明辉这种忠诚国防的精神其实早在5年前就经历过考验。

1997年，王明辉从大连理工大学硕士研究生毕业前夕。校领导找到王明辉，真诚地说："我们这里有好的教学有好的教师待遇环境，比回到那个山沟里不是强很多吗？"

"古人云，信为本。我来这里读研前，就对公司有协议，我绝不会忘记公司对我的培养。"

"公司方面我们可以协调，我们更看重你，在我们这里有利于你的发展。良禽择木而栖嘛。"

学成回厂，献身国防。这是使命，更是初心。

王明辉放弃了留校任教的机会，放弃了大多数人认为光明而美好的前途。

在离开大连理工大学之际，王明辉深情回望：美丽的校园依山傍海，那里浓厚的学术氛围，处处流露出青春与活力，没有焦躁，没有浮夸，彰显着海纳百川、自强不息、厚德笃学、知行合一的精神。

尽管心生留恋，但王明辉没有辜负自己的诺言，回到庆化公司。

拼了·吹响攻坚冲锋号

王明辉一头扎进实验室，废寝忘食、殚精竭虑、矻矻穷年。多年的饮食不规律，导致他营养不良，原本不太魁梧的体魄越来越消瘦。

意志和耐力，是成功者必备的因素之一。英雄背后是汗水、心血和家庭的付出。

妻子孩子对王明辉没有留校任教有些想不通。毕竟，大连风景好，环境好，经济发达，而庆化公司在山沟沟里不说，就是整个辽阳在国内也排不上。待遇一般，将来孩子也借不到光。

这些，王明辉怎能不知道呢？但一个人活着就要有信仰，有抱负，不能为自己活。他把自责转化为攻关的动力，迎着风浪勇往直前。

接受研制任务后，王明辉迅速组建课题组并开展起20项目相关试制工作。课题组成立之初，困难重重，举步维艰。面对几乎空白的各项研制条件，零参考，零经验！怎么办？

王明辉逐一列出清单，亲自跑到北京理工大学，虚心向老师欧育湘、赵信歧、陈树森教授请教，然后回来制定工作计划。

第一，进行参研人员培训。他把权威专家请到单位，给大家上课，普及传授业务知识，课题组的学习热情和学习劲头感染着每一位专家，他们放下身架，与学员们打成一片，耐心细致地讲解，一次听不懂就讲两次三次，重点讲反复讲，甚至手把手指导，毫不保留。王明辉带头做好后勤保障，组织好教学，以便能够达到突出的培训效果。

培训结束后，专家拍着王明辉的肩膀说："我在国内搞过无数次的讲课，只有你们的最让我感动，虽然环境没有大城市那些地方的舒适豪华，但在你们身上我看到了为科技报国而奋斗拼搏的崇高精神。"

第二，进行老旧场所改造、实验装置建设、含能材料试制等系列工作。自从接到上级任务后，庆阳化工自筹资金，10月末建立了公斤级装置，11月开始了工艺放大实验。

王明辉吃住在工厂，当起了拼命三郎。

鏖战·宝剑锋从磨砺出

转眼寒冬来临。庆阳化工厂区外，人烟稀少，一派萧瑟。
实验区里，却是热火朝天。

四间漏风的平房,就是锻造护国利剑的核心实验室。

腊月,西伯利亚寒流长驱直入这座北方小城。

王明辉和他的三名骨干在这里度过了难眠的长夜。庆阳化工厂位于辽阳的东北角,正处于寒潮的上风口。山沟较平坦,空旷,北风奔袭而来,冷彻入骨。

由于时间紧,他们轮班连轴转,床是他用发烟硫酸包装木箱给钉的,上面铺的是发烟硫酸包装箱里的稻草,夜里实验的两个人轮流小睡在这张床上。平房四下漏风,尤其是下半夜,冻得腮帮子发麻,说话都拧巴,需要用手揉搓半天才好使。

这里离厂区食堂远,大家常常吃冷饭。

王明辉和同事们,饱一顿饥一顿,苦中作乐,他说,这跟沙漠里搞两弹一星的比要强多了。那时候连吃水都困难。

谁能想到?谁也不会想到:我国航天第一发火箭发动机静态点火试验用的20产品就是在这样的环境里由四个"拼命三郎"搞出来的。这三名骨干中,马晓明、宋建伟后来都成了工厂中层领导,也均成为国家级项目的总师级人物,目前仍身在一线,并带着科研项目、建设项目的队伍。

看着破旧的厂房,让人无法想象,王明辉和他的团队是怎样在这里度过的。他们惊人的毅力和勇气,顽强执着的追求,是新时代的宝贵财富。

热爱祖国、无私奉献、自力更生、艰苦奋斗、大力协同、勇于登攀,只有发扬两弹一星精神,才能创造奇迹,才能书写人生的壮丽篇章。

付出·把危险留给自己

针对实验不可预知的危险性,每个第一批实验包括变更工艺条件、提高实验量级等实验，王明辉都亲力亲为，在安全有了保障后，再指导团队其他人员操作，用自己的专业知识和操控技能化解风险。

他把安全留给同事，把风险留给自己。由于当时南部实验基地没有样品干燥条件，样品干燥时必须到5公里外的北部厂区进行。因20样品的特殊性，静电、撞击及摩擦等因素都容易引发安全事故。为此，在送、取20样品的路上，王明辉将危险源抱在自己的怀里，把生死置之度外，为了祖国和人民的利益，哪怕献出生命，他也在所不惜。

从南部厂区到北部厂区的5公里马路上，每当出现王明辉的身影，熟悉情况的人就知道，那是庆阳化工的英雄在护送国宝级的20样品。

远远地，注视着王明辉他们，心中已是千般感动，万般敬重。

在实验中，硝解反应的强放热极易造成飞温及喷料，在初期实验时王明辉几乎寸步不离。原型实验室技术为保证安全加料温度在0摄氏度以下。放大初期，由于实验量增加了一个数量级，反应热效应十分显著，工艺极不稳定，经常喷料。王明辉果断提高了初始温度，让原料在加料过程中充分反应，不集料即可有效防止连锁热效应。这确保了零事故率。

当时工厂实验条件简陋，没有人机隔离硬件条件，没有硝化反应过程能量变化规律的实验测试装置，没有理论计算软件及服务器，一切工艺参数都靠现场实验来获得。因此，要在北京理工大学百克级实验室研究成果的基础上进行公斤级硝化工艺放大实验，安全风险很大。作为北京理工大学炸药专业出身的王明辉，他深知，在此炸药合成过程中，硝化投料量提高一个数量级，安全风险会有质的飞跃，这个量级的毁伤威力足可以摧毁刚刚建立的实验线。

每天到下班时间，不见王明辉回家，妻子都提心吊胆，给他的同事打电话。他真的是太忙了，太累了。

妻子不止一次地劝王明辉："咱不做了，行吗？"

"攻关进入到最关键的时候,怎么能撂挑子呢?"

"那我不管,我就要你每天能够安全回来!"

庆阳化工领导多次找到王明辉,让他无论如何把安全放在第一位,攻关是重要,但生命更重要,玩命绝对不行!

王明辉答应了,他冷静下来,思考寻找更稳妥的办法。

功夫不负有心人。

王明辉终于以专业的思维制定了独特的镜面反射法实验方案:将实验装置放在实验室外的南墙根,将一个镜子立在墙角方向,他在西墙下进行操作与观察,实验量级降为克级,平稳升温至混酸反应体系沸腾,在保持沸腾的条件下达到硝化终点,以此观察反应体系在常温到最高温度下这一过程的反应状态,考核最高反应温度的安全性。

这个方案在实质上是安全的,如果爆炸,毁伤威力仅能毁掉不足百元的实验设施——他可以自掏腰包弥补,如果爆炸,冲击波及飞溅物也不会伤及他。但这个方案在管理上不能完全满足规范,不能通过开题评审。

王明辉利用休息日,一个人躲在厂房里反复实验。

成功了!

王明辉兴奋得像孩子一样。他用土办法证明了极限反应温度下的安全性。然后,为确保公斤级实验的绝对安全,他又将反应温度下调了10多度,作为上限反应温度。这个实验,为开展公斤级实验吃了一颗定心丸。

"北国风光,千里冰封,万里雪飘。望长城内外,唯余莽莽,大河上下,顿失滔滔。"

站在太子河畔,王明辉内心波澜涌动,感觉血管里澎湃着无限激情,他咀嚼着、玩味着、默读着毛主席诗词,全身陡然充满了力量。

当看到他们交上答卷时,时任火炸药局军品处处长的王文京也被感动了:"你们解决技术瓶颈的方法虽然土了点,但很科学;你们独自承担了变更技术的风险责任,却节省了进行风险评估论证的时间;你们在萝卜地里种出了人参,为国防计划献了大礼。"

这期间,有两个人值得我们永远牢记:

一个是教过王明辉的大学老师、我国炸药专家欧育湘教授。在没有任何书面约定的前提下,欧老师将付出多年心血的研究成果传给了王明辉,见到他们的答卷,欧育湘教授语重心长的那句话至今还让王明辉感到欣慰:"把这个项目交给你们我放心了,我可以走了。"

另一个人,是欧老师的博士生刘进全,是他手把手在实验室将硝化技术传给了工厂,对科研攻关起到了引路作用。后来他被北化集团调任为处长,在火炸药领域发挥了领军作用。

2002年底前,庆阳化工按计划为某科研院所项目试验提供了急需的样品。

首战初捷。

在年终厂院交流总结大会上,时任工厂总工的王宏对王明辉攻关项目及团队给予了高度评价,对北京理工大学欧育湘教授的支持给予了高度赞扬。

转折·镜像年到遴选年

2002年被王明辉形象地称为20产品的镜像年。

它将中国湖的20号材料于21世纪的02年交会在校企联合的时空里。这一年,高校的种子在庆阳化工的沃土中发了芽,王明辉团队在国内首次取得了量级突破,迈出了从实验室走向工业化的第一步,为后来20项目的进展奠定了关键技术基础,也为我国护国利剑的研发拉开了新序幕。

王明辉没有丝毫松懈。

他开始思考:面对高校研发的4种合成路线,必须进行整合及优化,以确定转化用合成路线及工艺条件与参数。

凡事预则立,不预则废。

不但要想到前头,还要想到解决问题的办法。

2003年,王明辉组建了20项目办并任项目办主任。单位将精细化工研究所的骨干吸纳到这里,而精细化工研究所整合到工厂另一个研究所,专职开展20项目工作,这一决定对快速推进项目工作进程具有非常重要的意义。但当王明辉离开他的精细化工研究所那一刻,还是百感交集,有太多的留恋和不舍纠结其中。

毕竟对于搞精细化工的王明辉来说,精细化工研究所有他没做完的梦。离开精化所后,王明辉让搬家的司机先把他带到了太子河边,他独坐在河岸上默默地流下了热泪。

情到深处。这是一个北方汉子内心爱和情感的释放。

"告别了,精细化工研究所。我少年的憧憬和青春的梦啊,我还会回来吗?"王明辉一遍遍问自己。即使永远回不去了,但脚下的路还在前方召唤着他。

"拍拍身上的灰尘,振作疲惫的精神,远方也许尽是坎坷路,也许要孤孤单单走一程。"歌曲里是这样唱的。

王明辉站起来,目光坚定而执着。迎着风,踏歌而行。

为了得到上级支持,王明辉"三顾茅庐"。

时任火炸药局分管军品的杨红梅处长、兵器分管科研的张忠副部长、科工委张维民副主任的家门前留下了他徘徊的脚印。由于上班的8小时内这些领导很忙,他选择了8小时后拜访。为了等到他们,他多次在领导们的小区里伫立。见到他,领导们都很热情,还时常把他请进家门,他们很爱听他每一阶段的工作进展和想法,给了他很多建议和大力支持。

在欧育湘、赵信岐、陈树森等大学教授的指导下,项目办开展了20核心制造单元的筹建、开展了合成工艺评价实验及工艺优化实验,经实验论证遴选出了用于工艺放大的合成路线,并初步优化了工艺，为后继研发工作确定了方向。

2003年，"03"与"遴选"有谐音，故被王明辉称为20项目的遴选年。

这一年确定的合成路线一直沿用至今，为后期20产品的研制开辟了通路，在之后的实践中避免了工程化障碍。而另外的兄弟单位因为没能开展此项工作，明显制约了其研发进程，从这一点来看，王明辉当年的超前决策是非常正确的。

20项目得到了北京理工大学的认可，学校向工厂敞开了大门。2003年，于永忠教授、欧育湘教授、赵信岐教授、陈树森教授，还有这些教授的博士生组成了坚实的技术力量，王明辉带领马晓明、宋建伟、葛景学住在了北京理工大学的西山基地里，在教授及博士们的指导下，品享了北京理工大学20技术成果的饕餮大餐。

在炸药专业、有机合成上，王明辉的本科、硕士经历给了他理论基础，在工业化方面，他的工作经历给了他实践经验，针对北京理工大学的原型技术，在他亲手实验后，与教授们商议了整合技术路线的想法，经历了反复的认可——否定后，两个方案初步确定，他带领团队又对这两个方案开始了新一轮的实验验证对比工作，最终形成了一个优选技术路线。也是在这期间，赵信岐教授喜欢上了他们，于是，在后期的合作中，赵老师成了工厂的常客，他们在赵老师的指导下完成了后期开展的10公斤级工艺放大实验及工程化技术研究工作。

在北京理工大学西山实验基地，一条工艺路线诞生了。

突破·技术成熟的飞跃

冬去春来。

庆阳化工厂区漫山遍野绿意葱葱，鲜花含苞待放。

2004年，王明辉带领团队踏上了20工程化的旅程，开展了20科研课题的设计、报批及技术攻关工作，先后承担并完成了兵器集团、总装、科工委支持的各类研究课题，完成了科工委支持的基础研发平台建设工作，将20合成工艺技术成熟度由实验室水平提升到了工程化水平，形成了工艺软件包，为后期的工业化研发工作奠定了坚实的工程技术基础。

这一年，王明辉向大学导师赵信岐教授郑重承诺：抛却所有念想，不完成20的工程化绝不放弃！

为了这个承诺，王明辉从2004年专注坚守了8年，一直到2012年。这个承诺也感染了他的老师，让赵信岐教授陪伴了他8年，倾全力指导研发团队，先后攻克了工艺放大及工程化过程的技术难关。

2006年，经过一年的装置搭建、两年的技术孵化，20产品的核心制造单元终于实现了"破茧化蝶"的蜕变，突破了批量制造的关键技术瓶颈，为工程化技术研究奠定了核心技术基础。这期间，王明辉带领团队经历了火的考验：溶剂的火、氢气的火、硝化的火在工艺放大实验前期都被他在特定条件下点燃、在特定条件下熄灭，无数次的实验让他了解了火的习性，掌握了熄火的办法，制定了不发火措施，为开展大量级工艺放大实验提供了安全保障。

2004年，10公斤级工艺放大实验选择在工厂原662炸药抗爆工房进行。

因厂房多年闲置已很破旧，王明辉就带着他的队伍开始了又一次荒垦，修缮厂房、利旧设备、搭建实验条件。

开始——

随着王明辉一声令下，焕然一新的662炸药抗爆工房顺利按下了10公斤级放大实验按钮。

在这里，不仅一个数量级得到了突破，将技术成熟度提高到5级以上，而且研制了更多的样品，支撑了我国全面应用研究进程。

这期间，硝基物爆炸危险已经不再是问题，已在他的镜面反射法实验后被解决，但火险还存在很多诱因，为应对火险隐患，他们进行了很多探索实验。

HBIW是第一个中间体，它的笼形分子结构使化学键张力较大，分子在酸性条件下会分解，如果在工艺温度下引起中间体分子化学键的断裂及连锁分解，那么几十公斤的中间体与体系中大量的易燃溶剂将造成不可控的灾难。为了寻求这个问题的答案，王明辉团队在实验室进行了小量级实验，将获得的样品混在溶剂中，拿到销毁场去焚烧。焚烧实验发现，该中间体很难被引燃，燃烧很缓慢，这一结果证明在工艺条件下该中间体的制备过程不会造成安全问题。

TADB 和 TAIW 是第二个及第三个中间体，这两个化合物的制备需要加氢，在北京理工大学西山基地进行小规模实验时，中间体在与溶剂体系分离后暴露在空气中，出现了蓝色火苗。这个情况让王明辉更加小心警惕，他在启动大装置实验前，进行了反复实验考证，最终将蓝火用工艺手段彻底遏制。在这个考证实验阶段，氢气爆燃威力巨大，好在没有发生事故。

HNIW 是第四个中间体，为了观察实验，当时的放料管都是软连接，投料前检查时，王明辉对所谓的耐氧化乳胶产生了疑问，于是王明辉和大家研究后决定：安排假物料试车！结果软管在大量的强氧化性溶剂流经后发生了燃烧。如果是实物料试车，那么这把火足以引爆 HNIW 这个半成品含能材料，实验量的威力足以将隔爆墙以外的所有建筑及装置彻底摧毁。

一次硝化过程中，在反应升温阶段，反应物发生了燃烧，火舌从反应釜加料口喷射而出，持续了 10 多分钟，终于得到控制，渐渐熄灭。厂房外的科研人员个个惊出一身冷汗，但王明辉心里有数。

王明辉带领团队人员进行了火因排查，对燃烧后果进行了综合评估得出结论：在此环节的燃烧不会引起爆轰。这一结论对后期的生产险情起到了关键指导作用。

和其他科研项目相比，20 科研人员所处的环境差、风险高、收入低，而且由于该项目密级高，成果不能面世，这些无名英雄还经常要披星戴月，与家人的团聚也少了许多。但在王明辉身先士卒的感染下，这 10 多个人的团队得到了洗礼，获得了成长，取得了进步：刘春竹成为工厂中层干部并在含能材料专业成为专家级人物，刘国栋、赵少华、李明东也被选拔到新的单位成为中层领导，夏军、刘晓娟、季兰香、张本贵考上了研究生，在新的环境下成为国家栋梁之材，卫改霞、孙志营、杨妮成为20科研骨干并担任了国家级项目的总师，史延玲成为20线上的技术科长及工厂含能材料技术骨干，刘艳玲、李迎春、洪成顺也逐渐成为中坚力量……正是他们的付出，形成了群体力量，成就了20核心技术的升级。

时任科研中主任的艾庆祝主任（后任公司分管科研副总经理、公司党委书记）给了他们很多帮助，用科研中心的资源支持了项目圆满结题。

赵老师的博士生孙成辉仿佛已成为工厂团队的一员，与大家朝夕为伍，在理论和专业角度给了了巨大的技术支持。

功勋来自集体的力量。荣誉，使命，信念，紧紧相连，淬火中百炼成钢。

这就是20项目！

这就是20团队！

这就是20精神！

2008年10月，王明辉参加了南京理工大学博士研究生统考，被录取为2009年春季入学博士生，边工作边读博士，由于20项目的急迫及工作量的繁重，他读了三年后便不得不中止了学业。当时，公司领导支持他继续读下去，将工作暂时放一放，但当他放了一段时间后就再也放不下了，于是又一心扑在了工作上，离开了博士梦。

2010年，工程化用科研平台初步建成，兵器集团张国清总经理、温刚副总经理等专程来厂调研，王明辉在科研平台现场向领导们汇报了20项目工作进展。张总被兵器人敬称为兵器少帅，1964年出生的他已是满头灰白，大家也将他这个特征称作兵器白，体现了兵器战士的革命乐观主义精神。张总对工作成就给予了高度称赞，并寄予了厚望：在此基础上向工业化迈进，同时推动应用进程。温总（后来成为兵器总经理、董事长）感慨道，20项目堪称兵器集团半个世纪以来最为卓著的成就。

王明辉团队在工程化平台建设的同时，提前开展了多项子课题的实验室攻关，这些基础研究成果将工程化技术研究周期提前了半年。

2011年10月13日，张维民主任带队开到辽阳，主持了工厂与北京理工大学联合实验基地建立的揭幕仪式，庞思平院长正式接过了北京理工大学的重任，从此成为高校领军人，帮助工厂在20项目上着手推动了产、学、研、用全面工作。

收获·立世年利剑出鞘

2012年，20技术水平提升到了9级，很多方面已优于国外，并可以进行工业化批量制造，实现了从跟跑到并跑再到领跑的重要飞跃，因此被王明辉称为20的立世年。

这一年，20产品的工程化技术取得全面突破，已能支撑工业化制造，产品的试制规模提高了一个数量级，支撑了航天集团、中物院、兵器集团等单位的应用研究的全面开展。

应用研究表明：20产品在推进剂、发射药、战斗部装药、起爆药等技术领域的应用，可明显提升武器系统效能，其威慑力足以颠覆现役防御体系概念。

王明辉和他的庆阳化工创造了奇迹！在世界兵器舞台吹起猎猎中国雄风！

20基固体推进剂兼具高能、低特征信号两方面优势，是洲际导弹的理想推进剂，助巡航能力轻松突破××万公里，航速高达××马赫，可"瞬间"让大洋两岸"天堑变通途"。20基发射药具有更强的火药力，能增加坦克炮射程××公里，在坦克对战的战场环境下，体现"长臂打短臂"效果。20基杀爆弹具有更高的爆热，能使空-地导弹杀伤面积增加××倍，起到"事半功倍"的作用。20基破甲弹具有更强的罗门效应，破甲穿深可增加××%以上，使现役坦克变成"纸老虎"。20基起爆药具有更大的输出功率，能为核弹小型化提供高起爆能，核弹小型化的实现，可在不改变弹体尺寸的前提下增加导弹携带核弹的数量，"天女散花"效应不逊雷公电母。

20项目助威国之重器！

泱泱中华，潜龙在渊，腾必九天。

2012年7月1日，王明辉面对鲜红的党旗，举起右手，重温入党誓词。从2002年到2012年，他整整奋斗了10年。多少春秋冬夏，多少风霜雪雨，在他矢志不渝的努力下，梦想终于变成现实。20产品横空出世，当年的宏伟计划没有落空！

王明辉实现了庆阳化工当年的奋斗目标。该目标的实现，耗用了他10年的黄金岁月，青春韶华，换来的是双鬓染霜和疾病缠身，但王明辉无怨无悔。对王明辉的贡献，庆阳化工领导用"十年磨一剑"给予了高度评价。

王明辉，是卓越的共和国的功臣，是优秀共产党员的新时代典范。

他做到了俯首甘为孺子牛，敢为人先拓荒牛，踏石留印老黄牛。

过去庆阳化工条件较差，工人待遇低，搞科研很少有经费支撑，如果缺乏理想和激情，哪来的动力和毅力甘愿忍耐10年清贫去坚守？

王明辉说，自己是一个最有耐力的人。居里夫人的名言是："持久的耐力造就成功。"

普通人做不到的，往往就是成功者获胜的秘诀。

王明辉默默承受着常人难以想象的困难和压力，舍弃了众多个人利益。2004年，大连市一家民营企业两次相邀，高薪聘他为研发项目经理，并承诺培养其为下任总工。2008年，连云港市一家民企50万年薪聘他为总经理，并赠送住宅。但这些已不能动摇王明辉对母校老师的承诺和对国防事业的执着，他深知，能否完成工程化各项研究指标，是该产品是否能进入工业化制造殿堂的标志。

进入2012年，随着科研、试制工作进入关键时期，王明辉及其团队也迎来了最为繁忙紧张的工作。他也进入忘我的状态，忘记了自己，忘记了家庭，头脑中只有工作，只有上级下达的指令。由于长期超负荷工作，得不到充分的休息，王明辉的身体多处发出警报。一次在试验中，王明辉腹部出现剧烈绞痛，不由自主地倒在了地上。经医院诊断，王明辉患上直肠囊肿，需要住院治疗或手术，至少需要休息半个月时间。而此时的他已经没有时间用于工作之外，他不仅要完成工程化技术研究任务，还要同时开展低成本制造项目的立项申请、实验线试制能力提升改造工作等。为此，他无暇住院治疗，带病坚持工作，时常采取坐着睡觉等特殊方式应对炎症带来的身体不便。大家都觉得王明辉搞科研疯了，走火入魔了。走在下班途中，连许多同事看他的目光里也有些怪异。

王明辉回到家里，还要面对妻子孩子的责难。为了项目的试制，王明辉早出晚归，陪伴家人的时间很少，孩子说："感觉爸爸离家越来越远了，是不是不要我们了？"王明辉对女儿说："哪里会远呢？你北京来的孙叔叔和庞叔叔还不如爸爸离家近呢。我要你们，心里永远有你们。"为了项目的试制，王明辉付出了许许多多，舍去了许多个人利益，也经历了坎坎坷坷的磨难。

凝聚·众人划桨开大船

20项目成果在2015年荣获国防科技进步特等奖，作为项目负责人，这么高的奖项令王明辉深感自豪。为表彰王明辉在发展我国自然科学研究事业做出的突出贡献，国务院为其颁发了政府特殊津贴；他的学识与实践水平受到了关注，被北京某高校材料学院聘为研究生企业导师，被中国材料与试验团体标准委员会聘为含能材料及产品领域委员会委员，被某军特约为顾问专家，被兵器集团提名为首席科学家。

此后，王明辉又以专业人员的敏锐感及责任心，提出与产品技术、工艺技术、合成技术、制造技术相关的重要课题，并取得国家的立项支持。对此，王明辉顾不上喘口气、歇歇脚，又挑起了新的重担，投入又一个攻坚战中。

王明辉带领团队在高校的指导下，在工厂及上级的支持下，不仅出色完成了多项国家级科研任务、建设任务，而且创建了校企联合实验基地，促进了产、学、研、用四方联动，全面推动了我国20产品的发展进程，在20产品的发展旅途上树立了一座醒目的里程碑。

2018年10月31日，对中国兵器北化研究院集团庆阳化工来说也是个难忘的日子，随着连续三天两釜出料，标志着20产品试制线能力改造圆满成功，产能实现大幅度跨越。以王明辉为代表的庆化人以勇于担当的责任感和使命感，砥砺奋进，不仅成为国内唯一具有20产品批量试制能力的单位，为国防现代化建设提供了重要保障。而且打破了由几个发达国家独霸三代含能产品的局面，用实际行动践行了强军首责的庄严承诺。

这绝不是一个人的战斗！在20产品研制整个过程中，得到了中央军委、科工局、集团公司及北化集团等上级部门的高度重视和大力支持。总装备部、中央军委有关领导专程到公司开展调研，了解项目具体情况，对项目建设和提升工艺技术水平做出重要指示。国防科工局和相关部门领导以及集团公司和北化研究院集团领导也多次到公司检查研制进展情况，对项目的研制提出了具体要求，并通过各种方式给予了大力支持。各级领导和各单位的关怀和支持极大鼓舞了庆阳化工的干劲儿，增强了战胜各种困难的信心，为研制工作的顺利进行提供了精神动力。

王明辉知道，他的功勋背后，站着许许多多的无名英雄。他们以各自不同的方式为成功助力，为成功点赞。

王明辉在20产品研发过程中的写照，被企业凝练为忠诚、坚守、专注、进取的"20精神"，并推广成为兵器集团的"20精神"。当得知这个称谓时，王明辉更是感慨不已。在2019年庆化公司征集这个精神的标志时,他满怀深情地绘制出心里的logo。他说,这个图形如伞、如树、如钉、如菇,展现了20精神。伞有不畏风雨的忠诚,树有扎根一方的坚守,钉有置身岗位的专注,菇有攻坚向上的进取。构成图形的线条有字母、有数字,记载了他培育的产品名字（CL-20）及难忘的研发年份（2002年）。他还说,图形是"恳"字的变体,这个字是由卦象符号与篆体文字嫁接而得（上为艮——用卦象符号表示——所谓乾三连、坤六断、离中虚、坎中满、兑上缺、巽下断、震仰盂、"艮覆碗";下为"心"——篆字变形体）,个中容纳了太多太多的东西,只有这个字才可以解读他心里的滋味。艮为山,恳字即是心上有座山;恳也是勤恳、甘愿;恳字多一点即为"良心"。因此,这个字内涵为:做此事的压力大,需心能承重、心甘情愿、勤恳;除此之外,还必须多一点,多一点才有良心。王明辉还风趣地说,图形也像一种拔地而起的云,能体现军工色彩。

宁静·心中的诗与远方

2013年,庆阳化工开展了多个20项目课题,王明辉主要负责工业化技术、晶体技术等方面抓总工作,催化技术等安排团队下一级梯队人员做总师。培养业务骨干和接班人,是王明辉有生之年着力思考并解决的一个问题。科技攻关人才是关键。假如没有王明辉,毫不夸张地说,庆阳化工就不会取得突出的科研成果,军工领域就没有辉煌的成绩,导弹也不会打得这样远。从国家战略和民族利益角度讲,王明辉是卓越的工程师。

2013年,他完成工程化任务后,来到了台子沟科研平台建设项目中。每天午餐之后,王明辉都有在办公楼南的荷花池散步的习惯。9月的一天,秋风送爽,天高云淡。他在一次散步中触景生情,写下一首《莲池》。

台子沟里四面山,

> 百家圣水汇成湾。
> 精卫衔来多情种,
> 女娲织出满塘莲。
> 蓬勃翘首金秋日,
> 荷紫羞对艳阳天。
> 浮萍承露不过午,
> 老藕扎根在当年。
> 暑往暑来总反复,
> 水浊水清自养莲。
> 前世不弃浅湾小,
> 来生更得莲池宽。

这首诗咏颂了台子沟水湾里莲荷的从无到有、从少到多,咏颂了蓬荷萍藕的特质,咏颂了莲荷的生命力。蓬在孕育果实的过程中总是谦虚地俯首,只有到了收获的金秋才会昂起头,但不是骄傲,是自豪;荷花虽然美,却羞于争春,但它还是要在它的季节里绽放;浮萍上的露水躺在温床上的梦不会长久,经不起风吹日晒;藕在暗处,不出风头,却能默默无闻地滋养莲荷,甘做无名英雄。

莲荷不抱怨季节的更迭,也不挑剔环境的优劣,不嫌安家时的庭院宽与窄。

这些与他20项目的一幕幕又何其相似,一弯莲池承载了10年来20项目的悲喜酸甜。他选了这颗种子,又带领团队培育了它。

诗言志。

从旧体诗的角度来讲,《莲池》不一定专业,但里边蕴含的思想、情感十分丰富,个中意味只有王明辉本人能够读懂。

这一年,王明辉做了一件事,他回到故乡,把母亲的坟迁移到辽阳。无论走多远,都不能忘记自己从哪里来,不能忘本。

母亲在他少年时代就去世了,对王明辉的打击是沉痛的。

任何事情都有两面性,有得就有失。正因为母亲的离去,才间接地影响并改变了王明辉的性格,他变得坚强、自立、隐忍。

面对荣誉背后的非议,王明辉选择了沉默。他知道,做好自己,是最好的证明。

每遇到烦心事,王明辉都会到台子沟的荷花池凉亭石头上静坐,抬望眼,一切云淡风轻。

2014年,王明辉把担子更多地加在年轻人身上,尽心尽力培养,让更多的骨干成熟起来,这同样是使命。他知道,如果自己一直在前面,别人就永远没有机会冲上来。每个人都要给予他机会,把自己的潜能最大限度地激发出来,后人往往会超越前人。

王明辉愿意做这样的领路人。

出发·继续奋斗新长征

王明辉作为科技工作者,先后被辽阳市委、市政府聘为技术类顾问、委员、专家,并享有专家津贴。也许是军工人的高度责任与敏感,在扶持地方企业过程中,一个涉核材料企业激起了他的使命感:面对国家急需、国外垄断、国内空白的现状,他思考着再挑一份担子,为国家尽一份孝子之力。

高丰度核级硼-10酸是核工业、核医疗、核军工尤其是核电中不可或缺的重要材料,属国家战略物资。在世界范围内,虽然硼-10酸产品每年总需求量不大(几百吨),但由于产业化技术难度极高,一直以来仅有美国、日本和格鲁吉亚三个国家具备量产能力,我国核电业蓝图的绘制还不得不依赖外援。

对于世界难题,肯定不是想一想就能成功的,而且即使付出艰辛和努力,也未必获取胜利,甚至有可能一败涂地。

到底干还是不干?

王明辉同样也思考了良久。急流勇退谓之知机,很多奥运冠军在摘金夺银后都选择了退役或转行,显然也是考虑到这个因素,因为,幸运不会永远垂青你一个人。随着年龄增长,王明辉感到身体、精力渐渐吃不消了。

国家利益高于一切，就算自己最后失败了，但他愿意为后来者提供经验，让后人踩在自己的肩膀上继续攀登。

这个担子一挑便是五年。在国内研发陷入僵局时，2015年开始，他利用自己的空暇时间，开始技术指导该企业攻坚高丰度核级硼-10酸产业化的技术难题。

2015年，王明辉作为总设计师，组建了以李长虹、李超、魏娇为核心骨干的研发团队，制定了攻关计划，在企业原试制线条件下开始了技术攻关工作，立志打通流程、提高丰度、消除杂质。

有志者，事竟成。2020年，他指导的攻关取得全面突破：高丰度硼-10酸产品技术指标全面达到了"高丰度、高纯度"的国际前沿水平，产品年试制能力达到了5吨。企业创新完成了三段式甲醚络合物法工艺相关核心技术的自主研发，成为国内第一家具有规模化生产高丰度核级硼-10酸（95%以上）能力的企业，也是全球硼-10酸产品丰度和纯度最高的生产企业之一。

这项研发成果由王明辉提炼并亲笔撰写，形成了专利技术，填补了国内空白。五年来，他们试制的产品也在"十三五"期间，支持了我国核电、核军工、核医疗行业的基础应用研究，为我国打破国外壁垒、推进核技术升级及发展奠定了材料国产化制造基础。

面对诱惑，守住底线，这是王明辉坚持的一个守则。有很多企业少则几十万多则几千万地求援于王明辉，但都被他一一谢绝。他说："我研究这个项目，是为了国家，而绝不是图一己私利。"

在后来我国"十四五"期间的核电事业发展中，这个产品已被中国核能动力研究设计院初步认定为"卡脖子"项目。

2021年全国两会上，李克强总理在报告中提出，在未来科技创新中要用"十年磨一剑"的精神，在我国核心关键性领域实现实质性突破。

王明辉认识到，当初义无反顾的决定是正确的。更难能可贵的是，在他的技术援助下，我国已经迈出了关键的第一步，为硼-10

同位素材料的国产化奠定了基础。

王明辉的能力得益于实践。除20产品外，他还先后涉及了梯恩梯、硝化棉、硝化甘油、太安、硝基胍、叠氮硝胺、奥克托今、哈托、TATB、富氮材料、全氮材料、防化解毒药等科研项目及建设项目工作，在含能材料领域起到了领军作用。在民用化工方面，先后承担了草酸、亚硫酸钠、废酸处理、废水处理、地恩梯、一硝基甲苯、苯胺、邻甲苯胺、间甲苯胺、均苯三酚、间二硝基苯、间苯二胺、DSD酸、硫化棕染料等科研项目及建设项目，为工厂的民品做出众多贡献。

2016年，王明辉成为兵器集团科带，参与国家层面的火炸药顶层设计等任务。国家实施"十三五"规划以后，重大项目建设剧增，王明辉又投身到全面推进国防和军队现代化的滚滚洪流中。

王明辉成了"机器人"。祖国大江南北、长城内外，他的足迹遍及各地。

妻子和孩子知道他的肩上承担着重任，由不理解到支持。

孩子说："没有国哪有家？爸爸做的是保家卫国的伟大事业。"

妻子心疼王明辉，除了嘘寒问暖，照顾好他的身体外，还力所能及地帮他查资料、搞联络。

只有后院不起火，前方才能浴血拼搏。

目前，王明辉在行政岗位上虽已退居二线，但在技术岗位上仍身兼数职。面对新时代对我国装备水平提出的新要求，作为承担特殊使命军工集团中的一员，王明辉所在的庆阳化工把兴军强军作为第一职责使命，坚定不移地履行强军首责，站在促进我军装备作战效能提升和新质战斗力生成的高度，描绘20产品产业化的发展蓝图，提出新的产能提升目标。按照装发部及科工局等上级部门下达的研制任务，庆阳化工将在关键技术突破、工艺流程创新、工艺装置高效化、工艺过程自动化等方面进行系统研究，重点围绕构成产业化的晶体技术、合成技术、工艺技术、安全技术和环保技术，明确路线图和时间表，划定每个阶段的重点工作内容，采取强有力措施，为工业化设计提供可行的工艺设计软件包，加大产品推广应用力度，满足国家航天等重大专项对20产品需求量的迅猛增长，向党中央、兵器工业集团、北化研究院集团再交上一份满意答卷。

而王明辉，作为其中一员，他仍满怀壮志凌云，计划在含能材料领域完善第三代技术，探索第四代产品，培养团队，传承使命。他是不停向前奔跑的人，永远不会停下脚步。

尾声·采访中的小插曲

我与王明辉在见面前一直用微信沟通。

见面后，还是用微信沟通。

"因事急，提前出差了。"

"富老师，我行程又后延了，周六才能赶回辽阳。"

"我今晚离京，明早到辽阳，到单位先迎接兵器安全检查，明天晚上我写点材料，快的话后天早上就能发给您，慢的话也最多推迟一天。这周一直在北京了，忙项目的环评及施工图等，一直也没和您联系，回去后，我会找个时间再约见您。"

…………

我对王明辉的几次采访进行得并不顺利，一是他经常性到国内到处考察，往往回来一天就又走了。二是他对业务外的话题，讲述起来并不擅长，滔滔不绝说他的技术参数和指标，我如坠云里雾中，如听天书。而作为报告文学写作，我总想挖掘出更多的背后的故事，把主人公写得有血有肉，人物形象饱满。但事实上，我感受不到王明辉所传导给我的更多的信息。

采访需要非虚构，过程是艰难的。后来，我只好放弃短期打算，把写出这篇文章视为打持久战。

"昨晚因眼病发作,没能按计划写上材料。若来不及了,就按我已有材料帮我润色一下定稿吧,以免影响您的工作进度。"

"我的眼病有好多年了,身体状况不好时就有发作,发作时眼睛视野里会出现盲区,会持续一小时以上,曾去不同医院看过,但医生说只有发作时才可能检查出病因,不发作时查不出问题所在。昨晚吃完晚饭,按习惯也沏好了茶,不到8点就发作了,持续时间较长,盲区也较多,就没敢再熬夜,10点多就睡下了。"

…………

他留给我的,只是手机里跳出来的一张张车票:

G8023辽阳20:14—沈阳北;

K54沈阳北21:25—北京;

K53北京22:33—沈阳北;

G1226沈阳北08:04—辽阳;

G2630辽阳10:38—淄博北;

…………

王明辉身上闪耀着不为人知的光环,他始终不忘初心,牢记使命。他永远保持着为民服务孺子牛、创新发展拓荒牛、艰苦奋斗老黄牛的精神,永远保持着慎终如始、戒骄戒躁的清醒头脑,永远保持着不畏艰险、锐意进取的奋斗韧劲,为祖国强盛贡献全部力量。

他从23岁青春韶华到56岁沧桑中年,33个春夏秋冬,12000个日月星辰,生为军工人,梦为军工魂,把自己的一切都交给了军工。

回首向来萧瑟处,也无风雨也无晴。

王明辉,他不怕困难、勇于担当、乐于奉献,忠诚于党和人民,践行于中华民族伟大复兴的中国梦,他是一个朴实的人,一个满腔热血的人,一个品德高尚的新时代先锋。

最 前 沿

王 翔

身着蓝色辽阳石化厂服，佩戴闪光党徽，一位帅气、干练的中年男人端坐在茶几的另一端。他就是中国石油天然气集团公司劳模、优秀共产党员、辽阳石化公司芳烃厂重整车间重整单元现任白班班长——米哲夫。

精诚所至

《庄子·渔父》曰："真者，精诚之至也，不精不诚，不能动人。"意思是人的诚心所致，能够感动天地，使金石为之开裂。只要专心诚意去做，无论什么困难都会迎刃而解。

辽阳石化公司，是隶属中国石油天然气集团公司的一家大型石油炼化企业，20世纪70年代建厂，曾是中国北方最大的化纤生产基地。

在供给侧改革以及产业转型升级的大背景下，我国石化行业向炼化一体化方向发展已成为趋势。"石油是工业的血液"，作为世界第一大能源，除了用于生产更加清洁的汽油、柴油、航空煤油外，还用于生产烯烃、芳烃等基础有机化工原料，并逐渐与新材料、新能源实现深度融合，进一步拓展炼化行业发展空间。

化工产品的内生需求将随着我国乡村振兴步伐加快、城镇化率提高、人均GDP提升等得到快速增长。新技术、新消费模式也将刺激需求，5G等新技术与传统产业融合加速，将不断催生细分消费需求。所以说，石油化工产业是国民经济的基础和支柱产业，其高质量发展势必影响国民经济的发展和稳定，同时，也为国防建设提供了技术和战略物资。

一家企业就像一组高速运转的巨大齿轮，其能否高负荷、长周期传动，能否高质量运行，往往取决于一线员工的主人翁意识。米哲夫就是一颗紧固在辽阳石化生产最前沿的螺丝钉。

作为基层班长，作为奋战在生产第一线的共产党员，尤其是作为辽化芳烃厂催化重整的高级技师，米哲夫每天上班的第一项工作，就是到控制室查看操作参数，了解生产运行情况，参加交接班会，掌握生产中存在的实际问题，然后背上工具袋，到现场巡查。每当装置现场进行动火作业时，他还要提前对作业现场进行检查和确认，对准备的材料进行检查，对照检查各种作业票中所要求的安全措施是否得到落实，警戒绳是否拉起，检查氧气瓶、乙炔瓶是否合规摆放，高处作业时作业人员安全带是否系好，地沟地漏封堵是否全面，可燃报警仪能否正常使用，以确保每次动火作业的安全、可控。

米哲夫的日常工作主要是参与现场检维修及动火作业。每年重整车间的气、液项脱氯剂更换，加热炉火嘴及阻火器的日常清理，冬季装置现场伴热投用及防冻凝等工作，并参与重整车间的检维修工作。

"工作中感觉最多的就是压力大。生怕工作干不好，生怕自己所带领的员工中出现安全事故。总觉得自己能力不足，不能够完成好车间安排的工作。在其他班组中，班长都是年长一些、经验丰富的老职工来担任。我这个年轻的班长总觉得力不从心。我也买了一些有关管理方面的书，去学习、去实践，学会尊重他人，学会换位思考，学会日常管理，但总觉得不够用。"采访就这样在与米哲夫推心置腹的交谈中开始了。作为辽阳石化生产最前沿的技术骨干，米哲夫坚持勤奋学习，跟师傅学，跟同事学，跟兄弟单位学，跟书本学。光他做过的各种笔记就装满了整整一卷柜。他努力在实践中总结经验，不断更新知识结构，丰富工作技能。学习时甚至连吃午饭都忘了。

这几年，米哲夫头发开始变白了，甚至有些谢顶。要知道，他才40岁出头。

米哲夫是凭"实干"成长起来的劳动模范。

"昨天车间有点急活，接到电话，我就骑车去厂里了，一直干到半夜。"昨天是个周末。

一年冬天，重整装置伴热管线出了问题，为了及时处理，他不容分说，顶着喷雾一样的水流就冲了上去，把阀门关闭。数九严寒，瞬间就把他变成了一个"冰人"，甚至连徒弟都没认出他来。

这些年，米哲夫没有过带薪休假，几乎每天都忙碌在自己的工作岗位上。腊月里的北方，朔风凛冽，千里冰封。米哲夫常常需要登上100多米高的框架检查伴热系统。在户外一待就是六七个小时，每次上班不得不穿着双层袜子。

那一年，他主动认领了车间里一台有10多个漏点的大机组，并花费了3个多月的时间，用小锹刀、小铁刷，硬是将它清理了出来，找到了漏点，使它正常运转，为企业节约了资金。

米哲夫是在从庆阳兵工厂退休的爷爷身边长大的。参加工作后，他每周都要去看望时常鼓励自己的爷爷。去年，爷爷去世了。因为车间现场正在进行项目改造施工，米哲夫仅仅请了一天假，最后送一送今生今世最挚爱的人。第二天，他就重新奋战在热火朝天的第一线。谈及此事，米哲夫每每感到万箭穿心，终生遗憾。

装置中的压缩机相当于人的心脏，每根管线相当于人的血管，哪根血管出现问题，都会引起"心梗"，造成停车。米哲夫就像装置里的一位兢兢业业的大夫，发现哪根"血管"发生堵塞，就会在最短时间内进行修复。

"刚上班的时候真的是啥也不懂,完全是老师傅、老班长教会了我。企业就是铁打的营盘铁打的兵,最前沿的永远是我们一线员工。只有义无反顾地把这门技术学到手,学得精,再传承下去,才能对得起企业,对得起那些呕心沥血教我成才的师傅。"米哲夫说。

车间里,如果有人即将调走或退休,米哲夫总是请求对方,把他的经验和体会留下来,并把相关资料、记录手抄下来,作为自己的学习资料。渐渐地,他练就了自己一身过硬的本领。

"工匠精神,就是一种全身心的投入。对于自己所从事的工作,不管多么枯燥、多么乏味,遇到任何困难,能够数十年如一日地坚持,秉承一种信念,直至做到极致。"如今,已经成为"辽化工匠"的米哲夫对工匠精神有了更深的理解。他并不止步于"干一行、爱一行",而是孜孜不倦地追求着工作中的精益求精。

"给你看看我的宝贝。"米哲夫说罢拿出许多奇奇怪怪的尺子,白钢的、塑料的都有。那是米哲夫绘制装置流程图用的专用尺。为了尽快熟悉装置构造,了解生产工艺,他将装置流程图的绘制作为做好本职工作的基本功,也作为保证安全生产的必修课。平时,他总是默默地把装置的各个生产环节、各种技术参数牢记在心,然后手绘成装置流程图,每一张图都需要花费他很多心思。

打开一张张精美细致的装置流程图:工整的字体,精准的数字,装置的编号,工艺的层次在图中一目了然。但许多绘图工具难以买到,于是米哲夫就自己设计,并请一位在模具厂工作的朋友为他制作,定制出一套被米哲夫戏称为"米氏尺"的绘图工具。同时,他还从一个小包里倒出来许多调羹和各种钥匙环,那都是米哲夫从各个地摊上收罗来珍藏的。材料有铜质的、铁质的、木质的,造型不一,别致新颖,各式创意,各种功能……正是这些"宝贝",给米哲夫带来了取之不尽、用之不竭的"创作"灵感,成就了他工作中众多的发明和创新。

2017年7月,米哲夫被辽阳石化作为生产技术骨干派到云南石化,协助云南石化三部重整装置开车。云南石化是中国石油天然气集团2017年的重点项目,也是中国一带一路合作建设的重要项目。初到云南石化,米哲夫感觉这里的紫外线照射特别强烈,产生了强烈的高原反应,饮食习惯也不大适应。他设法克服了诸多困难,立即投入现场的三查四定工作。首先要熟练掌握新的装置现场流程,同时熟悉内操环境。他不断给自己提出新的问题,哪里会是防范重点?哪些是需尽快掌握的技能技术?装置的催化剂加剂是一个关键作业,因为催化剂怕雨浇,所以只有在晴天才能加剂。天气不好的时候,他要比以往更加耐心、更加细致地去现场巡检,以确认一些关键部位。通过认真细致的巡检、检查,他发现了云南石化开车过程中存在的许多问题并及时汇报,保证了装置一次性开车成功。经过100多天的艰辛付出,圆满完成了辽阳石化交办的任务,受到了云南石化领导的一致称赞。

此次支援云南石化项目开车,米哲夫也学到了云南石化现场的一些好经验、好做法,尤其强化了环保方面的概念,他把这些都认真记录下来,回到原单位后逐步实施:他自费买来喷漆,做了印模,对各类分析采样箱重新进行了标志;重整压缩机房暖气伴热之前是外排雨水明沟,通过改造后将0.4MPa的凝结水回收,避免了蒸汽明排浪费,解决了重整装置现场低老坏的问题。他建议车间在DCS操作画面中将各塔回流比值放到显示画面中,并将各塔的设计回流比打印压膜,发放给内操岗位员工优化操作。米哲夫还把现场伴热图,经过重新编写做成PPT,让各个班组学习、掌握。他用实际行动,助力了辽化芳烃厂重整车间日益完善,使芳烃厂重整车间连续两年在中国石油炼化板块对标中名列前茅。

2018年,辽阳石化油化厂三联合(重整)车间即将投入生产,开车攻坚战已进入白热化。辽阳石化各厂纷纷调集精兵强将,集中火力。芳烃厂也派出大批技术专家骨干到项目现场帮助开车,米哲夫就是其中的杰出代表。

米哲夫充分发挥了自己的专业特长,立即投入油化厂重整装置现场的流程梳理、隐患排查等工作中。他说:"现在正是党员冲锋在前、拼搏在前、吃苦在前的时候,任务虽然艰巨,但必须高质量完成。"从压缩机房、框架再到炉区,装置现场到处都留下他忙碌的身影。

检查中,米哲夫先后发现大小隐患问题50多项并及时上报到车间,为油化厂三联合装置安全顺利开工提供了技术保障。

油化厂开车正在紧锣密鼓的组织中,三联合车间也忙于重整催化剂装填、热油运、仪表联校等工作。每项工作都关系到新装置的高负荷、长周期运行。米哲夫仍然每天从早到晚奋斗在项目现场。

在协助油化厂重整三联合开车过程中,米哲夫看到油化厂新装置现场的塔裙,既整体美观又防止杂物进入,回想起芳烃厂重整车间装置现场塔裙里经常会有杂物进入,班组属地员工清扫十分困难,一直存在低标准问题。他仔细研究了油化厂塔裙封盖制作细节,回重整车间后绘制了草图和制作方案,征得车间领导批准后,他带领保温人员设计制作重整车间现场塔、罐塔裙座防尘盖共计27套并进行裙座安装,取得了预期效果,整体提高了重整车间现场标准化水平。

一个人,只要清楚自己的人生最想要的是什么,就始终会有一种锲而不舍的韧劲和坚守。

"大检修既是对装置的一次健康'体检',也是设备更新改造的绝佳时机,我所在的装置实施装置增产、增效改造后,每年可增产对二甲苯28万吨、邻二甲苯7万吨。"米哲夫自豪地说。

2019年大检修中,米哲夫参与了现场所有的动火作业,确保了大机组今后的平稳运行。开车过程中,他以厂为家,及时解决了装置开车过程中出现的问题,完成了辽阳石化及芳烃厂要求的停、开车过程中"气不上天,油不落地,声不扰民,水不乱排"的任务。

米哲夫作为有着25年厂龄的"老芳烃",每天7点10分,他就坐上通勤车到单位;7点45分,参加和运行人员的交接班,交流信息、交换意见;对装置内的跑冒滴漏进行认真检查,并带领维修人员进行处理。一些伴热管线动火作业,还需跟乙方细化工作,做好分工。如氧气瓶、乙炔瓶、临时接电箱等都需要认真检查，办理各种作业票，准备更换的各种备件，动火作业四周15米的现场地沟地漏隔离等，缺一不可，周而复始。

米哲夫常说："国企也不是铁饭碗，必须体现出自己的价值。"

装置里的空冷设备的浮球总是溢水，成了各个班组都头疼的老大难。问题反映到白班的米哲夫那里。他观察发现，原来是水槽面积过大，形成浪涌，造成溢水口难以封盖。看到空冷设备哗哗地淌水，米哲夫心如刀割：一吨水10多元，10多台空冷，一天流走多少水，一年淌掉多少钱？于是，他托同事自费买了个直径大一些的浮球试着换上。换上大浮球后，空冷溢水现象消失了。实验成功后，他把装置的空冷设备统统换上了大浮球，使空冷溢水问题得到了彻底解决。他还向车间建议将E272出口至A267入口的物料管线保温拆除，降低了空冷负荷，降低回流罐顶轻烃排放，提高了边际效益，实施后效果明显。

2019年年初，芳烃厂认真落实辽阳石化2019年工作会议要求，大力开展征集"金点子""五小"等活动。所谓"五小"是指"小发明、小革新、小改造、小设计、小建议"，旨在鼓励一线员工开动脑筋，优化工艺，提高效益。

去年，辽阳地区温度连续达到37摄氏度，高温严重制约装置满负荷平稳运行，物料经空冷器后依然无法达到指标温度，造成操作控制难度增加、产品质量波动大、气液分离效果差、流失效益等不利影响。以往用生产水对空冷换热翅片进行冲洗，但效果不佳。

米哲夫看在眼里，急在心上。他受到草坪喷灌工程的启发，提出用除盐水对空冷器进行喷淋降温，采用除盐水不会使空冷翅片外表面产生结垢；采用阀门控制喷淋降温可以极大降低除盐水用量；可以根据外界温度和生产需要控制用水量，将温度控制在最佳范围；使用喷淋器喷出水雾可以有效分散在翅片上，散热面积大、效果好；用水量减少，有效避免空冷器皮带打滑。喷淋达到预想效果，温度均降低10摄氏度以上。

每天巡检，对装置的每一个部位进行"望闻问切"，是米哲夫工作中必不可少的内容之一，无论刮风、下雨，无论寒冬、酷暑。据手机的智能统计，他每天至少要走两万余步。在巡检中他发现，装置现场动火时，以往都是用装满沙子的小袋子往地漏里一扔，再用抹布和石棉布进行封堵，容易造成地漏封堵不严，久而久之造成抹布及石棉布掉落堵塞地漏等问题。米哲夫仔细研究了地漏形式，并自费从网上购买了各种尺寸的橡胶塞，对地漏进行封堵，再盖上抹布、石棉布。这样就可以避免以前类似的情况发生，有效地提高动火作业风险管控，同步消除装置异味，促进环保水平提升。巧用橡胶塞的方法得到辽阳石化领导的充分肯定，试点成功后在全公司推广。

在岗一分钟，尽职60秒。

在日常检维修工作中，米哲夫用心地记下了更换的垫片规格等级、阀门型号、螺栓扳手使用情况，方便了下次检修，也大大缩短了检维修时间。同时将废旧压力表、阀门螺栓、火嘴软连接等回收入库。装置的湿空冷水箱因为风吹日晒，底部已形成淤泥，严重影响了水箱水泵的运行效率。他就带领班组对水箱进行了彻底清洁，一次就清除了10多袋淤泥。

米哲夫对物质没有什么追求，他不会抽烟，从不喝酒，也不嗜茶，唯一的爱好就是收藏邮票和不同时期的各式党徽、党章。他的徒弟都知道，师傅是个会过日子的人。一套崭新的工作服发下来，塔上塔下，风吹日晒，没到几个月就"老旧"了。所以，最让米哲夫高兴的事，就是同事们送他工作服。

米哲夫平时喜欢徒步，不轻易打车，因为只有在路上，才可以静下心来，思考许多问题：现场维修换下来的胶皮管、弯头，一般都随手扔掉，米哲夫又偷偷地把它们捡了回来。他把胶皮管一段一段地剪断，套在装置的阀杆、阀柄上，用来防尘。把大检修拆除的可利用的旧弯头，连接到许多低压力的水伴热的管道上，可以再次使用。

米哲夫的徒弟孟宪宇讲了一件有趣的事。一次他陪师傅进京领奖，"总不能穿着工作服上台呀。"于是，米哲夫决定买一件外套，

"北京的物价真的高。"为了这件外套,师徒俩一家一家商店选购,竟然走了两个多小时。从3000元,最后讨价还价讲到300元……但米哲夫绝不是一个小气的人,但凡买书、买资料,他都毫不吝啬,大把大把地掏钱。辽阳石化党委号召党员为武汉捐款,他一次就捐了1000元。

面对辽宁省政府、集团公司、辽阳市政府、辽阳石化不同时期授予的各种荣誉证书,米哲夫表示:"工作是一种修行,是一种积累,一种蜕变,最终改变了自己,也改变了企业。希望通过自己的努力,把本职工作做好,忠诚企业,苦练本领,实干加巧干,做一个朝气蓬勃、积极向上、有正能量的人。"

哪有什么岁月静好,是那些坚定的身影,替我们负重前行。

同心断金

古人云,大鹏之动,非一羽之轻也;骐骥之速,非一足之力也。任何一件事的成功都不是靠单枪匹马的力量,而是要靠整体力量的凝聚。

2017年,米哲夫经历了辽阳石化历史上最为大刀阔斧的改革,抓党建、严管理、调结构、促创新,机关大楼每晚灯火通明,改革举措接连出台:打破收入分配"大锅饭",集中经营管理,"出血点"变"增效点",产品瞄准市场转型升级……辽化当年就一举摆脱了连续12年的亏损,摘下了特困企业的帽子。

让米哲夫终身最难忘的那个日子是2018年9月27日,习近平总书记亲自来到辽化视察,对辽化全体员工给予了充分肯定,对辽化的未来予以希望。

习近平总书记赋予了辽化"国家种子队""国有企业种子队"的责任使命,更加振奋了辽化人干事创业的激情和热情。回想起当时习近平总书记讲话的场景,米哲夫依然激动:"我们要继续做优、做强、做大国有企业,努力当好国家的'种子队'!"

在这个企业转型过程中,最首要的一点就是生产平稳运行,向精细化发展,坚守企业安全环保的底线和红线。

2014年,芳烃厂老PTA员工转岗到重整车间,车间安排米哲夫参与对转岗人员进行培训。徒弟丁凯刚到时,操作缺乏一定的防护意识。米哲夫就从零开始,言传身教地传授自己的防护经验,反复强调风险识别,传授中,看到丁凯的饭凉了,就主动把自己的饭盒推给他……如今,丁凯已成为带15人的带班班长,也做了师傅,他和两个徒弟一道,相互学习,取长补短。米哲夫还把多年的工作经验编写成操作规程,带动大家一道想事干事,共同为企业发展做贡献。

"要不是咱俩事先约了,我们党小组今天要到厂里,组织一次义务劳动。"米哲夫是芳烃厂重整车间第一党支部、机关第一党小组长,他每天坚持参加"铁人先锋""石油党建"等学习,学习成绩也是榜上有名、名列前茅。米哲夫还要时常给党小组的同志们上党课,讲党史,组织党员进行学习讨论、答题、捐款和义务劳动,协助重整车间党支部工作。

这几年,分配到车间的大学生日益增多,他们学习热情高,问题多,米哲夫都能及时耐心地给予讲解,在在厂大学生的成长之路上出一把力。

如今,一部分大学生已经走到了车间管理岗位,还有的支援其他大项目,成为所在装置的车间技术骨干,成为企业发展的新动力。通过"一对一"师徒结对子,同志们互帮互学,教学相长。米哲夫感到不仅带出了优秀的徒弟,还能提高自己。2018年辽化公司重整业务大赛选拔中,徒弟潘洋脱颖而出,屡次考试都名列前茅。后来,潘洋还参加了全国催化重整大赛,取得了较好的成绩。

班组是一个企业的最前沿,也是一个"大家",也可以这么讲,同班组的同志在一起的时间,比跟自己爱人在一起的时间都长。每个家庭都会有每个家庭的"家文化"。平日里,大家形影不离,取长补短,相互帮助,亲如兄弟。作为一名共产党员,作为班组的领头羊,自己的一言一行,都会给周边带来很大的影响,也关乎一线生产的高质量和平稳远行。如何带领大家提高安全意识，顺利地完成上级交付的任务，如何充分调动每个员工的主观能动性和劳动积极性，使爱厂如家、恪尽职守不成为一句空话，是摆在米哲夫面前的新的课题。他不放弃每一个做思想工作的机会，耐心说服，情真意切，凡事身先士卒，冲在头里。每逢过年过节，辽阳石化、厂领导都要带着礼物下到班组，给坚守岗位、工作在生产最前沿的同志们带去最诚挚的问候。每当这时，都会加深班组同志一种责任在肩、千钧重负的主人翁意识。

米哲夫带过研究生和大学生徒弟，徒弟们至今都还记得，在培训中，他给未来的企业接班人们讲解辽化创业精神，讲解苏联专利专家阿奇舒勒的创新理论，鼓励他们打破惯性思维。他要求大家，要努力为青年争光，与企业共成长。

除了毫无保留地传授给徒弟们一定的生产技能外，米哲夫还常常会给他们留下这样的讨论题：你的第一个月工资做了什么？你的第一次巡检经历是什么？你的笔记上留下了什么？他用一个共产党员的标准要求自己的每个徒弟，在思想上、工作中、生活上、专业技能上发挥表率作用。他主动做他们的入党介绍人，传递正能量。如今，许多徒弟成了中层干部，许多徒弟成了技术骨干，用米哲夫的话说，"我更愿做他们的梯子，而不是拐棍"。

目前，是辽阳石化面临产业结构新调整的关键时期。米哲夫是在辽化生产的最前沿入的党，作为基层党员班长，米哲夫自觉把企业的安全生产、平稳生产重任扛在肩上。不断提升专业知识和素养，积极工作，及时发现现场隐患，避免生产波动和生产事故，得到了重整车间和芳烃厂领导的表扬和肯定。

不仅自身要有一身过硬的本领，还要带动整个团队一同前行。

在压缩机开停过程中，他手把手带领车间的大学毕业生陈书武和年轻骨干丁凯，教会他们对大机组开停车以及开停过程中的注意事项。后来，陈书武还被评为2020年辽化公司"十大杰出青年"。

2020年年初，米哲夫参加了辽化公司职代会，他代表广大员工在主席台上宣读了倡议书,要用拼搏奉献精神再创佳绩,再续辉煌。同年4月,他参加了辽化劳模座谈会,带去了来自辽化生产最前沿的声音,与辽阳石化领导进行了充分的交流和沟通。他响应公司和芳烃厂对安全环保的新要求——打赢安全环保保卫战,全年动火作业近百次,没有出现一次异常情况。

以往,由于其他单位员工的误操作,造成生产波动。米哲夫思前想后,茶饭不思。结果,他又萌生了一条"金点子"。他建议,在重整装置现场机泵操作开关上挂牌。而后自己制作卡片,又从网上购买了卡扣,在重整装置现场机泵操作柱开关上挂上"运行""联锁""检修"等提示卡片,使用卡扣将装置现场机泵开关上锁,增加确认步骤。这样,既对操作人员达到提醒的目的,又避免了外操误操作事件发生。挂牌提示的方法得到车间领导的充分肯定,并在重整车间推广。

重整车间重整反应部分有9台湿空冷,冬季有6台上水使用,每台湿空冷水箱有3条排水管线,排水管线到排水阀有30厘米长度"盲肠",存在冻凝风险。米哲夫很快找到了矛盾问题点:能不能用橡皮塞封堵水箱内部排水地漏,水箱排水阀打开,避免排水管存在"盲肠"?有了思路,说干就干,他马上购买不同类型的橡皮塞,带领大家对排水地漏进行封堵。结果消除了"盲肠"存水,保证排水管线不被冻凝,仅此一项,全年就可节省12万多元。

2020年年初,集团公司开展"战严冬,转观念,勇担当,上台阶"活动。活动中,米哲夫提出的合理化建议竟有40多条,许多建议得到了采纳和实施。针对催化剂氢铂比低的问题,他参与了重整再生单元注氯线以及注氯线3.5MPa蒸汽加热改造项目,提高重整催化剂使用性能。经过几个月的跟踪,现在重整催化剂的氢铂比提升到0.8。他建议车间砍掉圆筒炉区燃料油、雾化蒸汽伴热以及仪表箱伴热500余米伴热管线并实施,为装置节能降耗。2020年夏天,他带领同志们把压缩机房1.0MPa服务站回水进行了改造,避免了冬季冻凝事件发生,达到冬病夏治。他积极参与重整车间持续推进的系统优化和金点子增效实施工作，不断给自己设定新的创新课题：如何使回流比、蒸汽节能降耗？如何使加热炉运行、重整进料初馏点更加优化？

针对车间能耗消耗量大，他建议车间采取冬季晚投伴热，随着外界环境温度勤调整伴热加热温度，换热器出入口测定温度，调整优化冷却水量，及时检测疏水器情况，发现直排直通及时更换，他更换了8台疏水器，减少了能源浪费。他还持续跟踪参与优化回流比工作，在重整装置生产负荷频繁变化过程中，保证了产品质量。

也就在这一年，米哲夫积极参与了重整车间的生产培训工作，他协助车间单元编写操作规程，通过电脑仿真培训软件，手把手进行传授，每每要求徒弟达到高分才放行。为了保证和增强培训效果，他签订了为期两年的师徒培训协议，培训计划和内容都是经过师徒协商，量身定做。在辽阳石化重整装置大赛中，徒弟潘洋排名第一，徒弟丁凯排名第三，徒弟孟宪宇考试排名第六。他也通过了辽阳石化班组长大赛的培训和考试。

2020年，米哲夫带领车间4名同志积极参与集团公司首届一线生产创新大赛参赛项目，通过了辽阳石化举办的集团公司一线创新的培训及考试。参赛队伍组成人员都是重整工作室成员，强化了企业的后备力量。

米哲夫的徒弟中有许多是慕名而来的，他也没有辜负大家的希望，使大家"知其然，知其所以然"。如今，徒弟们也学着师傅的样子，纷纷从绘制装置流程图开始入手。通过"传帮带"，使大家真正懂得了为何"冬病夏治、夏病冬治"，增强了平稳生产的各种技能，提高了事故的预见能力。他还经常带领大家积极参加各种生产竞赛。通过参赛锻炼了队伍，提升了解决生产实际问题的能力，也提高了个人和团队的工作能力。

辽阳石化是20世纪70年代建起的老石油化工企业，同样面临工艺落伍、设备老化的实际问题。为了更好地总结经验，增加横向协作，指导重整工艺方面的工作，解决企业出现的生产问题，辽阳石化成立了"大师工作室",米哲夫参与工作室工作并担任副主任。2021年,辽阳石化又成立了米哲夫牵头的"劳模创新工作室"。如今,"米哲夫劳模创新工作室"已达到9人,徒弟丁凯也成了"米哲夫劳模创新工作室"中的一员。有了工作室,米哲夫对解决生产难点问题更有信心了。遇事可以集思广益,可以带动大家形成合力,培养出更多更好的实用型高技能人才,从而更好地为重整装置安全生产和装置长周期运行提供技术支持。

"大师工作室"和"米哲夫劳模创新工作室",参与到一系列辽阳石化的攻关项目之中,现在,他们的攻关课题是重整装置脱水密闭排放系统升级改造和制作重整装置仿真软件操作视频,提高员工仿真操作水平。

2020年,辽阳石化举办一线班组长培训,多年奋斗在生产最前沿的米哲夫也终于登上了讲台,就什么是工匠精神,什么是创新思维,什么是班组管理以及现场作业安全等问题进行了倾心传授,共计10多期,受到了培训人员的一致好评。

现场巡检人员每次巡检都需背着一个大大的工具袋,里面装满了大小扳手、巡检器、报警仪、听针、胶带等,上下装置行动很不便,也不安全。米哲夫受家用组合刀具的启发,设计出一套新型多功能扳手,同时具备防爆、开关阀、听针、开启消防栓等多项功能,并在辽阳石化研究院吕杰老师的帮助下申报了一项实用新型专利,现已受理,编号为PN18290。他参与《浅析重整装置进料带水的影响及对策》收录并刊登在2021年3月30日出版发行的《广州化工》第四十九卷第六期上。

米哲夫参与了辽阳石化催化重整工作室申报辽阳市工作室的评选工作。协助催化重整工作室主任杨柏林工作,完善工作室考核内容,参与工作室日常任务,以及工作室的年度工作总结,并到油化厂刘毅催化裂化工作室和沈阳工业大学与辽化检修公司侯怀宇焊工工作室进行了交流。

每天做好工作日记,是米哲夫自参加工作以来多年养成的好习惯。他善于把多年的工作积累和创新技术加以总结归纳。2017年，他参与实施的《改进重整装置C261生产工艺，提高苯的质量和产量》，被辽阳石化公司科学技术协会评为优秀"科技人员为公司增效献计攻关"项目；论文《R234催化剂在辽化140万吨/年重整-歧化联合装置的应用》在《当代化工》杂志发表，2017年该论文获辽阳石化分公司科学技术协会三等奖；2018年3月在《辽阳石化》发表了《压缩机开机过程中汽轮机主蒸汽阀门无法打开问题的分析及处理方法》，2019年荣获芳烃厂大检修二等功。

负责辽化现场安全监督的博柯公司对米哲夫"橡胶塞封堵地漏"的创新做法表示了充分认可，辽阳石化的相关专家也都到场观摩，看到米哲夫严格把控现场动火程序，提高动火管控标准，专家们对此给予了充分肯定并进行推广。

一分耕耘，一分收获。

2020年，对米哲夫来说，可谓是硕果累累：1月份荣获辽阳石化劳动模范。5月份荣获辽阳市五一劳动奖章和辽宁省五一劳动奖章。12月份荣获中国石油天然气集团公司劳动模范称号并到北京石油总部参加表彰大会，得到集团公司董事长戴厚良亲手颁发的荣誉证书。米哲夫所在的重整车间也被评为集团公司先进集体。他参与的《解决PSA程控阀带液，实现平稳生产》科技攻关项目获得辽阳石化科协优秀献计攻关项目。

一个个"金点子"得到采纳，一项项创新得到实施。2021年，米哲夫又带领同志们参与一个新的项目，已经上报辽阳石化，等待批复。该项目是关于如何解决增加催化剂粉尘筛分设备、催化剂的回收问题，属于节能降耗项目，预计每年可回收2000公斤，创效50万元以上。

辽化世家

在米哲夫的家门上，明显地悬挂着这样一副清代对联"一等人忠臣孝子，两件事读书耕田"，米哲夫一家正是用这最纯正的中国传统家风来诠释修身、齐家、立业。

米哲夫有一个温馨和睦的家。妻子王嘉萍和丈夫在同一个车间工作，他们有一个女儿，今年15岁，上初中三年级。无论是父母家还是岳父家都住得很近，老人给予他们极大帮助。他把对父母养育之恩的感激付诸生活，从内心深处尊重他们，父母的一言一行直接影响着这个家庭。

从祖父米世泉算起，米哲夫家三代人都在辽化上班，不仅父母、自己和爱人，就连岳父岳母也在辽化工作。

米哲夫在辽化曾与父亲米润田有着15年的工作交集。他们共同经历的正是辽化最困难的时期。尽管条件艰苦，但甘于奉献、产业报国的情怀在米家三代人身上始终没有丢掉。

米家三代人可以说是见证了辽化发展的荣辱兴衰。"老米"米世泉见证了辽化初创时期的热火朝天，"大米"米润田见证了辽化发展时期的辉煌与落寞，"小米"米哲夫见证了辽化转型时期的阵痛与重生。米家三代都是辽化贡献者，更是见证者。他们在建设时期挥洒汗水、播种希望，在改革年代披荆斩棘、破浪前进，作为亲历者和实践者，见证了一个国有企业的涅槃重生。

在龙鼎山下、辽化厂区、1.33万名职工中，像米家这样的辽化世家不在少数。

妻子王嘉萍为了支持丈夫的工作，承担了全部家务：接送孩子上下学，买菜做饭，照顾双方父母。2018年，米哲夫获得辽阳石化的"十大杰出青年"、辽阳石化公司首届"十大工匠"荣誉称号，2019年获得辽阳市五一劳动奖章。米哲夫说："这些荣誉的获得，有一大半是我妻子的功劳，没有她的支持，就没有今天的我。"

米家三代人甘做辽化发展史上的三把"米"，为家国梦想接力奋斗，为了美好的时代挥洒青春和汗水。

走进米家，第一眼就会被那些琳琅满目的根贴画所深深吸引。无论是卧房，还是客厅，墙上的、地上的，挂着的、立着的，满是古朴精美的根贴画。传统根贴画是由东北民间根雕技艺发展和创新而来,其保持了独特的关东风格,凝聚了东北劳动人民丰富的想象力和创造力,它集传统书画艺术、根雕艺术和装饰艺术为一体,是一门民间综合艺术,文化、艺术价值很高。

辽阳市根贴画技艺根源于辽宁省辽阳市宏伟区,2013年6月被纳入辽阳市非物质文化遗产项目。2016年相关部门宣布,米润田为市级非物质文化遗产项目"根贴画"的代表性传承人。墙上挂着的印有"辽阳市非物质文化遗产传承人"字样的牌匾显得特别醒目。

根贴画制作需要的根材,选用辽阳地区太子河畔的槐树根,制作讲究,体现了创作者对家乡的热爱之情。

非物质文化遗产传承人米润田自幼受家庭熏陶,喜爱艺术;幼时跟随爷爷制作根雕;工作以后,喜爱上书法和手工制作;20世纪80年代末,他跟随赵芳老师学习书法,口传亲授地学到根雕技艺,经过探索,逐步形成自己的艺术风格——米氏根贴画。

向下扎根,向上开花。如今,三代辽化人继续苦干实干,为辽化的美好未来挥洒着青春和汗水。

米哲夫自1996年毕业分到辽化,在芳烃厂一干就是25年。回想起老一代当年,他们喊出"只要骨头不散架,就要拼命建辽化"的创业口号,历时7年4个月,终于在辽阳建成了当时中国最大的化纤基地。"1979年1月生产出第一批国产'的确良'纤维原料,按照当时的年产量,如果全织成'的确良',可保证每年全国人均'七尺布',不但为国家节约了28.7万公顷植棉耕地,而且摆脱了我国对进口化纤原料的依赖。'七尺布精神'就是这么来的。"讲起米家第一代辽化人艰苦创业、产业报国的故事,米哲夫总是意犹未尽。

到了父亲米润田这一代,情况发生了变化。这时的辽化"小油头、大化纤",产业结构性矛盾突出,纤维产品竞争力下降,逐渐陷入巨额亏损。"再加上管理跟不上,改革不到位,包袱沉重,到我父亲2011年退休时,辽化已经连续7年亏损。"米哲夫回忆道。

如今,收入分配"大锅饭"被打破了。收入向效益好、责任大、风险多、技术含量高的岗位倾斜，解决了"干多干少一个样"的突出问题。

臃肿的组织机构精简了。理顺管理职能，强化专业化管理，做到经营管理集中、流通环节规范、管理机构不断精干。

平庸无为的干部下去了。不唯学历、不唯资历、不唯关系，凭实绩、看表现、重口碑，把"政治上靠得住，业务上有本事，工作上有担当"的优秀干部选拔上来。

不符合市场需要的产品调转了。减少无效的低端产品生产，关停"大路货"生产装置并加以改造，转产新产品，减少柴油产量，增加汽油产量。

"真神奇！人还是那些人，装置还是那些装置，可是和过去相比，非计划停车明显减少，生产安全事故发生率下降，企业效益不断提升，当年就一举摆脱了连续12年的亏损，摘下了特困企业的帽子。"米哲夫双手一摊，笑语中带着一股豪情。

辽化重塑辉煌，也给爱岗敬业的米哲夫带来不少荣誉。

"2018年一年，我们公司所能授予的荣誉，他几乎全得到了。"芳烃厂的高枢掰着指头数着："公司最美家庭、十大杰出青年、十大工匠、劳动模范，还有俄油项目建设先进个人。他一个人一年获得了五项荣誉，这在公司内可从来没有过。"

相比其他四项荣誉，米哲夫最看重的还是辽阳石化授予他的"俄油项目建设先进个人"称号。他曾被抽调到油化厂协助三联合（重整）车间协助开车工作。米哲夫说："俄油项目是中石油的重点工程，也是辽化人安身立命的大项目，必须开得好、开得稳。"

"功成不必在我，功成必定有我。"

使命担当、产业报国成为辽化人的精神力量。正是因为有了这种力量，才使俄油项目从建设到投产，仅用了583天，树立了中国石油炼油项目建设开工史上的新标杆，而且创造了安全工时1.5万多小时、生产安全事故为零的纪录。

2018年9月27日，就在俄油项目开车成功一个星期后，习近平总书记来到辽化视察。米哲夫说:"我们全体员工那股高兴劲儿,无法用语言来描述。习总书记强调:'国有企业地位重要、作用关键、不可替代,是党和国家的重要依靠力量。要一以贯之坚持党对国有企业的领导,一以贯之深化国有企业改革,努力实现质量更高、效益更好、结构更优的发展。'"

在参观米家根贴画的同时,米哲夫的各种证书、奖牌格外醒目。"2004年辽宁省特色家庭",那是米哲夫婚前米家获得的荣誉。在家庭的熏陶下,不仅米哲夫掌握了制作根贴画的技法,女儿米书玉也喜欢上了这门手艺,对制作根艺充满了兴趣,学习之余就跟着爷爷和爸爸学习根贴画的制作,她说也要成为根贴画传人。

这一年,米哲夫收获颇丰:他提出的多条"金点子"建议在逐步实施中,为企业产生效益;他被评为中国石油天然气集团公司优秀共产党员、劳动模范,辽宁省五一劳动奖章获得者;他的家庭分别被宏伟区、辽阳石化、辽阳市、辽宁省评为"最美家庭""标杆家庭""文明家庭""特色家庭"。

家是最小国,国是千万家。谈及未来,米哲夫表示,他将带领自己的小家庭,继续为实现家国梦接力奋斗,挥洒青春和汗水。

千淘万漉虽辛苦,吹尽狂沙始到金。所谓成功从来都是公平、公正的,它只会垂青那些殚精竭虑、赤胆忠诚的人。

伟大的时代呼唤伟大的精神,在加速前行的时代,有一种榜样叫劳模,有一种精神叫劳模精神,他们立足岗位、甘于奉献,勇于创新、矢志奋斗,坚守在石油各条战线、各个阵地前沿,追求职业技能的精湛,干一行、爱一行、钻一行、精一行,以实际行动诠释着石油精神和大庆精神、铁人精神。光荣属于劳动者,幸福属于劳动者。

当然,米哲夫也同样享有用心血和汗水换来的这份荣誉、这份幸福。他忘不了在中国石油天然气集团召开的劳动模范和先进集体表彰大会上,他接受表彰时,董事长、党组书记戴厚良说过的那段话:"新中国石油工业发展史,就是一部星光璀璨的英雄辈出史,一代又一代石油人肩负保障国家能源安全重任，前赴后继、艰苦奋斗，高唱'我为祖国献石油'主旋律，在推动经济社会发展的历史进程中，书写了彪炳史册的壮丽篇章……要培育一批勇于创新、敢于担当的企业领军人物。大力弘扬科学家精神，大力弘扬工匠精神，坚持高标准、严要求，厚植工匠文化，培育一批执着专注、精益求精的石油名匠。要努力做到政治坚强、本领高强、意志顽强，锻造堪当时代重任的石油铁军。传承红色基因，站稳政治立场，坚定理想信念，强化政治担当，坚定不移听党话、跟党走。树立'终身学习''实践出真知'和'创新创效'理念，优化知识结构，提升攻坚啃硬能力，把聪明才智转化为助推改革发展的现实生产力。增强事业心，主动担当作为、履职尽责，有'越是艰险越向前'的勇气，传承弘扬严肃认真的工作作风，确保各项决策部署落到实处。要始终坚持员工主人翁地位，把人生理想融入企业改革发展大局，发挥推动高质量发展的主体作用。要坚定信心，把保障国家能源安全作为重中之重，把有效应对低油价作为当务之急，持续深化提质增效，打好市场营销攻坚战，在推动发展中勇担新使命。要解放思想，提高政治站位，用好改革'关键一招'，抢抓新一轮科技革命和产业变革有利契机，把握新能源、新材料发展趋势，在改革创新中展现新作为。要砥砺奋进，锚定创建世界一流企业战略目标，牢固树立'管理是生产力'思想，做好集团公司'十四五'发展规划，在管理提升中做出新贡献……"

那次进京，米哲夫第一次亲眼看见天安门广场上和旭日一同冉冉升起的国旗，第一次现场听到那雄伟庄严的国歌。回想那次经历，他仍激动万分，震撼不已。如今，国家强大了，企业兴旺了，人民幸福了。望着迎风飘舞的国旗，听着高亢有力的国歌，米哲夫暗下决心：一定要分秒必争，卧薪尝胆，回报我们的祖国，对得起党的培养，对得起作为国企最前沿的一份荣耀。

明媚的阳光洒在上班的路上，又是一个万物更新的季节，又是一个劳碌充实的日子。米哲夫大步流星，走进春天，向着东方。

后　记

编辑整理好这摞书稿，时值2021年6月下旬，距离中国共产党成立100周年纪念日还有一周时间。

这份沉甸甸的书稿，既是一份献给党的生日礼物，也是一份承诺兑现清单。这些普普通通的党员，默默地践行入党时的誓言，在平凡的工作岗位上做出了不平凡的业绩。他们的事迹闪耀着人性的温度和党性的光辉，是我们党全心全意为人民服务的真实写照。

3月，中共辽阳市委组织部对我们创作《誓言无声》的想法给予了立项支持，并在全市选出10位优秀共产党员作为宣传典型。这些党员都工作在基层第一线，有社区书记、致富带头人、法院干部、教师、老党员、农村党员、志愿者、医护工作者、人才专家、产业工人。市文联在全市选出10位优秀作家参与创作，他们有的已经退休，正在进行专业创作；有的在工作岗位上紧张忙碌，业余时间进行创作。接受任务后，作家们在短短3个月的时间里，多次深入机关、企业、学校、医院、社区、乡村广泛采访，全方位、多角度地搜集了优秀共产党员先进事迹的第一手资料。

创作的过程是最难的，难在对素材的取舍。每位党员都有大量的感人事迹，可篇幅有限，不能面面俱到地记述描写。初稿完成后，作家虚心地向党员本人、家属、单位征求意见建议，确保所记先进事迹客观真实，又不失文体的文学性。当一篇篇报告文学交到我手上的时候，我感到了它们因内涵崇高而珍重如金。细致地阅读后，我和每位作家对文本结构和表达的艺术技巧进行了面对面的交流，不同的思想碰撞出豁然的灵光，使每篇作品的叙述都更加接近完美。

在编审的过程中，我被每一位党员的先进事迹深深地震撼着感动着，被作家的文学才华和精彩讲述感染着。

而每一位作家，即使交了稿子，却仍然心余微澜。因为，他们的心已经融进了优秀共产党员为党尽瘁为民服务的忠诚和热忱之中——

当李大葆老师把初稿交给共产党员叶双民征求意见，在研讨会上朗读时，在场的人都情不自禁地流下了眼泪；

当孙浩老师打开手机，读到共产党员李玉萍先进事迹结尾处的时候，声音哽咽，不停地用纸巾擦拭双眼；

当我和彦梅交流文中的故事时，她说身患重病的何法官让冰冷的法律有了温情；

当我和王秀英老师核对文中数字时，她说李紫微这样的特教老师太伟大了……

这些党员就在我们身边，他们像一颗颗火种散落在大地之中，燃起蓬勃的燎原之势，锻造成了我们党健康发展、永葆青春和先进性的坚强磐石。

《誓言无声》是继《情牵也迷里》之后，辽阳市多名作家集体创作的第二部报告文学集。感人的事迹加上精妙的书写，我相信《誓言无声》一定是一部受读者喜爱的好作品。整个创作过程，也是作家深入生活、扎根人民、记录时代、培根铸魂的最好的实践。希望我们的作家，以此次创作经验滋养未来的文学创作，多出作品，多出精品。

文集付梓之际，我们首先要感谢中共辽阳市委组织部，没有组织部领导的大力支持，就没有《誓言无声》的创作出版；感谢参与此次创作的每位作家；感谢配合作家采访的优秀共产党员及其家属、领导、同事；感谢春风出版社及责任编辑姚宏越的鼎力相助。

由于编审水平有限，文中定有不当之处，诚请广大读者批评指正，并提出宝贵意见。

钟素艳

2021年6月26日